The
Lost World

荒漠之心

of
the Kalahari

神秘的非洲部落
探寻之旅

[英] 劳伦斯·凡·德·普司特——著

周灵芝——译

GUANGXI NORMAL UNIVERSITY PRESS

广西师范大学出版社

·桂林·

荒漠之心
HUANGMO ZHI XIN

THE LOST WORLD OF THE KALAHARI by LAURENS VAN DER POST
Copyright © Laurens Van Der Post, 1958
First published as The Lost World of the Kalahari by Chatto & Windus, an imprint
of Vintage. Vintage is part of the Penguin Random House group of companies.
through BIGAPPLEAGENCY, LABUAN, MALAYSIA.
Simplified Chinese edition copyright: 2021 The Chronicle Media and
Communications Co. Ltd
All rights reserved.
著作权合同登记号桂图登字：20-2020-144 号

图书在版编目（CIP）数据

荒漠之心：神秘的非洲部落探寻之旅 / （英）劳伦
斯·凡·德·普司特著；周灵芝译. --桂林：广西师范
大学出版社，2021.3
（自由大地丛书）
书名原文：The lost world of the Kalahari
ISBN 978-7-5598-3558-1

Ⅰ．①荒… Ⅱ．①劳…②周… Ⅲ．①游记－作品集－
英国－现代 Ⅳ．①I561.65

中国版本图书馆 CIP 数据核字（2021）第 006176 号

广西师范大学出版社出版发行

（广西桂林市五里店路 9 号　邮政编码：541004）
网址：http://www.bbtpress.com
出版人：黄轩庄
全国新华书店经销
广西民族印刷包装集团有限公司印刷
（南宁市高新区高新三路 1 号　邮政编码：530007）
开本：889 mm × 1 194 mm　1/32
印张：10.5　　字数：210 千
2021 年 3 月第 1 版　　2021 年 3 月第 1 次印刷
定价：68.00 元

如发现印装质量问题，影响阅读，请与出版社发行部门联系调换。

目　录

第一章

消失的民族　　　　　　　　　1

第二章

消失的方式　　　　　　　　　41

第三章

誓约与飘荡的年代　　　　　　65

第四章

大突破　　　　　　　　　　　83

第五章

启程前的阴影　　　　　　　　103

第六章

踏上北上的征途　　　　　　　127

第七章
失望的沼泽　　　　　　　161

第八章
措迪洛山的神灵　　　　　227

第九章
井边的猎人　　　　　　　261

第十章
雨之歌　　　　　　　　　303

*

第一章

消失的民族

这是一个述说跋涉过无垠荒漠，追寻一支在我家乡南非境内独特而几近消失的最早民族——非洲布须曼人（Bushmen）残余后代的故事。事实上，这趟旅程一年多以前才开始[1]，但在我内心深处，它远在更早之前就开始了。的确，早到我根本无法精确指出到底是什么时候。我只记得，自有记忆以来，我的想象就像手伸入手套那般，自然地滑进了和那些矮小的布须曼人及其悲惨命运无比密切的关系里。

　　我出生在靠近"大河"[2]一带的地区，有好几千年的时间，这里一直是布须曼人的大本营。虽然他们现在在实质上已经不在那里了，但我自出生后，就生活在许多有关布须曼人及其文化的动人传说中，以至我总觉得和他们十分亲近。我常从周遭人的口中听到他们的事迹。比如寒冷冬天的晚上，在我母亲位于"狼山"（Wolwekop, the Mountain of the Wolves）的农场的露天火炉边，或是围绕着营火时，衬着背后胡狼的悲鸣，以及附近村庄羊圈里一头刚出生的小羊害怕

---

[1]　时间为20世纪50年代中期。——编者
[2]　"大河"，即奥兰治河（Orange River），在这条河附近出生的人都称其为"大河"。——编者

　　　　　　　　　第一章　消失的民族

的叫声，夜行鸟在黑暗的平原上哀泣，像水手长的长哨声。这时，已消失的布须曼人就会鲜明地出现在某些艰辛的拓荒回忆中。在这些回忆中，一个快活的、英勇的布须曼人，往往会逐渐变得爱恶作剧、反复无常，最后转为死不悔改、傲慢挑衅。他们虽然已经从这片土地上消失了，但仍悄悄潜藏在周遭有色人种的血液里而不为人知，一如他们从前悄悄追踪着非洲大陆上那不计其数的猎物时一般。我出生后，他们出现在我第一个奶妈的眼睛里，她闪亮的眼睛暴露了某个古老悠久的非洲时代令人无法置信的第一道光芒。他们也出现在其他人种身上：这里一点布须曼人的血统，那原本好看的班图人（Bantu）的脸上，就有了一对不搭调的细长的小眼睛；那里一点布须曼人的血统，又使得一个好看的中非黑人有了杏黄肤色，或是说起话来像布须曼人那样不时迸出类似弹舌的拟声词，那是布须曼人为侵入者原本铿锵有力的腔调所添加的元素。

　　我越长大，越遗憾没能早一点出生，没机会在布须曼人原来生存的自然环境中认识他们。有许多年我都无法接受一个事实，那就是与布须曼人相通的大门已经关上了。我不断寻找和他们有关的各种新闻、消息，好像随时准备迎接那扇大门再度开启，而他们会再度出现在我们中间。事实上，我相信我人生中第一个有关生命的客观问题就是："布须曼人到底是怎样的人？"无论种族、肤色，只要是有可能曾和布须曼人接触过的人，我都向他们提出过这个问题，甚至问到了令许多原本有耐性的人也受不了的地步。那时还是孩子的我，执拗又不懂事，事实上，他们已经告诉了我不少，但他们所说的却只会让我想知道更多。

他们说，布须曼人是一群个子很小的人，但并不是侏儒，也不是小黑人，就只是身高不高，只有约一米五。他们四肢匀称，身材结实有力；肩膀很宽，手脚却极小。我们最老的索托（Sotho）仆人告诉过我，只要你在沙漠里看过一次他们那细小的脚印，就永远也不会忘记。他们的脚踝细瘦，跟赛马一样，双腿柔软灵活，肌肉放松，跑起来像一阵风，又快又远。事实上他们移动的时候从来不用走的，而是像瞪羚或野狗般轻快地小跑。在大草原和大圆石上，没有人可以跑得像他们那样快。你可以在大太阳底下发现许多巴苏陀人（Basuto）和科拉纳人（Koranna[1]）孤单的枯骨，足以证明其想远远超越布须曼人的企图，只不过结局是全然失败。他们的皮肤松垮，很容易就变得皱纹处处。当他们大笑时，脸上会出现无数细小的纹路和褶皱，纵横交错，织成可爱的图案，而他们又很爱大笑。

我那信仰虔诚的外公解释说，他们这种松弛的皮肤是"上帝的杰作"，因为可以使布须曼人一顿就吃下比历史上其他任何民族的人都要多的食物。由于他们以狩猎为生，也就必须尽可能地将大量食物贮存在自己的身体里。结果，当

---

[1] 疑为 Korana 之误，英文原版如此，故未直接改动，特此说明。——编者

饱餐一顿后，他们的肚子就像怀孕的妇人那样鼓起来。在狩猎成果甚丰的季节里，他们的身体会像鲁本斯[1]画笔下的丘比特那样，前凸后翘。不仅如此，这些原始的小布须曼人的身体还有一项特色，即他们的臀部功能恰如骆驼的驼峰！大自然赐予他们这一能力，好让他们储存额外的珍贵脂肪和碳水化合物，以对抗干旱和饥饿的时刻。我想我所学到的第一个科学名词，正是解剖学家赋予布须曼人身体这种现象的名词：臀脂过多（steatopygia）。

有一夜在火边，我似乎记得我的外公和大阿姨说，每逢艰苦的季节，布须曼人的屁股便会缩小，直至和一般人没什么两样；唯一的差别是，在他们光滑的臀部和柔软灵活的双腿之间，多了很多细密的褶皱。但是在狩猎季收获甚丰的时候，他们的臀部就会再度突出，而且可以在上面摆放一瓶白兰地，外加一个高脚酒杯！我们听到这里都笑了，不是嘲笑，而是带着一种骄傲和欣喜的感叹，因为在我们自己的家乡竟然有这么独特的一类人。

不知怎的，我的心思和想象从此被布须曼人的体型这件事深深地占据了。虽然霍屯督人（Hottentots）和他们长得也很像，而且我也一样喜欢，但他们就是没法像布须曼人那样使我兴奋——他们的个子太高大了。布须曼人则刚刚好，他们那短小的身材有一种神奇的魔力。每当我的母亲讲故事

---

[1] 鲁本斯：Peter Paul Rubens，1577—1640，佛兰德斯画家，巴洛克艺术代表人物，在欧洲艺术史上有重大影响。——译者

给我们听，说到一个小矮人会耍弄神奇的把戏时，他的形象立刻在我脑海里转换成布须曼人。也许我们这种人的人生——开始时作为孩童，渴望长大成人；长大成熟后，却又希望找回自己的孩童本质——特别需要找到某种孩童与成人完美结合的清楚形象，就好比完美结合这两种元素的布须曼人。唯有如此，我们那困惑的心灵才能稍稍释怀，安适地留在于这两者之间循环往复的短暂片刻中。

不过，尽管布须曼人的胃口、身材和肥臀相当惊人，这些也还不是他们的身体仅有的特征。我听说，他们的肤色跟其他非洲民族不同，是一种好看的普罗旺斯的金黄。我曾提过的老巴苏陀人告诉我，布须曼人最惊人的体质特征之一是，就算他们不穿衣服，皮肤也从不会被太阳晒黑。他们在炫目的非洲大地上移动时，像一抹金色的火焰闪过，仿佛中亚草原上年轻的蒙古族小伙子。他们的双颊也像蒙古人，颧骨高高耸起，相距甚远的两只眼睛斜吊着，以至我的祖先有些人直接称他们为"中国人"（Chinese-person）。在南非，有一块被青山包围的大平原直到今天都还叫作"中国草原"，因为布须曼猎人曾经住在那里。他们的瞳孔是暗褐色的，是一种除了羚羊之外，你在任何其他动物身上都看不到的那种褐色，清澈闪亮，像十分罕见的有露水的非洲清晨那褐色的天光，具有无比强的穿透力和无比高的精准度。他们可以看到其他人视力所不及的遥远地方的事物，这已经成为非洲英雄传奇的一部分。他们的脸型通常像心脏的形状，前额很宽，下巴柔而尖；耳朵像牧神[1]，尖而匀称；头发是黑色的，浓密地长成一卷一卷的，被我的同胞轻蔑地比喻成"胡椒子头发"（pepper-corn hair）。他们的头是圆的，轻巧平顺地连接在细长的脖子和喉头上，下面是宽阔的肩膀；鼻子通常宽而扁，嘴唇厚实，牙齿整齐而发亮；臀部很窄，而且就像我阿姨说的："天啊，他们移动的样子真是令人赏心悦目！"

但也许布须曼人最令人惊讶的特质，还是他们的起源。即便是身体最深处、最隐秘的部分，他们也和其他人种非常不同。女性一出生，在她们的生殖器上就有一天生的小阴唇，即所谓"埃及围裙"；男性则从出生到死亡，性器官永远呈半勃起的状态。布须曼人为这一生理特点感到自豪，丝毫不想加以掩饰。事实上，他们不但完全接受这个与众不同的重要差异，还以此特征称自己的民族为"科怀-兹克威"（Qhwai-xkhwe），并公开宣扬这个事实。这个词从他们嘴里所发出的声音带着一种毫不造作的沾沾自喜，实在美妙好听，而当他们说这个词时，复杂的音节夹杂着轻微的弹舌声，像阳光洒在阴暗的山上一朵盛开的荆豆花上。他们甚至将自己画在非洲所有的岩壁上，这些裸身的侧影坦率地表现了属于他们自己种族的这一特征，一点也没有某些欧洲考古学家所认为的猥亵意涵，单纯只是因为他们的神早

---

[1] 牧神，即潘神，是希腊神话中人身羊足、头上有角的畜牧神。他的耳朵和山羊耳朵一样，又长又尖。——编者

在创造他们的时候，就深思熟虑地将他们塑造成如此形状，赤裸但无须羞赧。

关于他们的一切，似乎只有一点让他们感到苦恼，那就是个子。我对他们无尽的反抗精神印象深刻，那是我所遇到过的许多矮个子人身上都具有的精神，同时我也看到这种精神无论是对他们，还是对其他生命所造成的深刻影响。我并未忘记在整个种族群体的情绪和政策的驱动下，这种反抗精神所带来的灾难。当我还是日本人的战俘时，不断被处以苦刑，我相信原因只不过是我的个子比那些俘虏我的人高。然而我怀疑，布须曼人对自己个子矮小的反应并非因此，那种反应是因为无力抵抗那些比他们高的人无情入侵他们的家园而产生的。事实上，那些人太高了，以至于布须曼人把他们一起画在岩壁上时，简直就像被巨人包围！知道他们的人心里都很清楚，一提到个子，他们的神经就会变得敏感而脆弱。据我们最喜爱的阿姨（她为了逗我们开心，会用布须曼语从一数到十，并使用布须曼人见面打招呼的正式用语，而为了发出这些声音，她几乎使自己窒息）表示，如果当着布须曼人的面提起他的个子矮小，后果将十分严重。还有，即使没说出口，但若在行为举止上显露出你很清楚你是在和一个个子比你矮很多的人打交道，后果也同样不堪设想。

我们的老索托仆人也用他们生动的描述支持我阿姨的说法。他们说，他们一再被警告，如果在大草原上和布须曼人不期而遇，千万不可露出惊讶的神色，以免被他们误解为，若非因为他个子矮小，你早就看见他了。因此，当一个人因意外和布须曼人相遇而露出惊讶神色时，最好的办法就是立刻责怪自己："请不要介意。你想一个这么大的人怎么可能藏得看不见？但是我们搞不懂为什么刚刚才远远看见你，怎么一下子你就到了面前！"于是那对闪亮眸子中的怒火马上熄灭，金黄色的胸膛立刻张开，他会非常有礼貌地欢迎你。事实上，老巴苏陀人中年纪最大的一位曾经告诉我，最好是用布须曼人的方式向他们打招呼，也就是把右手打开，高举过头，然后大声说："特西雅姆（Tshjamm，你好），我老远就看到你了，我快饿死了。"

欧洲人习惯以小表示亲昵，以显示自己的善意，布须曼人则刚好相反。那命中注定打击他们的无情力量似乎在嘲笑他们的身材，以致他们或许必须仰赖一种想象中的巨大体型来安抚自己的不安全感。于是，在他们的岩壁绘画中，布须曼人把自己战斗的身影也画得跟其他巨人一样大，到最后，如果不是他们的"科怀-兹克威"，观者很难从众多高大的巨人中分辨出他们的身影来。

不过，我听说这些个子矮小的人是十分纯粹的猎人。他们既不畜养牛群，也无绵羊或山羊，只有少数族人因和外来人士接触甚久而成为例外。他们不耕耘土地，因此也没有栽培作物。虽然他们的伴侣和孩子可以灵巧地用棍棒到处挖掘可食用的根茎类植物，并且在果实成熟的季节到大草原和灌木丛中采摘各类莓果，但他们的生活和幸福来源主要还是他们狩猎得来的肉类。他们打猎常用的工具是弓、箭和矛。箭头上沾了一种毒药，是用生长在这片土地上的蛴螬、植物的根茎及爬行类动物的腺体制成。他们对自己制作的毒药十分有信心，因此无论走到哪里，总不忘带着一份解毒剂，放在一只小皮囊里，妥善地挂在身上。我外公和阿姨说，他们天生就是植物学家，精于有机化学，所以对于不同动物他们会使用不同的毒药：对大羚羊和狮子，他们用毒性最强的；对小动物，他们则使用毒性没那么强的毒药。他们的箭头起初用燧石或骨头制成，后来才和那些最后成为他们敌人的人以物易物，换铁来制造。

作为弓箭手，他们举世无敌。我外公曾说，他们可以在一百五十米外射中一头正在移动的条纹羚。外公还说，和布须曼人作战时，在和布须曼弓箭手相隔一百五十米的距离内，他们绝不愿意露出身体任何部位。但布须曼人不只用弓箭打猎，在河上或溪流中，他们会用芦苇、非洲漆树或"无烟煤木"[1]嫩枝编织成美丽的鱼笼，捕捉到无数可爱的金色鲷鱼；或是肥大的橄榄绿巴鱼，它的颈部和巨大的头骨及鱼须仿佛"英国维多利亚女王时代的士兵"。鱼笼末端的篮子和欧洲捕鳗的篮子相似，但没那么单调。这些篮子被织成黑白相间的，不只因为这样比较牢固，我阿姨特别强调说，

---

[1]　harde-Coal，这是一种我的祖先在游牧早期所使用的木头。——作者

也因为布须曼人希望把它们制作得精美些。在随风吟唱的芦苇丛中，他们辛勤地挖好洞，洞中插上一根尖铁，然后巧妙地加以掩盖，以捕捉夜间出没的河马，因为甜美的河马脂肪对他们来说，比任何佳肴都要美味。

当我外公最早穿越"大河"的时候，这里还遗留有很多这种捕捉大型动物的陷阱。族人中的拓荒先驱总是不断派出骑士四处侦察，为后面的大队牛群探勘路上有无这些坑洞。口哨一响，就会有人走向牛群的最前端，将引领牛群的最前面两头牛角上的绳子取下，小心翼翼地领着它们走。外公经常说，他真希望领着牛群走过大草原时，每公里可以以一英镑酬劳计。在我很小的时候，有一次我们到"大河"深处进行春季狩猎和捕鱼时，我看见过一些这种洞。中央的尖铁和掩盖物已经不见了，但我仍记得当时听见其中一名老者说道："这就是他们的杰作，这就是让'胖老海牛大妈'进到锅子里的路。"一种神奇的感觉立刻遍布我全身。"胖老海牛大妈"是我们为河马取的昵称，因为当我的同胞最早来到非洲时，它们就在海边的浪潮中欢迎着他们。从海边到我童年时的"大河"，中间有好几百公里的艰难路途，但任何地方只要有水和芦苇，就一定存在与地方传说或民间故事中的海牛相关的要素。不过，早在更久之前，"胖老海牛大妈"也像布须曼人一样消失不见了，后者曾经多么欣赏前者那肥厚的腰围并喜爱它的脂肪啊！

在水边坑洞和河的通道之间，布须曼人放置了许多用自制坚固绳索做成的圈套。据我外公说，这些圈套的打结法有好几种，但最常见的一种是古时吊刑用的活结。他们细心地把活结打在坑洞边缘，上面以草和沙覆盖。绳结末端绑在一个由极具弹性的青灌木茎秆所制的紧实弹簧上。这根茎秆被拉下弯成两截，埋在沙里，因此无论那是条纹羚的灵巧脚趾抑或狡猾花豹的脚掌，只要轻轻一碰，弹簧就会松开，活结立刻被拉紧，伸直了的茎秆便会将一头活生生的动物从脚掌或脖子处吊在半空中。

布须曼人是这样一种既有技巧又充满信心的猎人，所以即便他们在旷野遭遇最大、皮肤最厚的动物，也毫不畏缩。例如，我外公说，他会在象群中冲进冲出，惹恼公象，或是逗弄犀牛，制造些小摩擦，靠着他对动物反应的充分了解和自己灵活的肢体来求取生存。他会不断这么做，直到激怒一头公象，或直到一些从来就不怎么聪明的犀牛爸爸挺身出来对付他。他就这样绕来绕去，再转回来，尖声发出一连串神奇的魔法音节，再跑开，直到那头动物开始困惑不已地在他身后穷追。之后一名伙伴会从后面神不知鬼不觉地跑出来，以石器时代的武器对准这头四处乱窜的动物身躯上最脆弱的地方进行攻击。他巧妙地将它脚踝上方的肌腱割断，于是这头动物便无力地蹲坐在地上，然后布须曼人会逐渐逼近，上前用矛和刀结束它的生命。

除了大胆和机智之外，身为猎人的布须曼人也很讲究技巧。那是所有知道他们的人都会强调的一项特质。如果可以以智取胜，他们绝不以力代之。他们天生就喜欢靠技巧而非靠暴力。我还记得外公曾以一种奇怪或说嫉羡的口吻赞叹说："没错，他们是很聪明，聪明得跟恶魔一样。"例如，布须曼人会利用狮子为其捕猎。当平常的狩猎方式不奏效时，他们会惊吓猎物，把猎物驱赶至一头饥饿的狮子所在的方向，让狮子代他们出手杀了猎物，然后等狮子吃得差不多时，用火和烟把它赶跑，再拾取狮子没吃完的部分为食。吃过猎物的狮子没那么饿了，但也还没饱到懒怠下来，于是，他们就跟着这头狮子到处走，寻找一个又一个猎物。他们和狮子之间也因此建立了一种相互尊重的奇特伙伴关系。我外公说，这种关系实在怪异。他还记得他父亲曾经告诉他，当先民最早摸索着越过"大河"进入这块土地时，他们发现所有的狮子都会吃人。由于科拉纳人、格里夸人（Griquas）、曼塔提人（Mantatees）、祖鲁人（Zulu）、马塔贝勒人（Matabele）和巴罗隆人（Barolong）三十年来互相残杀，大草原上死尸遍地，让狮子养成了嗜食人肉的习惯；只要有人出现，它们就不再对大草原上成群的猎物感兴趣。然而奇怪的是，它们似乎从来不追猎布须曼人。据说布须曼人在自己身上涂抹一种油膏，味道闻起来十分呛鼻，狮子的敏感鼻子最怕这种味道，因此总和他们保持着距离。无论如何，在其他人带着枪都还不一定安全的狮子出没的国度，布须曼人却可以毫不畏惧且毫发无伤地自由来去。

我阿姨对布须曼人对待鸵鸟的方式印象更深刻。她说，布须曼人把鸵鸟当成母鸡和小鸡看待，而鸵鸟完全不自知。他们从来不会一次性拿走全部的鸵鸟蛋，总是会留下一颗。我问她布须曼人为什么这样做，她回答说，布须曼人知道鸵鸟虽然是鸟类中体型最庞大者，却也是最愚笨的，除非他们留下一颗蛋在巢中提醒鸵鸟它该做的事，否则鸵鸟就会忘了自己的任务而停止下蛋！她也绘声绘色地描述了这些小猎人们如何将死鸵鸟的翅膀和羽毛披在自己身上，然后用根棍子撑起鸵鸟的脖子和头，出发去跟踪一群鸵鸟而不被发现。

但我最喜欢的一则布须曼故事，可能要算一位在漂亮的长颈鹿国度长大的楚亚那族（'Chuana）老牧人所说的故事。我至今还记得他，主要是因为两件事：第一，有一天我因为没有恭敬地尊称这名老人为"老伯"，而是直接喊了他的名字，而被我哥哥收拾了一顿；至于第二个原因就是他所说的故事。这位老伯告诉我，布须曼人太了解所有长颈鹿心灵深处都极端好奇，而且根本无力抗拒漂亮东西的诱惑。但布须曼人也早就知道，追踪这样一种可以从又高又远的地方俯望地面一切生物活动的动物，不但辛苦，也往往徒劳无功。于是他想到一个完美无缺的计划。他拿出经常带在身边的一块闪闪发亮的神奇石头，钻进一个一群长颈鹿刚好可以看到的灌木丛里。他把石头托在手上，从灌木丛一侧伸出手将其摆在阳光下，然后不断地在耀眼的阳光下转动石子，好让长颈鹿注意到它。起初长颈鹿并不在意，只把它当作阳光下的露珠在闪烁，或是水银般的日光下热气蒸腾所造成的幻象。但当太阳越升越高，这个光点却并未消失，而且无论它们走到哪儿都会跟到哪儿，美丽无比，它们开始感到好奇。"于是，小主人，"老伯总是以夸张的语气说，"不幸的事就这么发生了。"从老伯生动的话语中，我可以看见那群长颈鹿虽然拥有其他各种本能，以及在它们维多利亚般工整好看的脑袋里拥有一些理性，但它们那羞怯的心灵却仍逐渐被吸引至藏身一旁的猎人附近，近到它们那丝绸般光滑皮肤上的山鲁佐德式的花纹都清晰可见，而它们那相距甚宽的一对斜眼——可能是世界上所有动物眼睛中最可爱者——也会在又长又黑的睫毛后面闪烁着，就像蜂巢深处的野生蜂蜜般。它们盯着那美丽又不寻常的、具有催眠般力量的光点站了好一会儿，布须曼人便趁此机会一箭射出。箭身像音叉般抖动，对准长颈鹿肩膀下端的柔软部位射入——尽管布须曼人爱极了"胖老海牛大妈"的脂肪，但他们更爱个头高大的长颈鹿的骨髓。

然而，尽管布须曼人使用各种手法打猎、立圈套、设陷阱，他们和非洲大陆上这些鸟兽的关系却绝非仅止于猎人和猎物的关系；他们对这块土地上所有植物、动物的认识，也绝非仅止于这些是其用来果腹的食物。相反地，他们深刻透彻地了解非洲动植物生态和岩石、碎石的性质。今天我们习惯以统计和抽象的方式，根据种属、外表性质和用途对不断繁衍的各种动植物进行分类、编目和再分类。但在布须曼人的认知中，无论多么实际，总有一个层面是我这个时代的人生活中所欠缺的。他们对这些事物的认知是全面的，而且是诚挚、专注的。他们也和这些动植物一样，彻彻底底属于非洲。他们与他们的需要完全和非洲本身以及幅度甚大的季节变化吻合，就跟鱼在大海中没两样。他们和这些动植物彼此的生命深深交错，那种经验已经几近神秘。例如，他们似乎知道身为一头大象、一头狮子、一头羚羊、一条蜥蜴、一只条纹鼠、一只螳螂、一条顶着黄冠的眼镜蛇、一棵猢狲木或是一棵星点孤挺花，是什么滋味。这还只不过是他们生活的那片广漠大地上无数动植物中的数个例子而已。孩提时期的我就觉得，在他们的世界里，似乎一种生物形态和另一种生物形态之间，彼此没有秘密。当我试图想象那是一种什么样的情景时，出现的画面是他们处在我们欧洲童话故事中所描述的世界里，即鸟、兽、虫、鱼、植物和人皆共享同一种语言的世界，整个世界不分日夜，永远像珊瑚海中的浪涛那样，此起彼落，回响着共同的话语。

我并非要在一开始就以"后见之明"来煞风景，而是想说明那时对一个大草原上的孩子来说，有点太过深奥且不知如何表达的一些东西。布须曼人深深吸引我的地方，是他们属于我的家乡，而且比任何其他民族还来得彻底、完全。无论他们到哪里，他们的特质与需要，都与这片土地深深吻合。他们的精神很自然地与大自然无比契合，因为在这本能的明确归属感中，他们的一举一动都严格遵守着既定的法则。我从未发现在我们全体来到他们的生长之地、破坏了他们的家园之前，有哪一项证据可以证明他们破坏了这些法则。他们的猎捕就像狮子的猎捕般，是无罪的，因为那是为了存活；他们从来不会出于好玩或毫无目的地展开猎捕，即使是为寻找食物而进行猎捕，他们也会很奇怪地为这种行为惴惴不安和懊悔。

我以上所说的这一切，证据就在他们最喜爱的岩壁绘画中，呈现在那些可以用心灵之眼而不只是肉眼观赏的人面前。画中的非洲动物仍然像他们最初所知的那样生活着，而且没有一个欧洲人或班图画师可以描绘得出来。它们既非他们弓箭下的猎物，也非供他们填饱肚子的食物，而是神秘的伴侣，是一同为遥远的维生之水而艰辛跋涉的朝圣客。此外，别的证据也显示，他们的安排相当巧妙地平衡着一切而不失公正，因为当我的祖先三百年前在非洲大陆南端登陆时，这片古老的土地上几乎遍布着各种各样丰富多彩的生命形式，那样的土地是在世界上其他地方都找不到的。即使像我这样，隔了那么久的时间之后再来到这里；即使古代的锁已被撬开，宝藏大部分已被掠夺，在看到那些画面时，我仍为它还保留的丰富所震撼。每一次看到时，我的脑海中便不由自主地浮现出一个小猎人的身影，那是这宝贵一幕中唯一欠缺的部分，因为它清楚细致地描绘了我想传达的布须曼人面对自然的鲜明立场。

布须曼人很爱蜂蜜。他们对蜂蜜之狂热，是如今街角到处矗立着糖果店的我们所难以想象的。苦味之于舌头，正像黑暗之于眼睛，黑暗与苦味形式不同，而内在相通。因此蜂蜜对布须曼人来说，就像火光之于眼睛，以及温暖的红色火焰之于黑暗的非洲之夜。他们的蜂巢就像喷泉和水坑，是这片大地上少数被他们视为财产的几样东西之一。他们细心看顾着野生蜂巢，且深谙如何从里面取出蜂蜜而不惊动蜜蜂。他们还知道如何安抚一群受惊扰的蜜蜂。而至于蜂巢，则是父子相传。在我出生的地方，布须曼人晚近史上让人备感悲哀的一幕，是偶尔在"大河"河床和河谷间发现的一些全身发皱的老布须曼人尸体。他们自遥远的地方漂来，或许是在采收历代祖先传下来的蜂蜜时，被格里夸人或欧洲人侵者射杀。确实，布须曼人对蜂蜜的喜爱会驱使他们做许多危险的事。他们会爬上高大险峻的悬崖，去采位于只有"坐在自己脚踝上的人"（这是他们对狒狒的尊称）才敢去的地方的蜂蜜。有一次，有人为我指出这样一个地方，但对我来说，若没有登山绳和登山鞋，我是无论如何不敢爬上去的。可是布须曼人却经常光手光脚，只用小木块插入崖壁的裂隙做支撑，就爬上去了。他就站在悬崖顶端那唯一可供立足的细窄岭脊上，用他特制的草烟将蜂群熏出，然后才将手伸进那潮湿、悬空的岩洞中去取蜜。这是因为非洲野生蜜蜂乃是他们所见过的最可怕的蜜蜂。它们体型较小，但更利落、无惧，且动向非常不可预测。在我出生的村子里有一条特别规定，方圆六公里内不准设置蜂箱。因为在一个令人昏昏欲睡的夏日午后，蜜蜂们曾发动过一次大规模行动，攻击任何在街道上或阳光普照的庭院和小牧场上移动的物体。我已忘记确切的伤亡数字是多少，只记得有两个黑人小男孩，一些猪、母鸡、绵羊、山羊、狗和好几匹马死了。直到今天，蜜蜂、蚊子和采采蝇仍是古老非洲权利的最坚强捍卫者。它们痛恨外来者，无论黑人、白人都一样。但是它们对布须曼人没有这种憎恶，它们似乎从他们的肤色和气味就可以知道，他们也是非洲不可或缺的一分子，因此只会敷衍地蜇他们一下，好像是想给这些黑眼珠、黄皮肤、长相十分东方且敏感的小猎人留点面子。

当原有的蜂巢发生状况时，布须曼人会另行寻找新的蜂巢。他会在清晨一大早起床，希望能在露水间发现出来找水的黑色蜜蜂，然后用目光追随这些蜜蜂和它们在熹微晨光中背负的银亮水滴，一路回到蜂巢。有时候，他也会趁着夕阳西下，定定站在某个香味十足处，身旁拖出一个长长的影子陪伴着他，然后等着一双双翅膀为他指引出它们回家的路。真是令人难以置信，我阿姨说，他那微斜、像蒙古人似的眼睛，居然可以追踪蜂群回家的路线，看到那么远。当欧洲人和黑人早就看不见的时候，他还可以继续站在那里，默记蜂群的路线，等到再也看不到时才会移动到蜂群最后消失的地点记下位置；隔天他会回到这地方，继续追踪，直到发现蜂群的家。但最妙的是，他还有一位好伙伴，那是一只小鸟，即所谓蜂蜜仙（Die Heuning-wyser），它也像布须曼人一样喜爱蜂蜜，总是睁大晶亮的小眼睛四处搜寻哪里有蜂巢。只要一发现，它会立刻掉转方向，回到布须曼人身边，在树荫底下飞快地扇动小小的翅膀，告诉布须曼人它的发现。

"快！快！快！有蜂蜜！快！"它在最近的灌木丛上方对着布须曼人唱，不断地挥着翅膀震动空气，"快！快！"

布须曼人立刻明白了小鸟的意思，并且马上以独特的腔调向它保证："嗨，有翅膀的人！收好东西我就立刻跟你去。"

当他终于取到蜜时，也不会忘记给蜂蜜仙一些回报，而且基于相互尊重，他会和它分享收获中最宝贵的部分——一个如英国德文郡所出产的牛奶般香醇可口的蜂窝里面半成形的幼蜂所构成的蜂乳。

他们之间的公平交易和伙伴关系我就说到这里，后面还会再提到布须曼人与蜜蜂和鸟的关系，以及蜂蜜和以蜂蜜制成的冒着泡儿的蜜酒在他们的精神上所扮演的重要角色。不过上面所说的我认为应该先列在这儿，因为从一开始它们就出现在我的脑海中，像有夜风吹拂的夜晚，月光打破过去的黑暗，风激起水的涟漪，是布须曼人赤裸裸地从神和他们的非洲家乡远去时所残留的部分荣耀。

这些小猎人和蜂蜜搜寻者的敌人用来诋毁他们、批评他们非常低贱的众多说辞之一，就是指控他们完全仰赖自然。他们从不建任何坚固的房舍，也不耕耘土地，甚至不畜养牛群或其他家产，这让他们的敌人认为，他们是十足的"贱民"，和大草原上的野兽几乎没什么分别。霍屯督人是一心一意的牧人，班图人则既是牧人也是有耕地的农人，都比布须曼人地位高，白人当然更不用说了。

没错，布须曼人在追踪猎物时为他自己所搭建的遮蔽处都是越轻巧越好的结构。他们一年中大部分时间所谓的家，往往就是他们的猎捕获得丰收的地方。尽管如此，他们还是有一个永久基地，那是他们一辈子来来去去的地方。在我家附近一带，一群布须曼人曾建起一圈石墙，就在他们的永久水源附近的小山丘顶上。墙高约一米五，且依当地传统，既无门窗也无屋顶。晚上他们会翻墙而入，避开风的影响点起火来煮些食物，然后裹上一条皮毯靠在余烬边睡觉。尽管他们已从这块土地上消失很久，在年久失修的破败石墙围成的圆圈中还是可以看到地上有烧焦的泥土和小石子，那是他们数世纪以来烧煮食物的地方。旁边有个浅坑，是他们在地上扒出来的，睡觉时用来置放臀部。那也是他们从父祖辈继承下来并将传给后代子孙的唯一的床。

当我年纪一达到可以独力爬上一座小山的时候，就有人带我去游览了这个"永久基地"。它位于我外公的大农场里，在我们家后方的小山顶上。这个可爱的地方有个引人遐思的名字，令我对其更加向往："布须曼人之泉"（Boesmansfontein）。当我外公在将近一个世纪以前轻松地从格里夸强盗手中买下这里时，这个名字就存在了，这足以显示这泉水一度是布须曼人的永久水源。它从一个长满茂密青灌木、非洲漆树、野生白杨和非洲柳的地表裂隙中涌出来，在当地的泉水中别具一格，因为它是同时从我们所谓的"三眼"中冒出来的，也就是说，这些备受重视的清水从三个独立的圆形开口中同时涌出。泉水水质甘甜，在阳光下以一种可以感受到的韵律汩汩地冒着泡儿，好像地层深处有颗温暖的心脏正努力跳动着，将水送上来给我们。虽然那时我还是个孩子，但自出生起我就见证并感受着家乡长年来对水源的焦虑，因此每次看到这三眼泉时，我总是不自觉地认为它无疑是一项奇迹。然而，更不寻常的是，不到半公里外，这些泉水很自然地汇入另一条永久性河流，在光滑的芦苇和带穗子的灯芯草的包裹下，发出鸟鸣般的悦耳声响。这条河有个启人疑窦的名字——"背包河"（Knapsack River），但它却是我这一生中小小的失望之一，因为我始终没法弄清楚：到底是谁的背包？这条河其中近十公里流过我外公的农场，它和三眼泉使小山丘构成一个布须曼人在此建立永久基地的最恰当位置。小山丘距离水边不致近得惊扰来喝水的动物，又高得让他们得以居高临下，眺望兼观察在孤独的青山之下我们所谓的"草原"（vlaktes）上活动的条纹羚，也让他们得以监视通道上是否有敌人入侵，并及时发出紧急讯号。那儿的布须曼人一定有邻居，可以看到他们所点燃的烟火，来和他们一起庆祝或协助他们解决困难。

我还记得，当我第一次站在山丘顶端破损的石墙内时，附近的永久水源被一一指认出来。东边是波光粼粼的"长水池"，以出产鲷鱼和巴鱼著称。它的后面不远处，一道红色岩石构成的山际线从被称为"日落之地"的一方水池边升起。北边二十四公里以外，一座山际线绵长的山丘从地平线升起，背后的天空一碧如洗，使得山丘在旁边泉水上的倒影如此清晰，仿佛整座山上下颠倒地挺立着。这一汪泉水被称为"乱射泉"，因为在过去扰攘不安的历史上，曾发生过某些如今已不为人知的骚乱事件。西边四十公里以外有座尖峰山，山际线突然陡降至大河的河床深处，在大地上投下一片清晰的暗影；在我和暗影之间，在著名的"大喷泉"池边，冒出一棵虔诚的白杨。西南边差不多五公里之外，因距离太远而呈现出青绿处，是所谓的"三个泉"，由一片草木包裹着。正南方，储水的池子叫作"商人泉"。此外，附近还有其他水源。

看着亮丽的条纹羚像吉卜赛人般在平原上游荡，和无数披着外国羊毛和花色的进口羊群混杂在一起，此情此景，即使一个孩子，都可以感受到这块土地是多么适合小猎人。当然还有其他地方也很适合他们。只要有可能，他们都会把家建在某个悬空的巨大岩壁下，越不容易接近越好，而且最好有许多洞穴，就像在离我家不远处的"夜岭"(Mountains of the Night)山脚下，或是"大河"的峡谷，以及龙山山脉(Dragon ranges)的其他地壳裂隙处所发现的那些一样。

在那种地方，布须曼人觉得最安全。他们的文化也在那里得到最大程度的繁荣和延续，由此产生了非洲大陆上绝无仅有的、真正的、最纯粹的艺术形式。只要有空闲，不需要打猎也不会饿肚子时，他们便创作音乐。所有人都告诉我，任何非洲音乐都不能和布须曼人的音乐相比。他们有鼓、响板、弦乐器，弦乐器则从单弦的弓到四弦的竖琴都有。共鸣器他们则使用大草原上的小乌龟壳，将其固定在单弦乐器上；而想要大提琴和低音提琴的效果，他们就会采用又大又暗的山龟壳。直到今天我想到此都还觉得感动，因为欧洲超现实主义的小提琴和大提琴正是自乌龟得来的灵感。在管乐器方面，布须曼人用生长在我们的平原和河流逆水处的一种较小的竹子制成笛子。据说他们也玩一种双管乐器，状似原始的牧神风笛。他们没有铃，但他们用一种硬皮革做成铃铛的形状，里面有块石头做的铃舌，然后将它绑在自己的足踝和手腕上，和着音乐摆动肢体，使其发出一阵阵有节奏的声响。他们热爱音乐，不分时地，即使在打猎期间也不例外。如果说，文化最具创造力的表现是刺激人兴起玩乐的本能，那么小猎人们创造出的这么丰富的游戏和复杂的音乐，真要让许多所谓的"高级"文化相形见绌了。

不过，对布须曼人来说，音乐还只是舞蹈的陪衬。他们天生就是舞蹈家，任何事都可以让他们跳舞。他们为出生而舞，为青春而舞，为结婚也为生命中和精神上许多其他事情而舞；他们为太阳跃上天空而舞，也为月光明亮皎洁而舞；最后，他们甚至会舞出死亡的痛苦。我所听说的一切似乎显示，当太阳下山后，他们仿佛会成为另一个人，从黑暗里活过来，因为他们在夜晚以一种我们绝对无法模仿和拥有的激情和精力跳舞。从这个角度来看，我注意到他们仍和我们在一起。每晚，当我们的有色人种仆人依照规定退至河的另一端时，他们并不会立刻去休息；尽管白天工作得很疲累了，他们还是会聚集在一起，又唱又跳，像在我床边围绕的黑暗中一抹烧灼过的白银闪着亮光。他们一直跳到清晨，即使知道这样会造成的后果也在所不惜。我相信，只有依靠那样的宣泄，他们才能忍受我们的存在，并继续保有他们天生的布须曼血液，而那是白天时我们这任性倔强的生活所不容许的。

另外，在山洞里和高悬的岩壁下，布须曼人也以绘画述说着他们的伟大故事。我在后面还会更详尽地说明这属于他们精神层面的部分，在这里，我只是要强调，一般人认为所谓文学只存在于有书写系统的文明中的这种看法有多么错误。事实上，只要有语言的地方，就有文学。所有非洲人，特别是布须曼人，都拥有他们自己丰富的口头文学。然而非常遗憾的是，我们仅知道其精神上这深具意义的活动的极少片段。不过毫无疑问，故事和说故事是他们生命中能为其提供最大报偿的喜好之一。我这么说的证据，不只存在于我所听过的故事里，也出现在那些认得布须曼人的老人身上，他们黯淡顺从的眼神因我乞求他们回忆他们的故事而亮了起来，即使有时这种乞求超出了他们的回应能力。

不过，最重要的是，在那些石墙和岩壁之间，布须曼人留下了不少雕刻和绘画。在这一方面，他们真是无比独特，而且充分展现了他们成熟的技巧。所有非洲民族都会有些自己的音乐、舞蹈，以及他们自己特有的"文学"传统，但似乎没有任何一族人拥有这样惊人的绘画天赋。布须曼人似乎在他们的历史早期就发现自己有这种珍贵的视觉天分。至于多早，无法精确计算。以最早的一幅绘画来说，专家估计它的年代介于公元前8000年到公元1300年之间，不过有充分证据显示布须曼人可能早在那之前就是画家了。事实上，越来越多的人认为，他们和古代埃及人甚至更早的创作多尔多涅省洞穴壁画[1]及伊比利亚半岛地中海盆地岩画[2]的旧石器时代艺术家同出一源。在所有和非洲有关联的人种中，埃及人是唯一在视觉艺术表现上达到极致的民族，而之所以有上述猜测，不只因为伊比利亚半岛、埃及及南非等地绘画中所出现的主题和绘画方式极为相似，还有其他理由。前面我提到过他那"科怀-兹克威"的敏感事情，以

---

[1] 法国多尔多涅省（Dordogne）的拉斯科（Lascaux）洞穴于1940年9月12日被四个孩子偶然发现。1948—1963年间曾经对外开放，后因参观者众，岩画损坏，从此对外关闭。整个洞穴由一系列洞室和通道组成，共长约250米。岩画作于公元前15000年前后。洞中共有千余处绘画和雕刻，均为标记和动物形象。唯一的人物形象是一个被野牛撞翻在地的人。表现最多的是马，共有355处。——译者

[2] 伊比利亚半岛地中海盆地岩画经考古学家研究，被分为三类：旧石器时代壁画、地中海沿岸壁画和简图式壁画。其中，旧石器时代壁画大约是公元前4万年到公元前1万年之间的作品；地中海沿岸壁画，考证年代在公元前6000年到公元前4000年之间；简图式壁画则在公元前4000年到公元前1000年之间。——译者

及他们中的女性同胞的"埃及围裙"。这些画中女性的生理特征之所以被称为"埃及围裙",是因为这种生理特征与古代埃及女性一样,且这一特征在埃及第二王朝（The Second Dynasty of Egypt）的记录中曾被提及。布须曼人的肥臀也和埃及人一样,我自己更注意到拉斯科洞穴的壁画复制品上,男人们的模样以及他们的"科怀-兹克威"。不过,无论他们的绘画技艺多么早就开始发展,也不论这些绘画分布得多么广泛,他们似乎从来没有在其他哪个地方,像在我的家乡一带那样,持续创制出佳作。虽然他们的画作大部分已因岁月和风霜侵蚀而毁坏,不过还是有不少留了下来；直到今天,仍不难想象在我们和黑人们闯入布须曼世界之前,它的规模会是如何。我自己从小便追踪着他们的绘画遗迹,从好望角一路向北,经过约两千四百公里进入罗德西亚[1]，然后从龙山山脉的东端支脉和险峻的奥特尼夸山（Outeniqua）向西,再走两千四百公里左右,来到岩石裸露的大西洋海岸。尽管这片地域非常广大,但仍未纳入他们的全部绘画记录,这已足够显现出他们作画的地区有多么辽阔。

我很喜欢我现在身处的时代,因此就算有可能,我也不想活在别的时代。然而,如果被迫要做个选择的话,那我宁可活在欧洲人刚来到非洲的那个时候,可以在我们还没盲目且暴力地插手时,自由地浏览那无边无际美妙处女

---

[1] 罗德西亚,津巴布韦共和国的旧称。——编者

大地所展现的一切，就像某些时髦的艺廊，在光滑石面和蜂蜜色的岩壁上，展出新近才修平整且新画上去的布须曼人绘画。显然这些绘画已经存在了数世纪。只要画面一褪色，不是有人立刻将它修补好，就是用另一个主题重画一幅覆盖在上面。同时，继续不断有新的绘画出现。令人颇为惊讶的是，即使到这么晚近的时期，它们在暗紫色的洞穴和高悬的危岩及峭壁的阴影中仍旧如火焰燃烧般鲜明、强烈，而且饱含一种力量，足以催动人无法抑制地怀念起那已经消失的画家和当时占据他体内的精神。没错，这些壁画的火焰渐渐熄灭了，通红的炭正逐渐随着时间的流逝转成烟灰，最后变成银色。但是在那底下仍有足够真实的火焰，足以显示布须曼人和他所选择的伙伴正跟随着他神秘的足迹，继续探索沙漠远端那片神明许诺的土地[1]。

在一些最早的绘画中，布须曼人所绘的对象几乎都是动物。当空间不大时，所画的动物便只有一头，就像有一次我看到一头古典美丽的大羚羊只有个迷你的小头，正张着拜占庭式的眼睛，从位于遥远灌木丛中一条动物小径边缘的一块藏红色岩壁上朝外看。或者，如果空间够大，便画出成群结队的羚羊，如白开河（White Kei River）之上的洞穴中就画了一百五十头瞪羚，每一头都各具特色。除此之外，"胖老海牛大妈"，四肢修长、脖颈美丽又有动人曲线及美人肩

---

[1] 犹太教典籍中记载，上帝曾向犹太人许诺，带领他们到"美好宽阔流奶与蜜之地"。此处应是化用这一典故。——编者

的长颈鹿，常摆出优雅的金鸡独立姿势的蓝鬈羽鹤，"死神的使者"双髻鲛，身长前所未见的巨蟒，愤怒得像头被箭射中的公牛且腹侧沾染着一团鲜红血迹的犀牛，布须曼人世界中的巨人——大象，难以对付且无法消灭的螳螂，高贵无惧的狮子，花豹王子，犯下了普罗米修斯般的罪行而一辈子被困在地面的巨大鸵鸟，狡猾的胡狼，明星般的大山猫和其他不知名猫类，狼人种属的土狼，各种条纹羚和羚羊，"坐在自己脚踝上的人"（狒狒），以及其他许多布须曼人并不视为野兽、飞鸟和昆虫，而皆视为早期种属之"人"的动物——这些也都透过他们精确的观察、发自内心的感谢和分享而出现在壁画上。事实上，我知道有一幅画，上面绘着一群因被惊吓而狂奔的大羚羊，那对动作的表现如此准确，以至我观赏时感觉十分真实，仿佛亲眼见到这些大羚羊正全速冲过岩石，倏忽即消失在山丘的另一面。

不过，渐渐地，布须曼人自己开始出现在画面上，画面越来越复杂，主题也越来越完整：先是一个孩子，然后是丈夫、猎人和战士，他们的女人总是在一旁密切地给予支持；接着是他的家庭生活和偶尔的战斗。蜜蜂与蜂蜜出现了，他们开始跳舞。在这里，内在的渴求出现了，并被加入外在的需求中。神秘的侧影出现了，人的下半身，鸟或野兽的上半身，像古代埃及的神明般，站在洞穴深处岩壁上方的角落，从那里看着布须曼人日常生活的画面，或是沿着悬崖边缘悄悄移动。神秘的形状也出现在芦苇和灯芯草丛中，上下颠倒地从珍贵的水面下现出倒影。在沙漠边缘某个凉爽的峡谷里，被太阳晒得热气蒸腾而发出碎玻璃般光亮的闪光处，一位白人女士泰然自若地沿着一道陡峭山壁上的阶梯昂首阔步走下来，她修长的手上拈着一朵花儿。突然，高大的黑人闪现，像印刷机的墨水喷出的巨大惊叹号，遍布在北边的画面上。布须曼人的个子也变得过大，像巨人般和黑人对抗。他们的抗争显得越来越绝望。突袭、反突袭和大屠杀越来越多；长久以来刻画在石壁上的安全感、发自内心的肯定和分享，全部不见了。岩壁上的血渍面积越来越大。带枪的入侵者从画面的另一端出现。在"大河"近旁"夜岭"上的画面中，可以看见一个穿着红色外套的敌人，和许多骑着马、端着枪的士兵。然后，突然之间，这古代艺术便从这片古老而悠久的大地上消失不见了。

我很希望能说得更详细些，不过我还有其他有关布须曼人的事要说，这里先说这么多，主要是想回答这本书一开始时所提出的问题：布须曼人到底是怎样的人？在他们的绘画中，他们显得精神奕奕；虽然灯具也许旧了，但灯油却真实而永恒，火光温暖而妥善地亮着。事实上，他们的爱的能力像夜晚小山丘上的火光一样明亮温暖。在非洲所有种族中，只有他们如此踏实且诚挚，因而不断地试图以绘画装饰非洲大地的岩壁，作为荣耀她的一种方式。我们其他种族在非洲境内四处穿行，像蝗虫过境般竭尽所能地吞噬、掠夺这块土地，布须曼人却是本来就属于那里的。因此他用了许多方式努力表达这种归属感，也就是爱，这其中最精彩的方式莫过于绘画。

　　这所有的一切，当然并未逃过他们的敌人的注意。我再说一次，他们消灭布须曼人的理由，就是他们总是认为布须曼人像禽兽一般。每当他们俘虏了布须曼人，总是把逼迫他们屈服的过程说成"驯服"，就好像他们真的是野兽。从小我就一再听到老人们带着夸张的不悦语气——有的充满苦恼，有的夹着一丝不怎么情愿的悔恨——说："但你看，他们就是不肯驯服！"我们对他们所做的每一件事，都建立在视他们为一个阻碍优秀种族进步的劣等民族的偏见上。而依我看，再没有什么比他们的绘画更能将我们逼回自己的良心面前。然而竟然还有人想证明他们并不是这些洞穴壁画和岩壁雕刻的原作者。有人说，这些作品出自另一支受布须曼人压迫的民族之手。若非知道这刻意的大声嚷嚷背后隐隐藏着良心不安，他们如此强硬地坚持这种说法还真让人困惑不解。我之所以知道这些就是布须曼人的杰作，除了大量间接证据外，也有一些从欧洲人和班图人的传统中受到影响、认识布须曼人的证人的说辞，以及对我来说最重要的布须曼人自己的记录。如果没有心灵伟大而专注的斯托[1]，我们对布须曼人恐怕就更欠缺有系统的了解了。他从一些幸存老人处收集了不少感人的证据，当他拿着他精彩绝伦的洞

---

[1] 斯托，即乔治·威廉·斯托（George William Stow），非洲岩画的最早临摹者。——编者

穴壁画复制品给这些老人看时，老人们往往非常高兴，称这些画为"他们的绘画""他们自己的画"及"他们国家的画"。斯托也描述了巴苏陀丘陵一带有回遭突袭时，最后一位布须曼画家被射中身亡，死时腰间尚围着一圈斑马皮带，上面挂着十个小牛角，里面分盛着不同的颜料。我第一次读到这则故事的时候，内心深受震动，因为它似乎和我自己童年记忆中的经验非常一致且真切。我外公家族中有一名族人年轻时参加了一次在"大河"丘陵一带突袭布须曼人的战役，归来后曾说，他看到过一名死者腰间围了一打外形相似的小牛角。

那些诋毁布须曼人的人还发明了一套说辞，一套拒绝承认他们为非洲最早居民的说辞。如果可以证明布须曼人并非非洲的原住民，而只是像黑人和我们自己一样，都是后来的入侵者，那么我们那惴惴不安的民族良心当然也就可以得到安慰了。既然世界上多的是不择手段想发现另一史前遗物来推翻人类起源理论的专家，他们也就不愁没有人支持。他们说，有其他人种和其他文化存在于布须曼人之前。在一块古老、广大又不可完全测知的大陆上，谁又知道他们是否真的正确？不过我自己虽非科学家也不是专家，却从来不想把这个问题带到不可能的范围去。答案对我来说很明显，不管是谁比布须曼人更早来到我的家园，没有人记得他们，无论他们有多么神奇，所有一切都已化成无边无尽的沙尘，无人闻问，只在夕阳西下之际让非洲西部变得更为红艳。在我看来，事实摆明了布须曼人不像其他传说中比他们更早的人，他们确确实实留存在人们的记忆中，而且在我的家乡和当地人类起源有着活生生的密切关联。他们是唯一被许多活生生的人承认的、在这块土地上居住得最久的原住民。

在我的孩提时代，认识他们的人中，没有一个人怀疑这一点。许多人还进一步表示，他们是旧石器时代伊比利亚的猎人，和古代埃及人拥有共同的祖先。如今有些专家也同意这个观点。除了他们的"科怀–兹克威""埃及围裙"和绘画等证据外，他们还引述了希罗多德[1]的重要记载，提及一支在利比亚内陆"擅长使用弓箭的小猎人"。他们相信，布须曼人是数千年前受从东方来的强大民族的大迁移所迫而离开了地中海和北非一带。有些人甚至坚称，他们是地中海世界的原住民，欧洲民间故事中小矮人的原型；他们不只是非洲最早的居民，更是世界上现存最早人类形态的代表。我只知道无论如何，没有任何现存的证据可以证明布须曼人不是非洲的原住民。事实上，非洲最早的历史传说之一宣称，人类起源于遥远的北方，之后才陆续移向南方。这个传说的模式也许因为受到惊吓的民族又会向后撤退或是围绕着东方或西方的阻碍而向四周散开，直到抵达海岸为止，以致趋势显得不是那么清楚。不过大体上看，人类移动的

---

[1] 希罗多德（Herodotus）：古希腊历史学家，被称为"历史之父"，所著《历史》（即《希腊波斯战争史》）主要叙述希波战争及波斯阿契美尼德王朝和埃及等国的历史，系西方第一部历史著作。——译者

大方向不可避免地是往南，一如火山口迸发喷出的火红岩浆沿着火山坡缓慢地向下流，流向宽阔的平原。

我还没有遇到过哪一个非洲种族或部落的人敢说："就是这里，你现在看见我们族人的地方，打从人类有记忆以来，我们就在这里。"在非洲，无论何处，部落传说和历史都指向遥远的北方，以那里为起点，然后是一连串向青翠而神秘的南方迁徙的避难行动。在这个传统中，似乎只有一个例外：布须曼人。因而一如其他例子中的情形，他们似乎相当讽刺地维持着一贯的不妥协态度，也因而总是被视为外来者。即使是非洲最早居民之一的霍屯督人（他们和布须曼人非常相近，也经常使我的祖先将他们混为一谈），也未脱离这个传统。还有一点更重要：霍屯督人早在其他民族南下前就向南迁徙了很远，以至当欧洲人首度登陆好望角时，他们已经在非洲大陆南端生活了相当长的时间，但他们仍然开始沿着东海岸回头向北走；而即使是数世纪来和欧洲人之间的毁灭性接触，以及传教士持续不断的洗脑教育和与欧洲人的频繁通婚，也并未使他们动摇祖先是从遥远的北方某处迁徙而来的说法。我年纪很小的时候，就曾有过一次与此相关的经验。

当我还是个孩子的时候，每天都有一位老人来我们家乞讨食物。老人坐在我家白墙围绕的院子中一棵相思树的树荫下，我坐在他面前。相思树的叶子被风拂动，仿佛水池里的波纹，在正午的艳阳下又像火焰般颤动。我还依稀记得，背后有人说："算算他的年纪，总有个一百一十岁了吧！"在我那个年纪，根本不能忍受从一个生日到下一个生日之间的时间差距；至于一百年以上，更是像我们所坐之处的无尽沙尘一般，无法想象。但是孩子天生就很好奇，不需要懂算术便知道历史鲜活地存在着，因此也不自觉地崇敬起面前这位弯腰驼背、满脸皱纹的老人。他住在近两公里外数百名黑人和有色人种组成的聚落的一间小屋中，法律规定他们不准和我们混居在一起。虽然他每天清晨太阳一升起便起床，却得花上整个上午才能抵达我们的住处而不至于错过我母亲"小羔羊"（我们和他都这么称呼我母亲）吩咐为他准备的食物，而这食物一直持续供应到他逝世为止。这是她对他以及他所代表的那个也是属于她的家乡的原始过往所施予的爱心。他自己是格里夸人，也是霍屯督人数支大族裔其中一支的后代。他们以游牧方式四处迁移，当我的祖先来到好望角时，他们正在这一带生活，是最早抵抗欧洲人向内陆无情入侵而失败的民族。老人的思维还很清晰，虽然他不会说英文，却能像鹦鹉般唱出一首一百多年前从传教士那儿学来的诗歌。虽然他微斜的褐色双眼已经因为时间久远而泛着朦胧的蓝色，声音也模糊不清，但说起话来仍然非常有威严，因为他没有忘记自己是最后一代了不起的格里夸酋长的侄儿。这些格里夸领袖突然出现在他们民族史的最后篇章，前仆后继，绝望地搏斗，像清晨客旅不安的梦中的人物那样辉煌。

儿童在生命的很早期就懂得不随便轻信大人们相当执着的一些显而易见的说法。尽管如此，由于有关布须曼人故事的想象已在我的脑海中积累多时，我总是一次又一次地问着这名格里夸老人："那，老伯，请问格里夸人最初是从哪里来的？"

他会毫不例外地将头转向一侧，慢慢抬起手来，以无比庄严的态度指着北方。那庄严的态度令人浑然忘他，以至于最近看到一张那时哥哥为他拍的照片时，我才惊讶地注意到他的衣衫是那么褴褛。然后，他喊出霍屯督人视为神明的英雄的名字——"黑兹艾比比"（Heitse Eibib）——那是格里夸人每当兴奋或焦急地想强调他们所说话语的重要性时的习惯，并称呼我为"先生"（Sire），那是他的祖先数世纪前从胡格诺教徒[1]处学来的，之后才开始耐心地重述那古老的故事："黑兹，小先生，格里夸人最早时住得很远，很远。起初，很久很久以前，格里夸人住在一条大河的对岸，高高的山上冒着轻烟，山后有一条宽阔的河流。"

"会冒烟？！"我毫无例外地插嘴，对这样一幅画面所带来的神奇感受既惊讶又兴奋。

"是的，小先生。高高的山上冒着轻烟，生气时还会发出打雷般的声响并且喷出火来。黑兹！我告诉你，那就是我们来此之前最早所住的地方。我没骗你。"

---

[1] 胡格诺教徒（Huguenot）：16—17世纪法国基督教新教徒，多数属加尔文派。——译者

"但是，这么说来，老伯，请你继续告诉我，你是怎么从那儿来的呢？"我会继续不死心地恳求着，因为似乎每次回答到这里便没有下文了，这支拥有古铜色肌肤的奇特民族从此开始像一串留在饥渴沙漠上的足迹，逐渐消失无踪。然而每次他那爬满皱纹的老脸就会一下子黯淡下来，为无法唤回的霍屯督记忆而痛楚。他会喃喃自语地说："我们第一批人离开那里已经是很久很久以前的事了，现在坐在这里快要饿死了的这个格里夸人又是谁？老天爷，就是我。请你去告诉'小羔羊'，他就是我，我来了。"

然后他会唱起那唯一的一首传道的诗歌，我怀疑他这么做与其是要寻求心灵的安慰，倒不如说是为了要将心上的空虚魅影赶走。横亘于他的种族悠久的源头和他现在的可怜处境之间的，是一片令人手足无措的茫然，就像非洲的鬼魂一般。众所周知，非洲的鬼魅不在半夜活动，而是在正午的光天化日之下。

不等他唱完第一句，我就会再度打断他："那么，老伯，布须曼人呢？请问他们又是从哪里来的呢？也是同一个地方吗？"

"布须曼"这个词立刻惊醒了他的回忆。他的声音变得尖锐，带着浓浓的鄙视。他朝亮闪闪的沙子吐了一口痰："布须曼人！那些该死的家伙！天哪！他们不从任何地方来！他们就像这里的龟、黄脖子的蜥蜴和瞪羚一样，一直都在这儿。"

于是，我第一次听到这个说法。之后，除了霍屯督人和它那可怕却又天真可爱的格里夸人支裔外，我也问了纳马族（Namaqua）的混血儿，科拉纳、赫雷罗（Herero）、奥万博（Ovambo）、曼巴库什（Mambakush）、贝专纳（Bechuana）的许多部落，塔巴恩丘（Thaba' nchu）的巴罗隆人、巴苏陀人、唐布奇人（Tambuki）、滕布人（Tembu）、巴特拉平人（Batlapin），以及闻名遐迩的一些英勇部族，如阿马科萨（Amaxosa）、阿玛祖鲁、阿玛史瓦济（Amaswazi）、阿曼格瓦尼（Amangwane）、阿曼彭多（Amampondo），还有居住在我家乡的班图人的数十个支裔。所有人都异口同声地说："布须曼人，他们一直就在这里！"

更令人印象深刻的是，当部落传说和故事也消失在过去恐怖的动乱和混淆里时，埋藏在大地下的冷静、客观的证据依旧可以坚实有力地接续。就在离我家不远的地方有块大洼地，这种圆形浅洼地在西南非到处都是，早年搜寻黄金或钻石的淘金客在这大洼地的表面下方两米五处，发现由鸵鸟蛋壳制成的典型布须曼珠片。由于地层的逐层堆积，无数层早已绝迹的小型陆地动物的壳也分别散布在珠片之间，以及大洼地的坑底表面。那里的气候自古至今经历过剧烈的变化，因为从这干燥洼地的地质构成可以明显看出，它并非一直都这么干燥，而是一个已经消失不见的巨大湖泊系统曾经的一部分。还有，在过去数世纪前曾是瓦尔河（Vaal）或"大河"河道布满碎石的河床、现今却高出水位十五米的地方，斯托有一次发现了货真价实的布须曼遗迹。对我来说，我只消知道水是如何一点一滴地侵蚀石头，便可以得知布须曼人在这一带居住的时光有多么漫长悠远。这样的证据也在全国各地不断出现，我长大后，这些证据为我证实了我一向坚信的观点，即关于这些被否认、被排斥的小猎人，有一个事实是毋庸置疑的，那便是：当冲突变得越来越盲目、问题的焦点比现今这个四分五裂的原子时代更加模糊之际，非洲大地上出现了许多因表现英勇、坚毅而获得赞誉的人，其中布须曼人的排名永远居首。

*

第二章

消失的方式

第一批欧洲人于1652年抵达好望角，在这里定居后，没多久便和布须曼人发生激烈战斗。没错，霍屯督人也在那儿，不过欧洲人和霍屯督人之间的战役远不如和布须曼人之间的来得惨烈。这也许是因为霍屯督人在时间上相对更接近外来者，欧洲人对他们并非完全不能理解。欧洲人的价值观紧紧维系在财产和其他物质性问题上，也许他们发现霍屯督人和他们拥有相同的观念，即客观的财产概念，并且会在自己所拥有的牛身上做记号，以资识别。无论他们多么无情地镇压和追杀霍屯督人，双方绝非势不两立。但布须曼人显然完全超出他们对任何事物最基本的理解。

在欧洲人的观念里，布须曼人从来不拥有任何东西，因此他们也不欠布须曼人什么东西。但侵略者从来没有想过，也许，单只是住在那里这一点，就足以使布须曼人理所当然地享有一些基本权利。侵略者的脚步越来越深入内陆，占领了布须曼人的祖先所传下来的历史悠久的水源地，猎捕了数世纪以来布须曼人生存所需的猎物，掠夺了他们的蜂蜜，摧毁了蜂群所赖以生存的草地；他们不仅接二连三地破坏了与他们的生活息息相关的各种自然环境，甚至

第二章 消失的方式

连他们维持基本生活所需的一切也扫荡殆尽。

侵略者开始很奇怪地发现，布须曼人居然很生气、很痛苦，并因此起而反抗、报复。事实上，对当时的欧洲人来说，最讽刺的一件事是他们发现这些小猎人居然没有像《鲁滨孙漂流记》中的土人星期五那样，跪倒在鲁滨孙脚前，乞求鲁滨孙收他为奴仆，反而勇敢地站起来维护自己的生存权利，这让他们大感出乎意料，也很没面子。

长大后，我曾经试图在这个我们祖先刚来到此地的不光彩时代里，寻找任何一丝他们良心不安的迹象，结果徒劳无功。我想就算有，也深埋在他们的加尔文教派精神迷宫内，只有在针对布须曼人提出恶意攻讦和不确实陈述时，才可能嗅到一丝丝气息。因为在我的家乡，有关人类本性的古老法则依旧存在。

首先，一个人若想摧毁其他人，必须先诋毁自己本性中与其共享的那部分；而越是对自己这种行为感到质疑却又不肯承认时，所采取的行动越是激烈。很不幸，从一开始，布须曼人就免不了成为各种指责的代罪羔羊，对他们没有什么恶毒的话是不能说的。例如，他们甚至不算是野蛮人——在欧洲人眼里，他们简直就是野兽，而他们所拥有的智慧，只是使他们成为更危险、更可怕的野兽。这些欧洲人甚至认为，他们比野蛮人更污秽。这项指控被使用得淋漓尽致，到今天我已经听得够多的了——不只是针对布须曼人，也包括其他非洲原住民，我甚至可以写一篇论文讨论它在我们精神里所扮演的暧昧角色。不过，这里只消说，我一再发现这种针对外表所见而进行的污蔑，事实上是作为烟幕，遮掩布须曼人作为活生生的人在那些准备以不人道手段摧毁他们的人心里的形象。但这还不够，其他针对布须曼人的指控还包括：他们很残忍、不可靠、报复心强、毫无用处，还是根深蒂固、不折不扣的窃贼。不错，在那最后的痛苦阶段，布须曼人因被剥夺了包括家园的一切，只能在日渐消失的过去的生活节奏下苟延残喘时，的确也做出不少落人口实的恶劣事情。我外公每每提到那次将"大河"一带丘陵间的残余布须曼人赶尽杀绝的行动时，总不免带着一丝憾意地说："我们本来可以不在乎偷牛或偷马这类事情，因为我们也知道，他们总要吃东西才能活；但是让人不能原谅的是，当他们已经偷了足够多的食物后，竟然还怀恨在心地截断了他们遇见的我们所有动物的腿筋，然后将它们无助地抛弃在大草原上，等我们去射杀。"老巴苏陀人所说的内容差不多，并且还会加上一句："布须曼人总是躺在那里，等着一小群他的族人用毒箭或矛结束这些动物的痛苦。"当然，他也不可避免地以半遗憾的口吻做总结说："你看，小主人，他们就是不愿学习，永远不肯被驯服。"

然而过去有相当多的证据显示，布须曼人并不是一直都这么富有攻击性。在南非许多弱小民族的传统中，总是提及布须曼人既是慷慨的主人，也是忠实的朋友。当最早从北向南迁移的大群黑人中，一些脱队者疲累交加且又害怕时，布须曼人也会为他们提供庇护。然而令布须曼人痛苦的是，这些脱队者一旦获得了援助，恢复了自信，便几乎毫无例外地和其他黑人联合起来掠夺他们的地盘，试图把他们消灭。我的族人也不例外。当他们开始能较平静地回忆起那可怕的过去时，总是说布须曼人是个重承诺的民族。例如，我听说，早期住在边境一带的拓荒者经常把有数百只羊的羊群交给布须曼人，请他们赶到欧洲人不敢深入的内陆去牧养。许多个月过去后，他们会再次出现，羊变得又肥又壮，一头都没有少。这一切的报酬只是一点点香烟，那是布须曼人的最爱。

倘若不是外来者的入侵，你会发现，布须曼人并不是一个好争斗、性喜攻击的民族。在他们自己的社会中，并不存在大规模战争的传统、传说或故事。他们似乎性好和平，和近邻所发生的小摩擦只不过是偶尔心情不佳而已。事实上，他们深爱自己这种轻松、有趣的生活，因此也不愿忍受外人无故的挑衅和侵犯，而如果对方真的无法改过，他们会很快地和朋友一起合力将对方驱逐出去。

证据也显示，即使在有敌人攻击他们的情况下，他们也依旧能保持信念，愿意接受谈判，并且在战斗最激烈的状况下，仍然尊重对方派来和谈的代表。最后，连他们最大的敌人，就算满心不情愿也不得不认可他们无与伦比的勇气，而对这些浑身脏污的矮小身体战斗到最后一刻也毫不折损的高贵情操致上迟来的敬意。对我来说，有关布须曼人所有悲剧命运的事实中，最悲哀者之一就是冲突之外的各方人士从来没有一位因感动而出面为他们说项。当代文献中，有关他们特质的记载完全付诸阙如，姑且不要说挽回他们的悲惨命运，就连多少可以让他们感到些许安慰的记录也一概皆无。霍屯督人和其他非洲民族很幸运地都得到了有力人士为他们说话，而小布须曼人，则除了极少数开拓边境的我的祖先外，只有一位荷兰改革教派（Dutch Reformed Church）的杰出牧师为其发出声援，此外就再无他人了。成群结队来到我家乡的传教人士尽管痛恨奴隶制度，且怀抱着正在欧洲如火如荼传播的强调"人的尊严"的新理想，但对布须曼人仍丝毫未给予正眼一瞧。甚至连原来应该是第一个向布须曼人伸出援手的"原住民保护协会"（Society for the Protection of Aborigines）——如果布须曼人不算原住民，谁还算呀？——却也讽刺地支持他们最无情的敌人所进行的攻击，导致他们走向灭亡。自始至终，他们似乎完全遭到遗弃，甚至达到了连上天都遗弃了他们的地步。事实上，当他们在这块浩瀚如海的他们出生的大地上战斗到最后一刻时，的确充满了一种精神上的深沉的孤寂和痛苦感，与古代水手相仿：

> ……这颗灵魂曾经
>
> 孤独地航行在浩瀚大海上；
>
> 孤寂得仿佛连上帝本身

都远离了他。[1]

　　我不打算大费篇章地介绍，自我的祖先在非洲登陆以来到一百二十五年前我外公时期，发生在布须曼人身上的可怕历史模式。但我想在这里提出一些事例，显示这个主题如何从小即紧扣我心弦。一切都对这些小猎人不利，而我总是同情这些不屈不挠的反抗者，尽管似乎连上天乃至生命本身都背弃了他们。我们那原始的心灵并不懂得价值中立：不是希腊人就是特劳埃德人。而我在六岁时，就在想象中协助那大平原上的孤立族群进行防御，因为我天生属于特劳埃德人。从一开始，我就站在布须曼人这一边。而当我长到足够大，懂得开始全面思考我们和小猎人之间冲突的时候，我发现自己有一股无法按捺的冲动，想动手推翻这过去所造成的结果。

　　我也知道，将人和事从他们的历史脉络中截断后抽取出来，是毫无用处的。也许，在当代思考中最常见的谬误之一，便是大家已经习惯抽取一段历史，然后把它框在另一个时代的价值观下。这样一来，历史永远无法拥有其本来的真正面目，反而不断被扭曲、否定，乃至整个国家、阶级和群体皆无法真正活在当下，而是持续不断地重复一个不可靠的过去模式。这种与历史的负面纠缠，再没有比在

---

[1]　引自英国诗人塞缪尔·泰勒·柯勒律治（Samuel Taylor Coleridge，1772—1834）的诗作《老水手之歌》（*The Rime of the Ancient Mariner*）。——译者

我的国家更严重的了。一方面，我的同胞中有人极力隐瞒、篡改南非白人的历史，好彰显我们的祖先非洲救星的角色；另一方面，有人则把他们描绘成一支丑怪的族群，繁衍出今天的丑恶族类。这两种说法其实都是不对的。但我确信，我们永远无法避免这类毁灭性看法，除非我们能真正诚恳地面对历史、面对过去，认清自己的真面目：我们都是会犯错的平凡人，常常做出一些不光荣、不适当的事，但同时也会表现出勇敢、正直、可爱的一面。无论种族为黑或白，都可以借此反省我们全体对非洲第一支矮小民族所施加的恶行，从此展开一段疗程。就那方面而言，大家的记录都很不光彩。

当遥远北方的黑人族群大举南下，侵入布须曼人的地盘，并且进一步沿着东西海岸和非洲中部向内深入其古老土地的心脏地带时，我们的祖先则从南端的好望角登陆，从后方拦截他们。自那时起，布须曼人便不可避免地面临一场被从四面八方全面入侵的战争。他们没有要求宽赦，也没有人放他们一马。他们只是孤单地奋起反抗，带着满满的箭袋，再将另一袋用头带系着，然后灵巧地拉弓向敌人射去。他们射出的箭速度出奇的快，发出仿佛野鸽拍翅的声音。敌人都很害怕他们的箭。据在我外公时代才结束对布须曼人的灭绝性战争的老巴苏陀人说，布须曼人的箭可以让他们族中最勇猛的战士也为之生畏，因为箭上的毒会让他们疼痛不已，以致不顾一切地拿起矛或刀戳砍自己的伤口，或是割断动、静脉来加速自己的死亡。这种场面也出现在布须曼人晚期的某些壮观绘画中。我自己的族人幸而有马和枪，若非遭到突袭，便得以避开箭的射程而保住性命。当他们对峭壁和洞穴中的布须曼人发动攻击时，通常会躲在马鞍皮块和厚厚的粗绒呢外套所制成的屏障后移动。布须曼人根本没有机会击败他们，只能将唯一的希望寄托在他们的悲悯之心上。然而在那个残忍的时刻，欧洲人的心紧紧闭合着。尽管如此，在被手持盾牌、棍棒和长矛的黑人包围并击倒的时刻里，或是被手中握着枪的狙击手毫不公平地从安全距离外射中时，他们也绝不开口讨饶。尽管受伤流血，他们依然战斗至最后一刻。斯托说，如果一只手臂被射中了，布须曼人就立刻用膝盖或脚配合另一只没受伤的手臂撑开弓；即使箭已射尽，他仍奋战不懈；一旦发现自己即将断气，他便快速地蒙住头，不让敌人看见他脸上出现的痛苦死亡的表情。所有敌人都不得不承认，布须曼人死得很有尊严。因清教徒革命而被处死的英王查理一世，临刑前在伦敦白厅（Whitehall）度过最后一个铅灰色的早晨时，曾要求多加一件衣服，以免因寒冷发抖而被群众误认为胆怯，同样的本能在布须曼人视死如归的行动中也表现无遗。的确，还有什么比布须曼人对年轻的十四岁男孩马丁·杜·普莱西斯（Martin du Plessis）的回答更傲然不屈呢？马丁·杜·普莱西斯奉命前往我家附近被布须曼人作为最后据点以抵抗强大突击队的一座山（这座山被大言不惭地命名为"慈悲山"[Mountain of Mercy]）的洞穴中，几乎声泪俱下地恳求布须曼人投降，并保证走在他们前方当人肉盾牌以防任何子弹背信狙击。然而，布须曼领袖一再拒绝这提议，最后更因回答迟迟未被对方采纳而不耐烦地大声斥责："去，滚开！告诉你的头子，我有颗强壮的心脏！去，滚开！告诉他我的遗言是，不只我的箭袋里满满是箭，而且我会坚决抵抗到底。去，去，滚吧！"

同样地，还有什么比他的结局更具斯巴达人的悲壮精神？他在开普省（Cape Province）雪岭（Mountains of Snow）中一道大悬崖的突出岩壁上，面对另一支要将他们赶尽杀绝的突击队，和族人一起做最后的绝命一搏。垂危的布须曼人和尸体高高堆在令人晕眩的岩棚上，另一些垂死挣扎的人则滚落边缘，掉入周遭深不可测的危崖裂隙中。幸存的人仍然继续抵抗着，最后只剩下不屈的首领一人。他站在悬崖突出的岩壁边缘上，没有人敢追过去。子弹在他身边呼啸，他无所畏惧，不停地抽出一支又一支箭，拉弓发射出去，仿佛充满神奇的魔力。但是最后一刻终究不可避免地到来：他抽出箭袋中最后一支箭。追杀而来的敌人心中泛起了一阵怜悯，有人高喊要他投降，保证他可以活命。他对着发话的人射出这最后一箭，轻蔑地回答："身为首领，我只知道如何死，从来不知道如何向掠夺我们的人投降。"说完后发出一声怒吼，转身跳下悬崖，粉身碎骨在下面的岩石上。

但早在布须曼人在山头做最后的垂死战斗前，他和族人就被无情地从山下那羚羊遍野的大平原驱赶出去了。两百多年来，随着欧洲人生活的边界稳定向前推进，布须曼人只要一出现就被射杀，要不就被成群持着枪、骑着马、带着狗群的欧洲人追捕，后者穷凶极恶的模样像极了大草原上的狮子或其他肉食性动物见到猎物。即使是自认为十分人道的慈善家如弗朗索瓦·勒·瓦扬[1]在谈到他和随从如何追杀一群约十三人的布须曼人，只因为他们出现在他畜养牛群的牧地附近时，也丝毫不以为耻。

只要布须曼人一想还手，并且随着越来越深的痛苦和越来越强的复仇之心，他们也真的这么做了时，我的族人就会立刻聚集起来，带着致命的枪械、骑着疾驰的马匹，外出搜索他们的行踪。他们为枪口添加了更多火药，小心地不进入布须曼人箭的射程内，并刻意放枪刺激布须曼人出现来对抗他们，然后便集中火力开枪射击。单是漫长边界中的一小块地方，有一名被称作"指挥官奈尔"（Commandant Nel）的领袖就在1793—1823年的三十年间，执行了三十二次对布须曼人的攻击。在那些突袭行动中，许多小猎人和他们的妻子因此丧命，他们的子女则被带回，成为突袭队员们牧场上的奴隶。奈尔在一次突击行动中，曾屠杀了不下于两百名的布须曼人，然而他本人似乎对此毫无歉疚之意。虽然在其他人看来，他是个敬畏上帝、心地慈善的人，然

---

[1] 弗朗索瓦·勒·瓦扬（Francois le Vaillant），1753—1824，法国博物学家，曾赴南非旅游及搜集标本，归来后完成六大册著作《南非的自然史》（*Histoire Naturelle des Oiseaux D'Afrique*）。——译者

而在对付布须曼人的这种行为上，他却认为非常正当，理由是布须曼人也一再对牧人和牧场上的牲畜施以暴行。

在北部边境一带，布须曼人的命运也好不到哪里去。我希望有一天我的黑人同胞里能有一位历史学家走出来，毫不掩饰地把布须曼人在这整出悲剧中所扮演的角色完整陈述出来。例如，旅行家詹姆斯·查普曼（James Chapman）曾详细描述了好几段有关恩加米兰（Ngamiland）的班图族酋长雷舒拉提比（Leshulatibi）如何迫害布须曼人的故事。有一次，这名酋长的两匹马因陷入沼泽而窒息，他立刻把负责照顾马匹的两名布须曼奴隶和两匹马的尸体绑在一起丢回沼泽中。后来，另一批布须曼人赶着他的牛群躲进沙漠中，他按兵不动好几个月后展开了复仇计划。他派人带着烟草作为礼物前去，不断以各种方式表达善意，以打消布须曼人的疑虑，然后说服他们前来参加一场盛宴。在盛宴上，他以压倒性武力俘虏了布须曼人后，命令手下把他们带到他的面前。据说，他高高坐在一张草原凳上，一边监看这些俘虏被割断喉咙，一边以他所能想到的各种恶毒字眼嘲弄、讥讽遇害的布须曼人。

但是在孩提时代，最让我惊诧的发现是我们对布须曼儿童所施的暴行。只要我们平心静气下来想一想，对照我们对布须曼儿童所施加的极端手段，就可以知道我们灭绝布须曼人所持的理由是何等充满罪恶的假道学。无论在何处，布须曼儿童都是大家抢着要的奴隶，因为只要他们被俘而未丧命，长大后一定是所有牧场上最聪明、最灵活也最忠贞的仆人。即使在奴隶制度废除很久之后，只要这些布须曼孩子还没长大成人，他们仍会被迫成为奴隶。从一开始，沿着边境一带，我的同胞就开始在生活中展现出他们喜欢冒险、躁进的性格。他们绑架布须曼儿童，然后卖给迫切需要土地和劳力的拓荒者。没有哪一支突击队突袭回来时没有带回一些儿童。斯托曾不经意提及，他看到过一车车载满儿童的敞篷车刚结束一场越过边境的突袭行动回来。许多儿童因伤心、震惊和无法接受生活的破灭而死。也有许多试图逃跑，但如果不幸被捕捉回来，就得品尝棍棒交加的滋味。幸运的一旦脱离了拓荒者的掌握，会试着偷偷点起烟火，向自己的族人放出讯号。但如果附近土地上没出现回应的烟火，为免引起追捕者的注意，他们会迅速灭掉火，再继续向更深的内陆潜行。然后他们会试着在另一个地方再度点燃烟火，如此持续不断，直到他们找到族人，或是饿死，或被野兽吞噬。当最后一次的悲剧刚结束时，斯托从幸存的布须曼人处听到这一切故事，他认为，一定有更多孩子未能得到安全庇护而死于非命。他对这些儿童悲惨命运的描述深深烙印在我的脑海里，以致当我还是个孩子时，有时自己骑着小马在一度是布须曼人世居地的家乡小山丘底下闲逛时，总感觉背后越过小径吹来的风中，隐约可闻那些不知所踪的不幸孩子无助的微弱哭声，从静默苍穹下夹杂在铁矿石间的泛白草丛中传来。

这种令人绝望的状况在1800—1860年间达到最高峰，并且迅速导致致命的结局。早在1800年之前，布须曼人原来在非洲拥有的大片家园就迅速缩减至只剩"大河"一带的地方，也就是今天奥兰治自由邦的南部和中部水源一带，以及龙山山脉一带若干深邃、险峻的峡谷及危崖。尽管他们仍一小群一小群地在大草原四处抵抗，但只有在这些地方，布须曼人才有可能仍维持和从前一样的生活。然而1800年左右，局势突变，从南方来的压力达到前所未有的高峰，北方的势力也带来最残酷的野蛮景象。非洲原住民长期的精神腐化迅速达到最高峰。本来数世纪以来非洲人类社会就一直处于迁徙中，不过这段时间迁徙的族群宛若旋风般猛烈扫过比他们更弱小的民族，加上从桑吉巴尔（Zanzibar，译者按：位于今坦桑尼亚境内）一年又一年深入非洲大陆心脏，以火药和枪杆子进行有系统掠夺的无情奴隶贩子，使得非洲人类的生命和精神都遭到前所未见的大规模摧残与瓦解。伴随恐怖、毁坏和崩溃而来的死亡气息在末日般的战场上日渐深厚，并且浓浓散布在周围的空气中。几乎每一个非洲部族都只学到了这段时期的负面行为。弱小的部族丧失了勇气与智慧，因而更加摆脱不掉被奴役的命运，惨遭盲目的恐怖统治。但他们自己一旦被迫迁徙至其他更弱小部族的家园时，却同样无情地施行当初他们所身受的恐怖统治——强者所想总不外乎劫掠和剥夺弱者，以使自己更强大；然后自己内部分裂，各自对立，再互相掠夺并摧毁对方。

古怪的风云人物开始出现，原本已够可怕的场面更加躁动不安。那既恐怖又美丽，既聪明又疯狂，集所有雄伟壮观力量于一身而如一只陷身蛛网的苍蝇那般身不由己的查卡（Chaka）崛起了，他统领耀眼的"祖鲁之地"一带，派遣声势越来越壮大的班图武士四处焚烧劫掠，从印度洋到赞比西河（Zambezi），从乌姆季尼（Umgeni）到大湖区（Great Lakes），无一幸免。到底有多少人丧命，精确数字我们无法得知，但想必数以万计。即使是他的属下也不免遭到大批屠杀。在他母亲过世那天（他也像许多征服者那样，暧昧地爱着母亲到无法自拔的地步），七千人被杀作为陪葬，以免她在地下太过孤单；并且在她过世一年内，任何女人一旦怀孕，就要和她的丈夫一同被处死。在这一时期，尤令人毛骨悚然的是，出现一种潜意识里还对这种屠杀手段引以为傲的奇怪思维，它像黑暗深海中摸索前进的磷光浮游物碰到了大章鱼的触角，从此被紧紧缠住不放。

继查卡之后，又有其他人快速崛起，将已然精神崩溃的世界摧残殆尽。这些人中，包括"祖鲁之地"的马塔贝勒族支裔丁冈（Dingaan）、西空耶拉（Sikonyella）、莫西利卡兹（Moselikatse），以及披着又浓又密黑色长发的战斗女王，带领着可怕的曼塔提人，手持矛、盾和战斧，像彗星扫过夜空般乍现。他们无畏无惧，多年来从一个班图人的据点劫掠到另一个据点，毁灭所有的抵御者。他们既不种植作物也不畜养牲口，一旦劫掠到的谷物和牛群被消耗完毕，他们就像蝗虫过境般遗弃该地，移往新的地点。

在恐怖地区的边缘一带，一群群小暴君和土匪像土狼和胡狼般不断集结、分散，又重新集结，彼此争夺着骄傲的狮群残留下的食物。为快速扩张的欧洲殖民地所迫而迁出开普省的霍屯督人、一群群混蛋，以及不分人种、携着枪械的不法之徒，各自移向北方，继续蹂躏那烟尘滚滚大草原上的残存生命。在远离这条屠杀大军往来之道的偏远地方，无不隐藏着一小群又一小群流离失所的人，像溺水之人抓住稻草般苟延残喘。食物变得如此匮乏，以致无论是无家可归、四处流浪者，还是部落瓦解的幸存者，皆开始互相残食同类而丝毫不觉得有何可耻。大约有六十多年的时间，这种食人行为遍布整个大地。因体力衰弱、装备不足而无法猎捕到大草原上越来越警觉且越来越灵活的猎物的人，就成群结队设陷阱、立圈套，猎捕比他们更弱小的人为食物。据说，甚至连狮子和花豹都放弃了猎捕动物，享受起不需费力追捕即可得到的新鲜人肉。只要一闻到人的气息，原来正在辛苦追捕条纹羚的恐怖野狗便会立刻停下脚步，发出饥渴的呻吟，转身追逐某个憔悴的亡命之徒，而兀鹰更是贪婪饱食到没办法迅捷飞回空中。

我怀疑，由于某些原因，大家都不愿意面对这段非洲早期殖民史上的不愉快史实，因而这段历史在我们的历史教科书中被掩饰过去了，而我也没听说有谁做过这方面的相关研究。我只知道，这些行为非常密集地发生，而且相当接近我生长的年代，因此担心被食人族吃掉的恐惧自幼便笼罩着我。我们所有的老仆人，无论是黑人还是其他有色人种，经常公开告诉我这些故事，而且说得绘声绘影、活灵活现，以致我一想起时就会吓得发抖。我遇见过一位年纪非常大的索托老婆婆，她就坦白告诉我，在"大饥荒"（the Great Hunger，他们都这么称呼那个时期）的年代，当时还是个孩子的她竟日在大草原上搜寻可食的根茎类植物，在傍晚回到家人所寄居的山洞后，却闻到一股不熟悉的烧烤味道。她惊讶地发现，火上烤着的是一块人肉。每当照顾我的有色人种奶妈觉得有必要以恐惧作为最佳的纪律训练时，便恐吓我，不是说要找警察来，而是说要找食人族来。有好多年时间，我一直以为家乡的远山一带真的还藏有以吃人肉维生的食人族。

这一时期在南非中部地区所造成的摧残如此强烈，以致宽广、开阔的平原上到处散落着动物和人的尸骨。有一位长我外公一辈的族人曾经在这个时期深入该地，在全速通过途中看见了这可怕的景象，后来也一再提及那遍地尸骨的画面。他说，在若干批难民被迫起而抵抗的地方，尸骨遍地，彼此堆叠，好像一艘遭风难而搁浅的船，船身木料碎散成一片片。即使在我童年时，大量骨骸仍屡见不鲜，虽然这时已大部分是动物的尸骨。我也仍然记得我们那湛蓝冬季的精准寒风，总是就着遗留在大草原上的中空尸骨吹奏起一曲曲命运之歌，让我不自觉地因想象而颤抖。

这也正是小布须曼人的悲剧最后一幕的背景。这时，不只所有的人对付他们，他们也对抗所有的人。其他人即使是最悲惨者，似乎也还能找到同病相怜的盟友，但是布须曼人却早已不再相信任何人。然而，就算在这最悲惨、最孤立的时刻，他们似乎仍然保持着其他部族早已放弃的尊严。他们从来没有同类相残、以人肉为食。他们对外界毫无妥协，且共赴存亡。如果大家和我一样深切了解非洲人民多么难发现自己的尊严，或发展出真正具有创意的自我，就会非常惊讶布须曼人居然能够保有这些人类的基本尊严直到最后：宁愿饿死也不愿意吃同胞的肉来延长自己的生命，并且视死如归。

在布须曼人的最后战役中，有几场发生在我出生的村子附近以及我长大的山间。受荷兰改革教会的牧师鼓舞，有一小撮欧洲人展开了援救他们的最后努力。然而，来自各方对土地的渴求和毁灭的力量如此之大，使得这项尝试还没开始就夭折了。索托人是最早试图打破互相毁灭的循环，尝试整合堕落的班图人的一支部族，然而他们一旦恢复势力，就立刻开始猎捕布须曼人。在我外公农场上"布须曼人之泉"附近小山丘顶上那石墙围成的圈中，卓越的巴苏陀开创者莫舍希（Moshesh）之侄，一个因丑陋无比而被我的刻薄族人讥为"美丽小玫瑰"（Pretty Little Rose）的人，于一天清晨趁拂晓袭击那儿的布须曼人，消灭了他们。我父亲收藏了那些布须曼妇女和儿童的头骨，并且心有所感地为他们写了一首诗。我自己有时也会在碎石之间发现破损的珠片。"美丽小玫瑰"才刚撤走，不顾道德的科拉纳人就从西方长驱直入。他们在"永恒三泉之地"（Place of the Three Perennial Fountains）附近两座紧邻的小山丘之间、被我们这些孩子称作"哭泣的山丘"（Hills of Weeping）的地方，发现了一小簇一小簇集中在那儿的布须曼人。科拉纳人一向垂涎布须曼妇女，她们金黄的肤色让大多数非洲原住民为之狂热，此刻她们无一幸免，即使儿童也不例外。科拉纳人之后是格里夸人，他们手持欧洲枪械，由巡回传教士陪伴着。传教士为他们向远方什么也不知情的总督进行说项，替他们的行为开脱。不久，布须曼人便被逼得退居至他们所知最安全的地方，在那儿享有了一段最长时间的平静日子。原先以他们命名的洞穴、遮蔽处和水泉，一个接一个从记忆中被人除去，侵略者在这一地区的中央建起了一个新的殖民地，叫作"菲利普波利斯城"（Philippolis），就是以率领格里夸人来到该地的著名传教士来命名的。我并未像我的同胞那样痛恨这"好心好意"的菲利普波利斯博士，不过我的确很难饶恕他在历史上最关键时刻协助格里夸人镇压布须曼人的天真、任性做法。不说别的，单是他的行为就显得和那充满英雄气息的"菲利普波利斯城"之名多么不相称。那是我家乡的人为纪念他而取的名字，像霍屯督人头上戴着的高帽子一般。有段时间，这里就是一个奇异王国的首都，格里夸人在这里继续他们对布须曼人赶尽杀绝的战争。多年后，其中有一人向政府委员会报告菲利普波利斯城时说："我们消灭了布须曼人，我们射杀了他们，占领了这块地盘。"另一人公开提及，有一天，他独力割断了三十名布须曼人的喉咙。除了这些，欧洲来的拓荒者所组织的突击队则在该地惩罚"越界"前来行窃的布须曼人。所有混乱、毁灭和恐怖到达最高点时，要命的最后时刻终于到来。

有一天，阿非利堪人（Afrikaners，译者按：早期荷兰移民）的精神终于支撑不住，无限饥渴的欧洲拓荒者从1652年以来即不断向前推进，深入内陆数百公里，这时更全面大量涌进。他们缺乏耐性地将妻子、儿女和家当一股脑儿装入大型敞篷车里，赶着所有的牲口与无数地位低贱的仆人出走，到处是一群群阿非利堪人突然背离南方，向着北方移动的身影。他们一手握枪，一手握着《圣经》，唱着阴郁的战斗之歌。

他们深入内陆，像迎向一场婚宴那样迎向这噩梦般的部落战争。他们首先和境内最强大的黑人敌手和解。他们闯入"祖鲁之地"，驱逐了马塔贝勒人，征服了其他部落，在山丘之间击败最可怕的巴苏陀人。然后，除了少数因不得已而根据严格规范进行的公平交易外，借着从开普省运来的白兰地——那被我们这些孩子称为"闪电"的酒精，达成了更多巧取豪夺的目的，最后也终于侵占了原先也是侵占别人的格里夸族之地。等到这些告一段落，他们便准备展开不可避免的征服战役：灭绝布须曼人。他们动员了前所未见的人力和资源，以完成这项任务。不久，在那片广阔的大地上，就只剩下"布须曼人之泉""哭泣的山丘"等几个地名仍留在人们的脑海中，成为对他们的回忆，像一艘沉船上折断的帆桁，记录着船只消失的地点和方式。

有好长一段时间，布须曼人在龙山山脉的山巅一带坚持抵抗。但即使是在那儿，他们也在世纪之交被越来越强大的巴苏陀人消灭。此后只有在某些征服者的家中可以看见他们拖着日益瘦弱、憔悴的躯体，过着艰辛的生活；或是在桌湾（Table Bay）的防波堤上，和罪行重大的犯人一起做工；或是因饥饿而从偷走他全部土地的人手中偷了一头羊，结果让自己也成为一名罪犯。但即使是在这样的时刻，他们依旧昂然不屈，无视法律对他们的讨伐。我听说，他们的脸上布满了纵横交错的皱纹，线条清晰得像那个时代海军部的某些海事图。有幅彩色素描描绘了这样一名鬓发斑白的年老罪犯，然而在他那斜吊着的古怪双眼中，却充满了人类的原始之光，以及他自己的部族濒亡的绝望眼神，两者结合，形成一种对他所生长的大地进行告别的微弱光芒。在他的双眼之后，隐藏着一种令我十分不安的神色。它既非平静地接受命运的安排，也非仍然抱着一丝希望或绝望，而是一种笃定，明白地告诉人们，就算他死了，他的公道、义理仍将长留人间。曾经见过他被囚禁的人告诉我，那荷枪实弹、闷闷不乐地看守着他的狱吏，经常被他突然爆发出的一阵流泉淙淙般的笑声惊吓到。那笑声清亮、纯净，好像远方传来的一阵号角，在这名囚犯身上泛起清脆的共鸣。我无法知道到底是哪一样让我更不安，是他眼中的那种光芒呢？还是针对他笑声的描述？在那样的时刻和处境里，那样的笑声只有一种可能，就是他预知了一个没有征服者也没有征服行动的未来，同时心中也已了然，一些我们还未明白的事实，终将在所有曾经那么残酷地长期否定、拒绝他的世人面前被揭露。

*

第三章

誓约与飘荡的年代

随着年纪渐长，我越来越关心自己家族在这整个灭绝布须曼人事件中所扮演的角色，而毫无疑问，这角色的分量一定不轻。我母亲一方的家族早在欧洲人入侵之初就来到非洲。据说，他们比大多数人还大胆躁进、勇于冒险，因此常常是如今我们所谓的向前推进与扩展的先锋，然而那必然同时意味着布须曼人的向后撤退和缩减。事实上，我外祖母的父亲就在第一批带着亲人驾着篷车横渡"大河"、向北移动，穿越中央区恶名昭彰的"食人族平原"的人之中。只是没过多久他们便遭人盯上，并被暗中跟梢，最后在一个宁静的清晨被马塔贝勒人杀害，只有我的外祖母和她的一个姐妹、一个兄弟以及一名黑人奶妈奇迹般地逃过一劫。我外公的家族也是一样，母亲告诉过我，他们总是很自然地生活在边疆地带，而我外公更是最早定居于"大河"之北的族群中的一员。因此在我看来，他们沿着这样一条路线深入内陆而没有参与任何灭绝布须曼人的事件，是不可能的。但每当我问起更精确的细节时，家人就很自然地不约而同闭上了嘴。他们会回答一些大家多已熟知的问题，然而一旦涉及家族史的这个部分，他们就变成了哑巴。他们的沉默更加重了我的深深怀疑。我只好安慰自己，至少从出生起，我目睹了我母亲的族人如何在日常生活中展现对这块土地上一切原有自然事物的热爱。他们心胸阔达，尽管生活简朴，却是严守纪律、信念的一群人。

所有为我外公工作的人，无论是格里夸人也好，霍屯督人也好，还是布须曼人、巴苏托人、贝专纳人、开普人，不论是黑人还是贫穷的白人，总是一律平等地被他视为家中的一分子。每个晚上，他都会把他们召进餐厅，和他的妻子、儿女一起共享晚餐。于是，我自己下了个结论：在那样一个残暴的年代里，我母亲的族人也许并不像大部分人那样残暴。这样的想法多少让我自己觉得好过一些，虽然帮助不会太大。毕竟我也知道，以他们根深蒂固的清教徒信仰，只要他们认为是对的事，就一定会全力以赴地加以实践。也许，再没有比毫不犹疑地坚信自己是对的更可怕的人了。我忧心忡忡地认为，他们一定告诉自己说，惩罚布须曼人是对的，因此也参与了那场杀戮，虽然多少带着些不情愿。

诚然，当我外公向格里夸人买下位于"布须曼人之泉"周遭的广大庄园时，"美丽小玫瑰"早把这一带的布须曼人都赶走了。不过在"大河"一带的丘陵之间，仍有一小群一小群与世隔绝的布须曼人。他们全被当时的政府宣布为所谓"野鸟"，意思是任何移民只要看到布须曼人，即使未得政府命令，一样可以开枪射杀他们。由于白人移民在这一带迅速建立起了据点，而他们对布须曼人和其他反抗他们的部族的袭击越来越无法忍受，于是组成了一支突击队，专门对付这些人。我的外公在那次出征中毫无疑问扮演了重要角色，但至于具体发生了什么，至今仍是个谜。我只知道，在我那了不起的外公所建立的"布须曼人之泉"的美好家园背后，有两名像暗影幽魂似的布须曼小老头在不停地走动。我相信，外公是在巨石之间发现当时还是孩子的他们正在啜泣，于是把他们带回位于"布须曼人之泉"的家园当作仆役养大。但是，外公是在哪里发现他们的？他们是什么身份？他们是幸存者吗？哪一次事件的幸存者？一长串不幸事件之后的又一桩布须曼悲剧吗？到底是哪一桩？现在我是根本不可能知道了，因为所有能给我答案的人都早已过世了。我只能说，整个布须曼人过去的历史在我眼里最后集中在这两个小老头身上。他们证实了我曾经所有模模糊糊的担心和想象，我在自己的想象中重建的过去情景，也随着这两个小老头不可撼摇的中心地位，越来越趋鲜明。

从这两位老人以及村中其他老人处，我获知了不少布须曼人的故事和他们对精神生活的看法。那又是另一个困扰着我的过去层面。我们对布须曼人的心灵知道得多么少啊！我们和他们接触了两百五十年，然后灭绝了他们，却从来不曾真正知道我们所灭绝的到底是什么样的人。没错，一名德国教授曾经试图借着一些在桌湾防波堤上工作的受刑人，重建布须曼人的民俗知识和语法；也有一位英国地质学家曾试图从我们贫乏的历史记载中，收集零零碎碎、片片段段的内容，将之拼凑成一幅稍稍完整的过去的画面。不过在我看来，这些无论如何都还是很零散、破碎，实在无法令人信服。相形之下，我和那些为数不多的幸存者之间并不很多的接触就更加弥足珍贵了，毕竟，他们能让我对这些已消失民族的生活方式和品质，产生更切实的体会。

例如，我们从小就从他们那里学会如何在大草原上寻找并分辨可吃与不可吃的根茎类食物，并善用这项知识。冬天时，我们的父母用一种布须曼人介绍的野生药草熬药汤，为我们驱风寒。我学到如何从一种长得像大象耳朵、表皮像河马皮的植物中，萃取出浓稠如牛奶的液体——布须曼人将它当作胶，把毒药粘在箭上。然后我又学会用它来做一种黏黏的大饼，把它铺在陷阱上，再以玉米为饵来捕鸟。当鸟儿飞来啄食时，它们的爪子会被牢牢粘在这块胶上，再也动弹不得。夏天到了，我们这些孩子便跑到"大河"附近，脱掉衣服，像从前的布须曼人那样，光着身子住在那儿。晚上我们也学着布须曼人的样子，观察蜜蜂用力拍动翅膀、急急忙忙找路回家的情形。太阳西下，我们爬上高耸在波光粼粼河边的紫色山岩顶端，像先前描述的布须曼人那样，倾听已消失踪影的蜜蜂继续发出嗡嗡的感谢声，逐渐消失在某个老旧蜂巢的琥珀色蜜房里。另一边，蹲在附近山巅上守望的狒狒则发出一声吼叫，警告睡眼惺忪的同胞，我们这些人类还在附近。最后，我们也燃起"布须曼式"熏烟，收获战利品，然后趁着暮色下山，回到营地，手里提着满桶香醇可口的黑蜂蜜。

　　我们还经常在天亮时，一动也不动地站在岩石间的急流浅滩上，手里握着青竹竿。当金色的鲷鱼溯游而上，浮出水面时——由于水面上铺满了开阔天空的光芒，它们看起来宛如将翅膀折起来的鸟儿从晴空中飞掠而出——我们就会像河流布须曼人（River Bushman）那样，巧妙地拍击它们头上的水，让阵阵水波将它们震得肚皮朝天，只能无能为力地漂浮着，任人捕捉。家里的黑人奶妈和布须曼奶妈为哄我们睡觉，经常为我们说些动物啊、鸟儿啊，或溪流和树木的故事，其中有些是布须曼人对他们生活的这片大地充满创意的想象。不知怎么回事，想象中，布须曼人总是和我们在一起，即使那两位身具布须曼人象征意义的小老头离开了人间。甚至，更微妙地，连大地都逐渐被这种感觉渗透了。自我有记忆以来，我便受到某种深植在南非地理景观中的浓厚忧郁所困扰。我还清楚地记得，我曾经询问父亲："为什么那些平原和山丘看起来都那么悲哀？"他的回答意外地充满感伤："悲哀不在那些平原和山丘间，而在我们心里。"

　　这个答案对别人来说也许是真的，但对我而言并非如此。对我而言，大地有它自己陷入深重哀悼中的理由。

　　从还是个小男孩时起，我就开始相信布须曼人的悲剧故事总是明明白白显示在当地的地理景观中，它让高地的蓝天更蓝，空旷的平原更加荒芜，而且在呼啸过山头、横扫过斜坡而抵达河边的风声之外，还有遭驱逐的原住民灵魂要求重生的哭喊。似乎我和大地一样明了，展开在我们面前的是一场伟大演出的背景，只可惜率先创造这景象的"那个人"不见了。

我也很快开始觉得，这片大地上充满鬼魂。每当我独自旅行时，有时深夜跨出车厢打开道路上的门栅时，我会突然冒起鸡皮疙瘩，感觉到某种不明生物的接近和存在。那绝不只是对黑暗的自然恐惧。我经常发现马儿们和我有一样的感觉：我将手放在马脖子上，可以感受到它们正在剧烈颤抖，而我的手一方面是在安抚它们，一方面也是在安慰自己。有时当黑暗中有某种生物存在的感觉特别鲜明之际，一头胡狼会突然打破宁静，发出一声痛苦的吠叫，仿佛黑夜中射出的一支箭突然刺穿了它。又有一次，我和一名霍屯督马夫走在大草原上，四野望去杳无人烟，夜黑似漆，这时马儿突然立起后腿，直挺挺站住不动，马腿向两旁叉开，昂起头，恐怖地喷着鼻息，全身发抖。那位霍屯督马夫和他所有的同胞一样，相信马有阴阳眼，于是歇斯底里地喊着说："快，小主人，我们赶快回头！不要再前进了。"但他从来不肯多说些别的什么。我也看过有黑人妇女在黄昏日暮之际尖叫着冲回家，啜泣着说，有个令人惊骇的"小矮人"突然从河边芦苇中冒出来向她打招呼。

拥有传统外形的鬼不见得真的存在，但回顾上述这些时刻，我很肯定像莎士比亚名剧《麦克白》中所展现的"疑心生暗鬼"的心理的确很有道理，每个民族、每个国家都不例外，只要做了伤天害理的亏心事，就不可能避免。我也相信，这是一种对我们全体人类都产生深刻作用的精神机制，无论你是什么种族、什么肤色，无一幸免。不过，我童年时最深刻的记忆则是那两名布须曼小老头之死，其中一位我记得是死于肺炎，另一位没多久也因伤心而死。我难过至极，夜里躺在床上，几乎快哭出来，因为我深深以为，从此以后地球上再也看不到布须曼人和他们那孩子般的身影了。

有好几年时间，我都暗自悲伤不已，直到有一天，一名长得相当好看的男子出现——他比许多经常出入我家庄园的黑人都还好看。他又高又瘦，皮肤被太阳晒得黝黑，像风干的长条形瘦肉；一张黑脸上的灰色眼珠闪耀着光芒，以至于我的目光完全被他吸引住。他曾游历过非洲各地，刚从很远的北部边境来到这里。我们那具有反叛精神的社区并不欢迎他，因为他正准备加入英军，参加第一次世界大战。接着有一天，我听到他不经意地提起，在最近一次前往卡拉哈里沙漠一处绿洲的旅途中，他发现有真正的布须曼人住在那儿，就像他们曾经住在我们周遭的平原上那样。自此之后，我脑袋里就只装着这件事。那天下午稍晚时，我将自己关在数周前逝世的父亲的书房里，拿出一本我偷偷用来写诗和记些零散想法的日记本。这一天是1914年10月13

日，我以高地荷兰语[1]写道："今天我立下志愿，等我长大，我要到卡拉哈里沙漠去寻找布须曼人。"

许多年过去了，悔恨带来的冲击与决心也逐渐淡化了，但布须曼人和他们不幸的命运仍未被我遗忘，只是我的兴趣已不再如初始时单纯，也因此失去了大部分动力。当然，部分原因归咎于我也像所有人那样，不只要过自己的生活，还得过我们这个时代的生活。生活在现今的我们，过度强调理性的价值，也因此往往活得好像思考便可取代生活。我们忘记了思考和引发思考的直觉只有在确实实践后才会完整，就好像树上的花朵最终会结成果实，也因此，在我们所生活的文明世界中，无论何处似乎都有一道深重的裂痕存在于思考和行动之间。也就是这个时代因素，将我童年时最深刻的想望和成年后老谋深算的行为划分开来。当然，现实的困难也很多。我必须自力更生，除了谋生之外，还有一些更急迫的需求待解决。尽管如此，我从未真正忘记我和自己所订立的誓约。在我二十多岁时，我曾两次试图圆梦，进入卡拉哈里沙漠寻找布须曼人，但都因缺乏足够充沛的精力和足够丰富的想象力而未能达成。而且我看见在我们称为"大干漠"（Great Thirstland）的卡拉哈里沙漠边缘，那些被认为是"布须曼人"的可怜混种一点儿也不像真正的布须曼人，以致让我产生怀疑，是否真的可以找到仍保持其原

---

[1] 高地荷兰语（High Dutch）：在荷兰本土通用的荷兰语，区别于在南非通用的荷兰语。——译者

始生活方式的纯种布须曼人。然而我对卡拉哈里沙漠了解越多，越发现境内再无其他地方能和它相比，也越觉得如果世上还有一个地方可能存在着真正的布须曼人的话，卡拉哈里沙漠将是唯一的可能。

然后第二次世界大战爆发了，所有一切皆被抛诸脑后——这样说倒也不完全真切，生命中最让人感动的层面之一，就是最深刻的记忆可以一直伴随我们，不管有多么久。那好像是说，个人的记忆被包在一个更大的记忆中，即使在我们早已遗忘的暗夜里，依旧像收起翅翼的天使般站在那里，随时准备在需要的时刻引领我们重新寻回曾经赋予我们意义的失落足迹。

就在这段时间里，我因为从军远征，不再想到布须曼人。但个人的这份记忆，却一直存在于那里，时刻准备引领我。我是在被送进一个日本监狱的夜晚发现的这件事。负责看守的士兵将门打开时，咧嘴一笑，恐吓我说明天一早我就要人头落地了。那晚我做了个梦，梦中我看见还是个小女孩的母亲。她跪在那三只眼睛般的布须曼泉水边，头发从印花棉布遮阳帽下垂落至膝盖处，仿佛一束光之瀑布。在她对面是那两位布须曼小老头之一，也是个孩子模样。他们一起将手伸入水中，掬起一捧清澈的泉水，然后向我伸过来。我母亲微笑着说："这是开始。"

我醒来时，不只很清楚我会继续活下去，心中也明白，那环绕着小布须曼人的整个失落的世界又再度和我有了联系，而且依旧完整、鲜明，仿佛这期间并没有任何长年忽视的存在。

之后我真希望可以说，通往布须曼人世界的门已开启，但事实上，经过三年遭受日本人监禁的日子后，甫一获释，我又再度投入军旅，直到日本战事结束多年后才回到家乡，却发现那支撑我度过战场生活和监禁日子的一切已经不可挽回地消失了。于是我像瑞普·凡·温克尔[1]那样一脚跨入一个陌生新世界，与我曾经生活过的故乡中间隔着九年毫无共通之处、无法共享的经验。我辗转飘荡在非洲和欧洲两地，像一个才从某个不安宁的坟墓钻出来的游魂，对和平世界的无情与残暴震惊不已，而这份惊讶不亚于在战争期间所经历的那些。唯一殊堪告慰的是，多么幸运，我还活着，虽然活得那么艰苦。

在这种心情下，我作为志愿者参与了在非洲具有全民重要性的工作。没多久，我就发现自己像个梦游者般，被人引导着投入一连串任务，而其中第一项就促使我后来对卡拉哈里沙漠展开了系统化的探索。一天晚上，我突然意识到，在我战后第一次执行任务所升起的第一座营火旁，我和我的同伴兴致勃勃地聊起了布须曼人。一刹那间，横亘在困惑

---

[1] 瑞普·凡·温克尔（Rip van Winkle）：美国作家华盛顿·欧文所著《见闻札记》（*The Sketch Book*）中一短篇小说主人公的姓名。小说叙述瑞普·凡·温克尔为避开性格凶悍的妻子，藏身山区，沉睡二十年后醒来，发现妻子已故，住屋成为废墟，世间已发生了天翻地覆的变化。——译者

的士兵和纯真的孩子之间严酷又难以言喻的那些年，全部消失了。这幅景象随着我们越来越深入卡拉哈里沙漠，夜复一夜在营地出现。很快地，连新来此地的人也感染了我的那份热爱。我对他们偶然冒出的兴趣很感讶异，因为那样一来，就证明了我对布须曼人的兴趣并非纯然是主观的，在别人出于自然的想象中他们同样具有价值。虽然我们所从事的任务没有一项和布须曼人有关，但寻找他们却成为我们共同的心愿。然而一周又一周过去了，我们什么迹象也没发现。

当我们驾着车子，像航行的船只以星空为坐标穿越这片大地之海时，我深深觉得，其实它不像外表看起来那样荒无人烟。我的黑人仆役和同伴也这么觉得。六个星期过去，我们跋涉了数千公里，没有遇见任何布须曼人。然后，一天黄昏，在距我们所知最近的水源二百四十公里的地方，我发现了沙漠中央一个很深的圆盘形凹地。很显然，数周前这里还是个蓄着水的洼地。就在洼地底部干涸的青色泥土上，清楚印着一系列小小的人的脚印，它们沿着陡峭的洼地边壁而上，最后消失在一棵巨大的树下的沙地里。我站在那里，沐浴在紫罗兰色的天光中，看着泥地里那清晰的小小脚印，似乎听到了幼时索托族老牧人在我耳边说着："他的脚印，小主人，很小，和其他人都不一样，当你看到时，你就会知道。"

很显然，数星期前有一群真正的布须曼人到这里来取过水。但是尽管我们当天晚上在那里扎营，后来又陆续在附近搜寻了几天，却再也没有看到任何与布须曼人有关的印迹。有时，在距离河流、泉水或井水很远的地方，在数世纪前就已干涸的昔日陡峭的水道下，我们会发现布须曼人所搭建的轻巧的茅草棚空荡荡地倚着深红色沙岸，或是看到一个布须曼人灵巧挖出的动物陷阱，以及散落着动物毛皮和骨头的沙地。有一次，距我们的营地数公里远的沙漠深处，突然在黑暗中冒出一股火焰，它被沉闷的西风吹袭，像夜色中一辆飞快驶过的列车。"布须曼人！"我们的黑人伙伴惊愕地喊了出来。然而，一周周又过去了，我们还是没看到布须曼人。

一天晚上，在一个仓促搭建起来以躲避夏天第一场暴风雨的营地，我正在观看哥特式闪电袭击周遭令人眩晕的大地。当闪电在地平线上闪过一道烈焰般的强光时，我突然注意到一排矮树丛上方有一些不寻常的动静。我凝神屏息，当片状闪电再度在烟雾般的雨丝中闪耀出紫光时，我看见两颗小小的头正密切窥视着我们。

我立刻从相反方向离开营地，躬身悄悄潜入暴风雨中，朝着矮树丛方向奋力前进，来到先前我注意到的地方约三十米外。雷声隆隆，风雨交加，对我帮助很大。我谨慎地立起身来，果然在我和营地的火光之间，有两颗布须曼人小小的脑袋。我继续潜行，突然伸出手按住他们的肩膀，大声说："你们好，我从远处就看见你们了！"

两名布须曼人吓了一大跳，向后仰倒，不过他们没有生气，反而开始大笑，笑得喘不过气，以至于跌坐在潮湿的沙地上好半天无法站起身来。我把他们带回营地，虽然没有人会说他们的语言，但我们仍度过了我所经历的最快乐的一个夜晚。我看着他们吃起大餐——跳羚烤肉和米饭配葡萄干，那是我们神奇的厨师兼我的好友北罗德西亚人西蒙·马伦加（Simon Marenga）为我们准备的。看着他们纯种的布须曼人脸庞和身体，我心底升起一丝丝暖意。我本以为可以和他们多相处几日，谁知第二天一早这两名布须曼人就消失了，连脚印都被暴雨冲刷得不见踪影，无从追踪他们的方向。

又有一次，天气炎热难耐，我们在路上停下来换轮胎，两名矮小的猎人突然出现，像一面扭曲镜面映照远处发亮山脊时的反光。他们快步向我们走来，姿态一如我阿姨曾经贴切形容过的那般轻松自在；他们直接走进我们中间，伸出捧着鹿皮的双手，想跟我们换香烟。我们用卡车顺道载了他们一程，一样还是无法交谈，只能用手势沟通。卡车的形状和用途令他们非常困惑，以至于我们必须像抱孩子那样把他们抱上车、抱下车。其中一人看到一群条纹羚，激动地想上前追捕，于是立刻从正全速行驶的卡车里跳出去，摔落在沙地上——显然他并不知道该怎么下车！我们很惊讶，用手势问他们，难道他们从来没有爬上高大的树木，以搜寻猎物的踪影？他们似乎更惊讶，清楚表示他们从不做这种没必要的事，因为猎物的踪迹早清晰地印在沙地上了。

我们用枪为他们打了一些猎物，当第一声枪响时，他们倒在沙上笑个不停。太阳西下了，虽然我们恳求他们留下来，但他们还是坚持离开。我真想跟他们一道走，但是我的任务安排十分紧凑，不容我这么做。我望着他们两人开心地笑着，昂首阔步地走入暮色中，他们那结实的小肩膀上分别扛了一头羚羊。

另一次执行任务，正值可怕的干旱时节，某天下午，我们发现了一个大人和两个小孩的脚印。脚印留在沙上的形状令我相当不安，我将它们指给我的向导看，他证实了我的忧虑，说："有人出问题了。"我们立刻循着脚印走了近十公里，眼见脚印越来越蹒跚无力。最后我们来到一个圆形大凹地的边缘，我已很肯定那是干渴得快死了的人所留下的脚印。我们搜寻了整个大凹地，那儿底部的泥巴早已干涸、龟裂，暗沉得像一片片没有光泽的死鱼鳞片。就在远处白得耀眼的艳阳下，有三个小小的棕色斑点，像受伤的鸟儿般颤动着。我们走近后，发现其中一位是一名布须曼妇人，她正勉强拖着脚步往前走，背上还背着一个婴儿；她的身旁，还跟着两个渴得快不行的小男孩。我们拿水给他们喝，那名妇人喝下了将近三加仑[1]的水，但她很小心地节制两个小男孩的饮水量。我们依然不会说他们的语言，只能打手势请她和我们一起走，但她坚定地拒绝了。我们又请他们

[1] 加仑：英美制容量单位，英制1加仑约等于4.546升，美制1加仑约等于3.785升。——编者

吃了一些东西，她一吃完东西，就将她用一只皮囊装着的所有鸵鸟蛋壳全填满了水。我提议陪她走一段，但她气急败坏地摆手拒绝。然后，她的精神显然完全恢复了，于是背起小娃娃，带着两个小男孩继续上路，消失在大凹地另一端的沙地树丛中。

接下来数年，我不断和货真价实的布须曼人有些短暂而令人难忘的邂逅。但我始终太忙，无法完全自由地去追索他们的足迹，并深入了解他们。因此我试着说服一些比我更有资格的人，如科学家、人类学家和心理学家等，去寻找这些活生生的研究线索，去和布须曼人一道生活，趁着还不太迟之际，找出他们的精神内核和生活方式。令人感到困惑、矛盾的是，这世上到处有人忙于挖掘旧日废墟和埋葬的古城，以便发现更多有关古代人生活的情形，却完全忽视一直严谨地保持这种生活方式的布须曼人。我发现，人们最多只愿意和我一起去量量他们的头围、臀围、生殖器大小，或是牙齿的情况。而当我向南非一所大学的校长请求派遣一名符合条件的年轻人来和布须曼人住个两三年，以彻底了解他们及其古老的生活方式时，他惊讶地喊着说："这有什么用？布须曼人只会告诉他一堆谎话！"

于是我耗费了不少宝贵光阴寻找合适的人，一个对布须曼人感兴趣而又未存先入为主观念的人。然而终究是白忙一场。尽管如此，每当我和别人提起布须曼人时，身份平凡的对方眼里总会闪现出一丝好奇的光芒，这令我充满信心。我相信，一个人不可能真正了解别人以及他们的生活，除非他先对他们产生好奇而愿意去了解。缺少了这种好奇之心，那就不只会失去有关生命的印记，也失去了真正能带来成长的力量。

渐渐地，我对布须曼人的想象开始和对他们的记忆混淆在一起，特别是我在中央沙漠大凹地内一棵大树下发现一串布须曼人脚印的那幅画面。那些脚印几乎像是我自己遗留在沙上的痕迹，而我自己则从我心上的沙漠余晖中消失。我发现自己内心不断抗拒着一个念头，就是也许我应该亲自跟随这些足迹，从它消失的地方继续走下去，虽然这看起来有些荒谬。然后一天早上我醒来时发现，在睡梦中，我的内心自动为我做了决定。

"我要自己去找布须曼人。"这样告诉自己后，我突然很惊讶地发现，就这么简单的一句话，以前我却从来没有想到过。

困难依旧重重：我的条件不符，我未受过训练，我不是科学家，在有限时间内我得处理很多工作，而且困难度很高，我不太可能做得到。

但是我还记得童年时代我和自己所订立的誓约。我无法再漠视它，也觉得，管他呢，船到桥头自然直！

✳

第四章

大突破

在我从小生长的环境里，大家相信生命中的变化和发展皆是一场因果循环，微不足道而持之以恒地进行了数千年。除了最初的创造行动之外（这是每个身为好孩子的阿非利堪人都欣然接受的论调），之后地球上的生命演化便是一段漫长、稳定而最后可以论证的过程。然而，我一读历史，就开始产生怀疑。在我看来，人类社会和生物本身应该不可能是以这么平静而理性的方式在演变。整个人类的发展绝不会是持续演化的结果，相反地，似乎是受到只有部分可以解释而且几乎不可避免的非常猛烈的突变方式所影响。整个文化和个别族群似乎数世纪以来一直被囚禁在一个静止的形态中，事实上还长期忍受着彼此间的差异带来的痛苦。然后，突然有一天，不知因为什么，变得很容易发生剧烈变迁，或产生突如其来的发展。那就好像数千年来的生命发展并非像达尔文式的毛毛虫那样，而是像一头受到惊吓的长颈鹿，以一连串无法预测的蹦跳跨向未来。事实上，当我开始学习物理时，我有一个感觉，就是现代人对能量的观念可能比其他传统的观念更有助于了解上述发展过程。似乎物种、社会和个体的运作方式比较像雷雨云而不像着装整洁、举止有度的理性之子。数千年来，生命似乎累积了许多看不见的电荷，像带电的云和大地，直到某个闷热的时刻，突然精神来了，风扬起了，雨点开始尖刻地滴落在土里；一阵火花令人心惊，伴随着隆隆声响，便是我们所谓的自然雷电，或是人类社会与性格上的机运与变迁。

像这样的事情，也具体而微地突然降临在我自己身上。我不厌其烦地为了布须曼人的事寻寻觅觅了二十多年，最后才终于找到了自己的方向，而且恨不得立刻开始着手。起床穿衣前，我已经知道该做些什么，以及如何去做。

我决定要在一年当中最恶劣的时段进入卡拉哈里沙漠，目标是在八月底时抵达最北部的赞比西河。之所以这么决定，完全是因为我认为那是唯一可以保证我找到的布须曼人是真正纯种布须曼人的方式。卡拉哈里沙漠边缘有许多混有布须曼血统的种族，我从过去的经验中知道，雨季一开始他们就会马上深入沙漠。卡拉哈里沙漠有个最神奇的特质就是，它之所以被称为沙漠，是因为它的地表找不到任何常年维持的水源。然而，覆盖在它深厚肥沃沙土上的青草在风中摇曳的情景，和玉米田里玉米穗迎风摇曳的壮丽景观不相上下。这里有繁茂的灌木、一簇簇树丛，有些地方更形成一大片一大片浓密的树林。此外，还有该地特有的各类动物，各种羚、鹿、鸟类、狮子和花豹。

当雨季来临时，滋味甜美的青草便从土里钻出来，而灌木丛的枝干上也挂满了琥珀色的莓果、闪闪发亮的葡萄和甜蜜多汁的李子，甚至连织锦般的草地上，也在空隙间挤满了多浆多肉的瓜果和香气袭人的黄瓜，地底下还藏着野生胡萝卜、马铃薯、芜菁和甘薯等块茎植物。它们因为湿润的泥土而迅速繁殖，长得又多又好。降雨之后，便是一场各种生命形式的大侵袭，它们从外在世界大举入侵，深入这个经过一整个旱季的炙热和干渴之苦后却结出甘甜果实的沙漠。每一头鸟兽和此地的其他生物，都在崎岖多石的高地一带耐心等候雨季的来临。然后，当第一道闪电划过西方天际——那就好似一位神明走过，手里晃着一盏暴风雨的灯笼，以便在黑暗中照亮前方的道路——这些生物也忙着以鼻子嗅探空气中所传来的讯息。只要有那么一丝湿冷的气息从遥远的地方出现，它们便迫不及待地一股脑儿全出动了。大象通常是第一批出发的，因为它们不只拥有最敏感的鼻子，对食物也最讲究。紧随其后的是一群群鹿、牛羚、斑马，以及以这些草食性动物维生的肉食性动物。甚至连黑水牛都从河床和沼泽出现，用力地抖掉身上的采采蝇，就好像抖落那些附着在皮毛上的干涸泥巴块，然后一路啃食着青草，逐渐深入沙漠内陆。

等这些动物的迁徙达到最高潮，所有迹象也证实丰硕的雨季终于来临，人类便跟着进来了。我担心的是，这种侵入沙漠正常生活的行为会让真正的布须曼人变得更胆怯，更难以联系。我也担心，一些被其他部落或拓荒者养大的所谓"驯化"的布须曼人于雨季回到沙漠里时，会导致我的工作更加复杂。因为这些被"驯化"的布须曼人虽说已不可避免地和他们过去的生活形态脱离，但也不可能完全抛弃祖先们的生活方式。不时地，他们需要回到沙漠重新振作自己的精神。雨季来临之前，随着在动荡不安的天际逐渐累积的云雨、雷电，他们的血液里也逐渐积聚起一种奇异的紧张情绪。他们开始变得情绪化、心神不宁，直到突然之间再也忍受不了，于是他们脱下工作制服，赤裸着身子跑回沙漠和古老遗俗中，就像鲑鱼从遥远的内陆河流游向宽阔的海洋。

那些将布须曼人收作仆役的人会在某天早晨醒来，突然发现这些布须曼仆役不见了。要等到雨季过后，他们才会再看见这些布须曼人。有些人曾受这种好像蛮有道理的回归原始的简要方式所吸引，我从他们那里得知，要分辨"驯化"的布须曼人和真正的布须曼人，需要对他们的心灵和历史进行漫长探索。但我承担不起这样的混杂或耽搁。不过我也知道，在一年当中最恶劣的时刻，只有真正的布须曼人才会留在沙漠中。旱季过去、雨季未来前的茫茫时间，所有生存在温和气候下的生物迅速从沙漠消失，只有沙漠精挑细选、千锤百炼的孩子——真正的布须曼人——才能继续在沙漠中忍受酷暑和干渴的考验。留在远离水源和人烟的大凹地里的，是他们的小脚印；也正是这一串脚印如今强烈吸引着我，恍若磁石吸引着铁沙般。

虽然花了这么长的时间和篇幅解释这些，但我可是在电光石火的刹那间就明白了我的决定，随即也知道了该怎么做。我曾经多次深入卡拉哈里沙漠执行任务，因此对必要的装备立刻了然于心。我马上知道我需要什么样的车子，而且很清楚沙漠附近及内部有哪些地方可以找到燃料和水。我也知道如果想成功达成心中的目标，我需要找什么人，甚至应先找哪些人探询是否有加入我的计划的意愿。我很清楚自己可以承担这次任务中的多少花费，不过那显然还不够，但很快我就想到弥补不足之数的法子。事实上，这个计划的各个层面只要是我能力所及，当下就确定了。当然，涉及别人的部分就得等他们的回应，非我所能控制，需要较长时间。然而即使是这个部分，回应的速度也让我非常惊讶。说"惊讶"，倒不如说我深受感动来得更准确些，因为那似乎是针对一个像我这样既健忘又多疑而且犹豫不决的人所出现的启示，就好像哈姆雷特如此心碎地告诉自己："事已至此。"如果一个人心意已决，并且毫不犹疑地准备付诸实践时，就会发现生命很奇妙地早就做好了准备，无处不逢源。事实上，我现在会认为，哈姆雷特的悲剧正是因为他总是找理由让自己不听从内在心灵的声音。我之所以这样说，并不是要把我自己的小问题拿来和莎士比亚的名剧大作相提并论，而只是因为这样的比拟可以显示我自己心里的困惑到了什么程度，也显现了另一些启示：何以我们视为滥情的宽恕之举，其实是生命的铁律。事实上，生命不只贯彻实践，而且还树立榜样。复仇、报复、宽恕和煎熬全是我们内在退化的拿破仑式反应，对生命恒久的肯定毫无助益。不需要那么急切，而且，为了避免永远只是在行动和反应之间摇摆，生命须不问缘由地持续前行。我相信，事实总有一天会合情合理地呈现出来。眼前就有一例：如果有人经过那么多年浑浑噩噩的日子而活该受挫，那个人应该就是我。但我发现自己不但被原谅，而且我的计划还像个老朋友似的受到欢迎。

举例说吧，当天早上我寄出的许多信的回应便是如此。我的第一封信是给在东非的温德姆·维扬（Wyndham Vyan），因为无论就友谊还是见解而言，非洲境内再没有人比他更受我重视。我们的友谊可以回溯到战后我第一次深入卡拉哈里执行重要任务，之后我们又有好几次在同一个地区一起执行任务。他年纪比我大，但我从来不会感觉到和他之间存在年龄差距。我想那是他的生活方式的缘故。他从来不逃避问题，而是努力想办法解决，所以他不会有像我那样属于过去的包袱。我觉得他是一个真正活在当下的人。更难得的是，他是属于第一次世界大战期间失去生命中最宝贵、灿烂时光的一代。他从战场上归来，因杀伐而老迈疲惫，内心沮丧至极，以致他本能地只有一个清晰念头，就是尽可能挥别这些景象，越快越好。于是他出发前往东非，来到最遥远的边界地带，开辟了一个牧场。他投下大笔资金，从英国进口最佳品种的绵羊和牛。但是接下来数年，让他相当惊愕的是，他逐渐看着这些品种优良、受到特殊照顾的牲畜竟然在非洲一一凋零。他不断补充新牲口，运用所有欧洲的科学与资源，想办法与不幸的命运抗衡，如此又耗掉了他剩余的钱。但是命运似乎依然和他作对，雪上加霜的是，世界性的经济大萧条也加入进来，给他带来更大打击。然后，有一天，当他的命运乖舛到极点时，他顶着烈日，站在越来越稀少的牛群中，突然注意到自己的牛眼睛是红的、发了炎，它们对着阳光眨眼，然后拖着鼓胀的胁腹来到荆棘树的树荫下，无力地躺下；而附近他的索马里牧人饲养的一些土种牛却在阳光下起劲地吃着草，丝毫不受炎热或阳光的影响。它们的眼睛澄澈安详，几近无毛的表皮光滑而发亮。他惊讶得愣住了，因为这是他以前从来没想到过的事情。他突然之间明白了，这些年来他这么努力地要将欧洲的东西移至非洲，却丝毫没将非洲本身的条件考虑进去。就在那一时刻、那一地点，他转了个向，不只是身体的方向，也包括心里的方向。原来那些过度纯良的欧洲品种他全不要了，或买或交换，他尽可能地将手中的牲畜全部改成索马里人饲养的品种，然后对这些经过非洲之火淬炼的牛群投入相同的照顾和品种改良的方法。其中，品种改良可说是欧洲赐给我的家乡大地最好的礼物之一。据维扬说，这次尝试的结果真是令人惊讶，如今他已拥有东非数一数二的大牧场，也是最成功的牧场之一。不只如此，他在打赢自己这一仗的同时，也为非洲赢得一场胜利，因为他为非洲培育出最具生命力的牛群，为世界各地其他品种所不及。听他谈着养牛的种种，就好像聆听一位艺术家现身

　　　　第四章　大突破

说法，大谈自己的艺术创作一般。这项兴趣持续吸引着他，成为他从战场归来后生活的全部。他只在第二次世界大战期间到访过欧洲一次，那次拜访让他对非洲更加难以忘怀。他一直没结婚，我曾开玩笑说，他的床前贴的图片不是海报女郎，而是小母牛。

维扬太爱他的牛，以至于不愿意出售。尽管他有数以千计的牛，他却认得其中的每一头。我在非洲记忆最深刻的一次经历，是和他坐在草地上，他抽着一支马加利斯堡（Magaliesberg）烟斗，盯着他的白色大块头母牛瞧。有一次，我和他站在南罗德西亚一支早已灭绝的种族所建的废墟城市的城墙旁，他从嘴里取出烟斗，慢慢说道："我敢打赌，建造这些城墙的人是想在夜晚时把牛群圈在安全的地方。"茅茅党[1]起义时，他和我正深入卡拉哈里内部，但他立刻知道问题有多严重。他自己的牧场正位于茅茅党大本营地带的中心，牧场里有将近两百名吉库尤人（Kikuyu）为他工作。从一开始他就知道这整件事会是一场悲剧，也明白是什么复杂的原因导致这个结果。他可以立刻想象到风暴的核心，并且坚守立场绝不退缩。对我而言，他是另一个见证，证明一个人只有全心全意投入，才不会被生命中许多事情奴役。

由于维扬是以如此活泼的方式面对自己的工作，他也因

---

[1] 茅茅党（Mau Mau）：肯尼亚反殖民组织，主要由吉库尤人组成。20世纪50年代初发起茅茅运动，后被镇压。整个茅茅运动期间，欧洲移民被杀死的不到50人，死者多为吉库尤人。——编者

此拥有格外超然的态度，可以从另一个层次看待许多事情。早从茅茅党事件一开始，他所持的立场就是无论他的同胞为何种种族、何种肤色，即使是茅茅党的促成者也不例外，都不该逃避所应负起的责任，而应从惨痛的代价中吸取教训，让未来更美好。

因此，当我现在写信给维扬的时候，我确信他会比其他人更欣赏我的计划。同时我也希望我的提议刚好符合他正想休息一下的需要。果然我立刻收到他的航空快信，回信中提道："你写来的信这么巧，此地情况好多了，而我也需要休息一下，正想写信给你，提议我们可以再来一次探险之旅。谢谢你，我很乐于加入。如果有什么帮得上忙的地方，尽量告诉我。"

同时我又写信给本·哈瑟拉尔（Ben Hatherall）。这人虽然名字中有个伊丽莎白式的腔调，而且显然是英国后裔，但他和他的家人却完全认同我家乡的人民，并把自己也视为阿非利堪人。他的父亲是一小群吃苦耐劳、性格勇猛的开拓先民之一，受英国钻石大亨罗得（Cecil Rhodes）之劝诱定居于甘济斯（Ghanzis），那是位于卡拉哈里西部的一个小绿洲，当年是对抗德国从西南非扩张殖民领地企图的缓冲区。才定居不久，就爆发了詹姆森突袭行动（Jameson Raid）[1]，

---

[1]　这一事件直接导致了第二次布尔战争。——编者

然后是布尔战争（Boer War）[1]，罗得在我国的政治势力和影响力从此走向下坡路。而那个小社区因距离最近的铁路有数百公里，距首都一千六百公里，其间是一片没有水源的沙漠，也就从此被人遗忘了。那里的气候虽然恶劣，但在友善的布须曼人协助下，他们存活了下来，在沙漠中过着相当艰苦的生活。本出生于当地，从小就和大人一样忍受着贫穷和苦难。他的保姆和玩伴都是布须曼人，所以他会说布须曼语，也了解布须曼人和他们有关沙漠生活的独特知识。九岁时，他光着脚，冒着溽暑，协助他那一丝不苟的严厉父亲将他们生活所仰赖的牲口从一个又一个不怎么够用的蓄水洼洞赶到另一个去，然后穿过数百公里燃烧着一般的沙漠地带，最后将牛群赶到价格并不太好的马弗京（Mafeking）市场。夜里，他也得和大人轮班看守躁动的牛群，免得它们变成狮子的食物。我不知道他是不是在那个时候学会操作步枪的，但不论如何，他很早就会了。他年轻时当过射击手、猎人、驯马师和沙漠先锋，经历极富传奇色彩。他的父母本着布尔人一贯对学习的无比重视，省吃俭用好几年，存下每一分钱，将他送往金伯利（Kimberley）就学。等他回到卡拉哈里，便当起了那个遗世独立小社区内的小学老师，因为那号称全世界最大的帝国当时虽正处于繁荣鼎盛的时期，却推说资金短缺而拒绝了当地人在该地建小学的请求。

---

[1] 布尔战争（Boer War），即第二次布尔战争，是1899年至1902年间英国人与布尔人（南非荷兰移民的后裔）为争夺南非领土和资源而进行的一场战争。——编者

有十二年的时间，他不只教书，还代表他的同胞出席远在马弗京举行的一个立意甚佳但执行不善的顾问委员会会议，为他们积极争取权利，但结果并不尽如人意。他也是我战后第一次出任务时的伙伴，从一开始我们就成了好友。对我来说，他正是阿兰·郭德曼[1]的阿非利堪人翻版，一个不畏强权、不欺弱小、兼具勇气与道德典范的理想化身。在开普政治圈傲慢的精英主义腐蚀下，像这样的典型已经越来越少了。他独立、能干，不怕任何人或野兽或意见，有耐心且慷慨大度，坚韧不拔而又气宇轩昂。

我也收到他的航空快信，信上说："真奇怪，我也正想写信问问你过得如何。我们好久没联络了，我总想着最近你会再来找我们。当然，我会和你一起去。不过我才刚刚建了座新农场，所以，麻烦你记得，假如顺利的话，我想在开始下雨时回来犁地。还有，上校，如果我们要在夏天回到卡拉哈里，难道你还是不想戴顶帽子吗？"

我把维扬和本这样爽快的回应视为古代中国人所谓"君子之约"，而一旦他们答应了，就必然会践守诺言。维扬和本两人也因拥有广泛的共同经验和对非洲大自然的深深喜好而成为好友。他们彼此欣赏，也很喜欢有对方为伴，以至我常在辛勤工作一天、拖着疲惫沉重的脚步回到营地时，看到他们两人吐着烟圈儿泰然自若地聊着，精神就跟着恢

---

[1] 阿兰·郭德曼（Allan Quatermain）：英国小说家亨利·莱德·哈格德的非洲探险小说《所罗门王的宝藏》及《阿兰·郭德曼》等系列中塑造的人物之一。——译者

复了。有了他们的允诺，我感觉这趟任务的基础已稳如磐石——虽然那时我（也许）并不知道这个组合将面对多么严峻的考验。

同一天，我写信给罗孚汽车（Rover）公司。之前我在一次政府委托的任务中曾经试用过一辆他们的四轮驱动休旅车（Land-Rover），对它的性能之好留下深刻印象。当然，和政府所提供的其他车辆，如三吨或六吨的大卡车比起来，它也有一些不足之处，例如，它的载重量较小。但它比较省油，且在沙漠里奔驰的速度相对较快。在过去，我所面临的最大问题之一是，所有卡车的消耗几乎和它们的载重一样惊人。为了要冷却过热的引擎，卡车在沙漠中要用掉更多比油还稀有且珍贵的水。而在我上一次的任务中，罗孚四轮驱动休旅车的引擎却一次故障也没发生，所耗的油也只有其他车辆的三分之一。它更好操作，而且基于上述种种理由，每日所跑行程也远得多。我认为，节省时间，不需要携带那么多水、容器和汽油，这些优点足以弥补它载重量较小的缺憾。我唯一担心的是，南非因有进口管制，许多人排队等着买这种车，什么时候才会轮到我，怎么来得及？但同样地，我也立刻收到一封礼貌的回信，并且在几天后和这家公司的部门主管见了面，先是约翰·鲍德温（John Baldwin），然后是杰弗里·劳埃德·狄克逊（Geoffrey Lloyd Dixon）。我向他们解释了我的计划。尽管我对英国人算是够了解的了，但我依然为他们的周到而惊讶不已。他们立刻答应我，让我优先取得我所需要的车子，并且先为我所选择的车子额外加装了油箱和水箱，然后才运来非洲交货。

下一步则涉及我毫无经验的事情。我计划中的一部分是要以布须曼人的生活为主题拍一部有声纪录片。在我看来，想保存布须曼人的生活记录，没有任何方法比这种方式更快速、更完整且更有保障。不但如此，我还有一个直觉，这样的纪录影片可以做成系列报道在电视上播放，那么预付的版权费就可以充当我的计划费用了。不幸的是，我对拍摄影片一窍不通，连怎么操作一台廉价的布朗尼卡相机都不会。所以，在我正式开始我的计划之前我有三件事要做：第一，找找看有哪家电视台会对这个计划有兴趣；第二，如果有，设法找到合适的专业技术人员和我一道去；第三，和这位专业技术人员一起列出我们所需要的设备，想办法把它们运过来。

于是我先找了英国国家广播公司（BBC），因为我认为它是全世界最好的媒体。记得在战时，它的新闻品质甚至深入日本战俘营中不识字的东南亚人心中。每当他们想向我强调某个传言是真的，总要加一句："老爷，这是 BBC 说的。"我自己多年来和 BBC 接触的亲身经验，也让我觉得他们既细致、平易近人又充满想象力。他们果然没让我失望，与我会面的人对这个计划都很感兴趣，特别是玛丽·亚当斯（Mary Adams），而且她表示，只要我能自己组成拍摄小组，他们一定鼎力协助。

我先前已一再寻思拍摄小组的人选，最后锁定两个可能的人选：朋友们很早以前就曾推荐我带一名年轻的斯堪的纳维亚电影制作人进行某次任务，他们对他寄予厚望。另一位是一名来自欧洲大陆的自由电影制作人，名叫尤金·斯波德（Eugene Spode）。大约五年前，我在一位南非朋友的介绍下认识他，那位朋友希望我为斯波德所拍的一部相当动人的战争短片写些文章。自那以后，我经常和他在伦敦会面。对我而言，他似乎是一位不可多得的天才：不只是画家、音乐家和剧作家，同时也是作曲家、制作人和摄影师。他几乎不会说英语，所以我们的谈话若非以法语或一些他还可以理解的语言进行，就是透过朋友的翻译。我的朋友对他非常了解，非常肯定地认为，只要有机会，他一定可以证明自己是杰出的电影制作人。不过，对我来说，更重要的是，我喜欢斯波德，而且我被有关他的故事深深打动。只是，他是一个异常不快乐的人，程度之深令我非常惊讶，也许我早该留意到这一点。虽然我不相信一个真正具有创意的人会像斯波德那样永远那么不快乐，但我的朋友告诉过我他在纳粹法西斯统治的社会和其他没那么暴虐的现代世界中所遭遇的痛苦，所以我想这也难怪吧。我还听说他在自己国家的反抗运动中扮演了极为英勇的角色。不只如此，我听说他也热爱非洲，曾经数度造访非洲，还拍了部纪录片。他的战时事迹以及传闻中他对非洲的了解，使我最后选择了他。我写信给我在非洲的朋友，向他询问斯波德的地址。

再一次，回信很快就到了，信上最后说："我早就知道你和尤金一定能一起在非洲做些了不起的事。"

我那"事情圆满顺利"的感觉已经够令人飘飘欲仙的了，现在又多了一个肯定的答复，让我更加引以为傲。我拍了个电报给斯波德，他立刻赶到伦敦和我会面。我从来没见过他如此迷人、快乐和自信，好像整个人焕然一新。我尽可能把所有的工作环境和条件告诉他，并让他知道维扬和本的为人，以及他们何以对我个人或对这次探险计划如此重要。此外，我也告诉他我想带什么样的黑人一起出发。我强调，这一路上人际关系最重要，并且不带讽刺地跟他说了我年幼时从一名伟大猎人那儿学到的一课。那人说："小老弟，如果你想走进非洲深处，千万要慎选你的同伴，从你至少认识五年以上的人之中挑选。即使如此，你仍有可能挑错了人。"我发现我对斯波德讲话的方式，就像面对所有被我的家乡吸引的人那样。我向他形容，非洲是一个又大又严苛且令人筋疲力尽的地方。我跟他谈到了非洲的酷热、令人发昏的刺眼强光，还有寄生虫、蜘蛛、蚂蚁、蛇和蝎子，以及她对一个人的耐力和警觉无休止的榨取和损耗。后来，我记得自己开始以抒情的口吻说，非洲像个相当出色但还未实现愿望的野蛮妇人，依旧在物色一个值得的爱人，因此总会以她那高深莫测性格中的各种任性、善变、极端和诡计多端测试所有初来乍到的人；但那些不因此稍减对她的爱的人，将会在一个难以置信的平静夜晚，发现他们突然获得了温柔、优雅且毫无保留的回报，甚至超过他们所能理解的。

斯波德饶有兴味地笑着听完这些，然后温和地提醒我，毕竟他已到过非洲，也都知道这些了。一如往常，他很确定自己对非洲的爱，也准备整个儿负起筹组摄影小组的责任。在这一点上，我说我必须坚持一件事，就是整个故事的架构和字句还是由我负责，至于要怎么将它转换成电影语言，当然由他全权处理。

我们讨论了好几天，直到彼此都觉得没有什么可说的了，然后拟定了完整协议。在协议中，我们甚至连钱的问题都说得清清楚楚：整个计划的费用由我负责，如果有盈余，我们平分；如果有亏损，我一个人承担。此外，我希望能和世界各地的报纸签约，写些报道；而我也说，我会要求报社付费，以他拍的照片做插图，照片部分的收入，我坚持完全归他所有。

一切都搞定后，我们一起赴 BBC 取得最后一项协议。BBC 将斯波德安排在摄影棚学习他们的拍摄方式，并请来最资深的摄影师充当顾问。同时，我几乎必须即刻启程赶回非洲。我提醒斯波德，接下来三个多月我最多只能像谈生意那样简短地和他联络，询问他是否有办法独力完成所有这一切为拍摄影片所做的准备，包括技术上的要求。他回答说，不仅可以，而且他深深为摆在他面前的"这个大好机会"心动不已。于是我为他和他的摄影机及拍摄影片所需的材料等做好送进非洲的安排。我们信心十足地定下下一次会面时间为八月二十一日，地点在南罗德西亚的布拉瓦约（Bulawayo）一家旅馆内。我最后交代他一件事："把你的小提琴一起带来。想想看，在营火旁听音乐是多么美妙的一件事！而且，如果你能为夜晚的狮群奏上一曲，那它们真是要感激不尽了！"

*

第五章

启程前的阴影

我于五月带着妻子和我私人的罗孚四轮驱动休旅车离开伦敦前往非洲，预留三个月时间让自己筹划启程前的各种相关事宜。但这段准备时间其实非常紧迫：我得到图书馆和博物馆大量搜寻有关布须曼人的资讯；还得跋涉数千公里，从开普到赞比西河，拜访一些布须曼人的旧洞穴、遗址和绘画，恢复一下我对这些昔日小矮人出没地心脏地带的记忆。在幸好完全不知道他们未来命运会如何的情况下，我拟定了计划，选出一些地点作为拍摄布须曼人故事时提供背景说明的重要场景。我也拜见了数十位官员，取得了这趟旅途中所需要的各种许可、证件和介绍信，以保证计划顺利进行。我在广袤的卡拉哈里内外安排了数个补给、加油点。我很明白，如果希望补给、燃油能在预定时间内运抵几个最偏远地区的补给站，就得亲自监督，让这些燃油和补给至少在我需要它的三个月前，或经海路、铁路，或利用卡车运送上路。我要招募其余的人手，也要选购所有大大小小的旅途应用物品，从蚊帐、抗蛇毒血清、干制食品、行军床、凉椅和工作台，到最新发明的治疗疟疾、痢疾的药物，以及万一发生重大意外时用的金霉素和吗啡。我本来还想看看

　　第五章　启程前的阴影

自己家族的东西，但发现时间被越来越多的紧急需要给吃掉了。最糟糕的是，在非洲总有一些"无法预测"的事情不可避免地插进来，占掉大部分的剩余时间。然后，英国又发生了一场船运业罢工运动，罗孚四轮驱动休旅车的交货时间被延误，也缩减了我们原先计划充裕的六个星期组装时间。

此外，我隐隐约约开始担心斯波德。我在非洲遇到很多认识他的人，虽然每个人都承认他很有天分，但态度上却很奇怪地有所保留，暗示他可能不够坚强，无法顺利完成这趟任务。我还和他曾工作过的地区的首长发生了争执，因为他不是英国人，他们似乎不愿意以和其余工作人员相同的条件发给他工作许可证。所有这一切让我稍稍担心了一下。但渐渐地，我开始更担心影片拍摄部分的技术问题。

从一开始我就知道，拍摄影片这件事超出了我的经验范围。我从痛苦的教训中得知，这个过程会让一个人暴露在多么严重的意外和灾难中，特别是在非洲。我原本计划让斯波德在行有余力的情况下，除了拍探险之旅的纪录片外，也另外拍一部他个人的纪录片。但我越想越觉得这实在太疯狂，我们要做的已经太多了。于是我写信给斯波德，建议我们只拍探险纪录片，然后以此作为将来改拍彩色纪录片的更大计划的基础。我还说，即使如此，我认为这样的工作量对一个人来说还是太多，请他再找一位一流的技术助手。我把确定人选的决定权交给他，只坚持一点，就是这个人必须是英国人，因为我实在不想再因和地方当局交涉而惹上麻烦。我还说，如果他找不到，我可以为他在南非找人。

斯波德回信说，他也有同样的想法，正准备必要时自己花钱雇一名助手带来，不过他要自己在英国找。他的回应看起来实际、合理又大方，完全消除了我回到非洲后所产生的疑虑不安。

我感激不尽地把这件事抛诸脑后，因为还有更多棘手的事儿等着我快马加鞭去处理。幸好我在非洲有很多朋友，他们就和所有拓荒中国家的人民一样，拥有强烈的帮助开拓者的本能。我获得了来自四面八方的慷慨协助，而且托这些朋友的福，我的计划才从不可收拾的边缘被挽救了回来。南非矿业工会为了招募不可或缺的劳力，在全国有一个相当庞大的招募组织。他们在各地建造道路和加油站，甚至深入最偏远的矮丛林，进入非洲最原始的地区。有位矿业工会的朋友有天对我说："你应该带一封我们的介绍信，深入内陆后，若有需要可以去找我们的朋友。谁也说不准……"于是他们为我写了推荐信，要求他们的招募人员、航运站主任及飞行员尽量配合我的需要。如果没有这封信，我的探险计划百分之九十九会以失败收场。

八月初，虽然行程紧迫，但还是在可控的计划范围内，我和太太来到赞比西的维多利亚瀑布，准备拼合地面组织锁链的最后一环：我太太要从那儿返回英国，因为我不想让任何未适应非洲或天生对非洲没有免疫力的人暴露在这趟旅程的危险中。我们才抵达瀑布，就证明这个决定是对的，因为我太太立刻发起了不明原因的危险高烧，从二十四公里外请来的医生也不明就里，无法诊断出病因。于是，有两个星期的时间，高烧退了又起，起了又退。这时而让我觉得，这场病多少有点代表现实的威胁，让精神上无以名状的不安借着这身体不适所产生的高烧具体化显现出来，对我发出警告。似乎在那深处，有一个时间聚集的过程，将过去、现在和未来清楚统摄在单一象征的焦点下。我日复一日心怀恐惧地坐在妻子的病榻旁，看着她急促地呼吸着，伴随着两公里外赞比西大瀑布巨大的水流声令人心旌摇曳地不停撼动门窗，我可以感到她心里多么忧虑——不是为她自己的病，而是为未来这趟旅程。单单一件事就可以证明她有多么焦虑——她一再恳求我："买把枪，要最好的，上路的时候带着。"

自第二次世界大战后，我就完全失去了打猎的兴致，先前几次出任务时都把这项工作留给喜好狩猎的同伴去做。我很清楚，我们的主要食物来源将是维扬和本猎得的动物，如果还有人插手，无疑会剥夺他们这项最大的娱乐。我太太也知道这一点，但她还是不断恳求我买一把枪，而且要是"全世界最好的"。等到烧一退，她就逼着我实践诺言。

至于探险计划本身，则未受太大影响，她的病刚好及时痊愈。我送她登上回英国的飞机时，已经是八月的第三个礼拜，当天我就由陆路赶往布拉瓦约，开着我自己的罗孚四轮驱动休旅车，尽可能快地穿过数百公里窸窣作响的矮丛林，因为斯波德已经抵达布拉瓦约，较原先预定的时间更早，为的是想事先研究和适应一下他的工作。

现在提有效的建议已经来不及了。斯波德写了两封信给我，信中提到他的助手时说，他因为经费关系决定不聘请专业助手，而改带一名正在英国一所大学就读的南非人。这人同时也是"他的朋友"，对拍摄电影拥有"有用的知识"，并且准备自费前往。我和我太太对这则讯息都很感震惊，因为这完全没有遵照我们原先的协议。不过，拍摄影片是斯波德负责的部分，我不能抗议什么，只能回信告诉他说我希望他选对了人，希望他不要把经费问题当阻碍，并重申我可以在此地找个专业助手的提议。

现在，我趁着前往和斯波德在非洲第一次会面的途中，顺道拜访了一家修车厂，这也是我们在布拉瓦约的代理商。我看到斯波德的装备和影片胶卷整齐摆放在修车厂办公室的一角，并且被这些物品所占用的空间吓了一大跳，因为在这之前，我完全不知道两万四千多米长的胶卷、闪光灯、镜头、三脚架和隔板放在一起会是什么模样。但我更被一张罗德西亚海关开出的税单吓得目瞪口呆：总数高达一千英镑！代理商告诉我，他已经向海关人员解释这些物品只不过是"转运"，但海关人员仍不为所动。他说，这事必须找索尔兹伯里（Salisbury）的海关总署才能解决。我也同意。于是，原本我希望至少在布拉瓦约和斯波德待一天，然后再回约翰内斯堡迎接那还在慢吞吞从英格兰运来的罗孚车，现在却必须利用这一天赶往索尔兹伯里。我立刻预订了一清早前往索尔兹伯里的班机座位，将我自己的罗孚休旅车留在修车厂进行整体大检修，然后赶去和斯波德会面。

这时已经入夜，天色昏暗。我发现斯波德正在旅馆里等我。最早介绍我们认识的朋友也和他一起来了，用一贯的慷慨表示来送他安全上路。我很高兴看到他们，他们两人也显得很高兴看到我，我们一直聊到深夜。我坦白告诉斯波德我对他所选择的助手不放心，而刚好这人还没离开英格兰。

他以法语开口说的第一句话，不多久便成为我非常熟悉的句子："你不懂，劳伦斯。我不需要另外一名摄影师，我只需要一个认识我而且了解我的人，一个聪慧的朋友，会按照我的吩咐去做，为我抬东西、搬东西，协助我做所有复杂的事情，如调焦距、调角度和调隔板等。别担心！他对我来说是个恰当人选。"

我不再多说。虽然这不是我所期望的状况，但我也没有理由认为这个人不能胜任。

然后斯波德告诉我他对拍摄影片的一些想法，以及他想在布拉瓦约一带进行的背景拍摄计划。我告诉他第二天我必须去索尔兹伯里一趟，请他务必等我回来再开始拍摄。我还表示，我是负责电影叙事的人，而他是负责将叙事转为影片手法的人，因此我们一定得从一开始就密切合作。我保证，只要我们一开始合作，我就任由他支配拍摄时间。我们友善地彼此告别，而我一点都没察觉我所说的话竟然成为他始终萦绕于心且无法谅解的对他的冒犯。

第二天天一亮我就搭飞机赶往索尔兹伯里面见海关总署署长，他以在南非难得一见的明快和决断，立刻拿起电话，指示布拉瓦约的下属取消那吓人的一千英镑税金。第二天中午我抵达约翰内斯堡，罗孚车还在阿尔哥亚湾（Algoa Bay）港的一艘船上。不过罗孚车代理商和我所有的朋友会通力合作，加快这些车子的送达时间。我从来没听说过哪辆货运卡车可以那么快从海岸开到内陆，就像载着我的其余三辆罗孚车的那辆货运卡车那样。四天后，它们都到了约翰内斯堡，立刻卸货，开始组装。其中轴距较短的两辆已经有了额外加装的油箱和水箱，但第三辆，也就是和我自己那辆一样轴距较长的这一辆，因为订货时间较晚，得在抵达后才能加装油箱和水箱。罗孚车公司的技师意志坚定地开始工作，两天后这第三辆罗孚车便有了四个额外的水箱和油箱，而且也和其他两辆较小的一样，车身侧面不但漆了英国国旗及南非国旗，还有一道整齐的字样，写着"卡拉哈里探险队"。尽管我们并未吩咐，但他们这样做了，显然是想求个好兆头。

　　那天下午我们将所有供应物资和备用物品都装上了车。原来我还想带的无线电通信设备，因为考虑到我在布拉瓦约所看到的那一大堆摄影器材，决定全部不带了。非洲向来的惯例，每当听到有人要远行，一群人就会迅速聚拢过来，安静但带着无法抑制的好奇，看着我们把笨重的物品紧紧捆扎起来并包上帆布。最后，三辆罗孚车完成装货，静静停在那里等着出发，沐浴在非洲高地大草原上八月下旬午后的明亮光线下，好像三艘小船准备在一片汪洋大海中冒着暴风雨破浪前进。现在我只需要完成我对妻子的许诺，去取一把我已经向罗德西亚订购的"世界上最好的枪"——我在非洲最喜欢的万能武器：一把点三七五大口径 Magnum Express。办好了这件事，我也累了，正好心满意足地早早上床睡觉。

我们于日出时离开约翰内斯堡，紫色的烟雾在萧瑟的摩天大楼顶层之间滚动，亮晃晃的粉红、金黄色晨光照耀在铁灰色矿堆上。领头的是查尔斯（Charles），罗孚公司的四轮驱动休旅车专业技师。查尔斯又高又瘦，皮肤黝黑，两眼间距宽，棕色眼珠散发出一种受伤的感觉。他相当敏感，说话轻柔，而且非常神经质。他那修长的手组合起这些四轮驱动休旅车时，优雅、灵活得像一名参加比赛的游泳选手潜入水中，而工作时他心无旁骛，做得又快又好。我必须承认，在邀请他加入探险队前，我确实犹豫了一下，因为担心他的个性有可能太复杂难搞而且太敏感。但我始终对精神抖擞的人有先入为主的好感，这名年轻人正是如此。虽然他年纪还不大，却已入伍服过志愿役，靠谎报年龄而成为南非军队中最年轻的服役士兵，曾经在西部沙漠和意大利打过仗。他一听说我的探险计划，便立刻向老板请求停薪留职，加入我们的行列。身穿整齐、笔挺的卡其服，脚着擦得发亮的靴子，头戴战时南非士兵在沙漠中所戴的圆顶帽，他爬进第一辆罗孚休旅车，灵巧地带着其余人离开正逐渐醒来的城市。我在最后一辆车上——根据过去的经验，我知道指挥最好殿后，那里是所有问题不可避免的集中处，就像尘灰那样。我们无法用我原先预期的快速度前进，毕竟我们的四轮驱动休旅车是新车，必须按照规定将最高时速控制在每小时四十公里内。我们向西走了近五百公里后，来到洛巴戚（Lobatsi），本已经在那里等着我们了。

当我们穿过德兰士瓦省（Transvaal）边界进入贝专纳（Bechuanaland，译按：今博茨瓦纳）时，太阳已经开始下山了。我注意到自从上次我穿越边界以来，路栅修理过了，栅门也重新修补并上了新漆，路旁的石头一白如洗，一面新旗帜高高飘扬着，鲜艳的蓝色在闪亮的旗杆顶飞扬。哨站里再度出现驻守人员，一名制服笔挺、皮靴发亮的警察举起手来，向经过的我们行礼致敬。然后，远处公路像发生爆炸似的升起一团红色沙尘，之后一阵震耳欲聋的车声向着我们急驰而来。查尔斯将车驶向路边，明智地停下车来，我们全部随后跟进。

查尔斯走到后面来找我，说："看起来像是冲着我们来的，是欢迎大队吗？"

我摇摇头："不是！我怀疑那是一项古老的洛巴戚习俗：有人结婚，村里的每一户人家都把车开出来送嫁，安全护送新人通过边界，前往约翰内斯堡度蜜月！"

我还没说完，一列长龙般的车队已夹带烟尘从我们身边急驰而过。第一辆车的车厢后悬挂着二十只左右的旧靴子或鞋子。在最后一辆车上，一副宽阔的肩膀，一颗好看的大头，一头铁灰色的头发，一张晒得黝黑、线条深刻的脸，以及一双散发着认识我们神色的精干灰色眼珠，不顾滚滚烟尘突然伸出车窗外——令人惊讶的年轻声音响起："上校！上校！我马上回来找你！"他一边喊着，一边和车一起消失在一团昏暗的烟雾中，不知去向。

"那到底是谁呀？"查尔斯问。

"本·哈瑟拉尔，"我大笑着说，"从现在起，你会经常看到他。我很高兴他依旧不失赤子之心，就像刚才那样，连一场婚礼也不放过！"

洛巴戚村很小，不过是沙漠边缘瓦特贝格（Waterberg）丘陵地带最僻远的行政中心兼采购站，现在因为婚礼，全村几乎空无一人。我先到当地政府办公室探访一位老朋友，然后和也是老朋友的当地派出所所长聊了聊。恰在此时，发生了一桩令人难过的小事件。由于这件事反映了我当时的心情，也多少代表了在非洲到处可见的压迫和冲击气氛，我在这里简短叙述一下。

那时我正和这位派出所所长笑谈往事，突然一股不明缘由的伤感侵袭了我。霎时间，不知道怎么回事，所有的信心和热情一下子从我身上蒸发。我惊讶地转身，在我身后出现一名拥有布须曼血统的年轻人，两名警察押着上了手铐的他，正准备带去审判。我们的眼光短暂交会后，我才知道，原来那突如其来的阴暗忧伤正来自他。我看见那双眼睛里既无希望也无绝望，知道那只黑手已将他心中的蜡烛熄灭，因为他知道神明早就弃绝了他。

"他怎么了？他做了什么？"我沮丧地问警官。

"仪式性谋杀，"他表情严肃地说，"他杀了自己的亲妹妹，为族人做药。他的族人可能也涉及数年前在北部灌木林坠机的几名飞行员的谋杀案。"

这个巧合让我难以承受。记得数年前我曾在那个谋杀现场度过一晚，当时遇见过这人的族人，还聘用了其中一名做向导。

"可怜的家伙！"说着，我立刻感到一股悲哀袭来。就在我的旅途正要展开的这里，我却突然面对无以计数的疑问，质疑我这些天来在非洲所进行的每一步："我对他来说到底是什么？而他对我而言又是什么？我应该怎么做？"毕竟这些疑问自我幼年在非洲时就常困扰着我。

我从来不认为将"仪式性谋杀"的行为视为谋杀有其正当性。对此，我们自己也脱不了干系，因为越来越多的仪式性谋杀开始恢复，这某种程度上显示了我们所加诸这些原住民的灵魂的不安全感，以及这些大自然的子民企图平息内心无法承受之恐惧的一种绝望挣扎。那同时也是我们否认非洲自然创造力的结果，我们以谋杀罪逮捕和审判这些人，其实自己也是共犯。审判结束后，我和执法人员、法官及控告者聊了一会儿，我感觉很少看到比他们更亲切的脸庞或更慈悲的心肠了。我想他们也同意，非洲的生命和环境还需要公正以外的其他周密考量，才能免于不幸。然而法律与秩序总是优先考量的事项，幸运的话，还能带着些许慈悲，不幸的话，就什么都别想了。

这一晚，我和此地的行政官及其妻子一起度过。他们是我的老朋友，宽敞、舒适而宁静的官邸位于一道密实的绿色树篱后，四周环绕着干净整洁的草坪和绽放着蓓蕾的树木。我把计划向老朋友详细解释了一遍，他则以他的经验为我做了不少修正。下午茶过后晚餐时间之前，他带我去拜访了我的老厨师西蒙。西蒙现在已经完全失明，那是在上一次与我一起执行任务过程中发生意外所致。但他受到很好的照顾，我从来没在他那皱巴巴的脸上看到如此心满意足的表情。他坐在整洁清爽的小屋外，沐浴在落日余晖中，身旁妻儿环绕。

"祝你慢慢走，主人。"西蒙和我道别时说。在我的家乡，非洲人说"慢慢走"，意思是明智而平安地走。

"没错，我会慢慢走，西蒙。"我说，"等我回来时，我会来看你，带圣诞礼物来给你和你的孩子。"

从那儿离开后，我的朋友带我去见了他为我雇请的西蒙继任者，一位厨师和一位野营助手。这名厨师和西蒙一样，是北罗德西亚的巴罗策兰（Barotseland）人。他的欧洲名字叫杰里迈亚（Jeremiah），姓穆温达（Muwenda）。他是个高而挺拔的人，显然很有自尊，而且具有一种沉稳、持重的态度。他戴着牛角边框眼镜，说话时有那么一点卖弄学问的学究味道。

我只问了他三个问题：

"你能在蚂蚁堆上烤面包吗？"

"可以，主人，"他笑着说，"不过我比较喜欢在炉子里烤。"

"你能在雷雨交加时做饭吗？"

"没问题，我可以在雷雨交加时做饭。"他大笑了起来，整张脸和眼睛都笑开了。

"你愿意和我们一起上路吗？我不会亏待你，但这趟旅途又漫长又辛苦。"

"我随时待命。"他简单答道。

杰里迈亚的同伴比他还高壮、四肢粗大，属于和他截然不同的类型。这人来自巴曼奎特兹（Bamangkwetsi），名叫约翰·劳沙加（John Raouthagall），话不多，非常内敛，一双黑色大眼睛定定地看着我，没有掩饰也毫不闪躲。他是杰里迈亚的好朋友，当我问他是否确定愿意一起上路时，他面容严肃地说，他来，就是准备上路的。

那晚我睡得非常不好，不断醒来，眼前继而浮现那名被判罪的布须曼人的脸庞。于是我天未亮便起床，登上官邸后面的小山丘。这一天是星期天，我爬到山顶时天刚破晓，向西望去，卡拉哈里像一片酒橙色的大海。不到十五米外，五头短角羚从岩壁后的温床中起身，正在抖落黄色细长身子上沾染的露水。一些丛林鸽挥动翅膀，发出尖锐的呼啸声掠过，像命运之神的使者，挑逗我自决定这趟旅程后就相当躁动不安的心情。我以最快的速度下山，从一颗石头跳向另一颗石头，这才觉得好过些。

　　回到住处，查尔斯、本、杰里迈亚和约翰正忙着把最后的新行李打包装上探险车。本携着枪第一个上路，查尔斯和约翰随后，我和杰里迈亚压阵。我们经过"象群一度坠落的悬崖"，整天在红尘纷飞的路上奔驰。这条路在历史上很有名，它从马弗京向北以直线伸入内陆，一边是德兰士瓦省的丘陵地，另一边是广阔的卡拉哈里边界。将近中午时分，探险车的里程表上数字已经超过了八百公里，可以将速度再加快些了。第二天中午我们抵达弗朗西斯敦（Francistown），铁道线上的一座小村庄，从那里有一条崎岖的路切进卡拉哈里。我在那儿暂停，去拜访"马赛"·默雷尔（'Masai' Murrell），他是矿业招募组织在这一带的主要代表。我将计划完完整整地和他讨论了一遍，外加可能遭遇到的紧急状况。令人开心的是，他毫不犹疑地表示愿意鼎力相助。我们在我的老友查利斯夫妇——莫莉（Molly Challis）和西里尔（Cyril Challis）的相伴下，再度出发，于星期一晚上天黑后抵达布拉瓦约。斯波德和我的朋友都不在旅馆内。我留了一张字条，告诉他们我很晚才抵达，就先上床睡了。睡前，旅馆服务员给了我一份当地报纸，他想"我会有兴趣看看"上面一项有关"杰出欧洲大陆电影制作人尤金·斯波德"为即将展开的探险之旅接受当地记者采访的报道。

早餐时，斯波德和我的朋友还是不见踪影，但过了一会儿，我收到一张字条，告诉我他们两人都在旅馆的休息室等我。我吃完早餐上楼去找他们，他们两人并排坐在偌大房间最那头的长沙发上。我向他们挥挥手，但他们没理会我，仍旧坐在那里。我第一次开始感到有些不对劲。

　　走上前时，我手里多了一份打印出来的文件。

　　"我想，"我的朋友冷冷地说，"在我们开始谈话前，你最好先读读这份文件。"

　　我无法相信自己的耳朵和眼睛。我把那份单倍行距、充满指责的文件读完——因为实在繁多，我不拟在此重复。重点是，文件中提到，斯波德在上次会面听到我说故事的叙述由我负责时，深感震惊。他说，如果是这样，为什么数个月前我没有告诉他，那他就可以早早开始将这些叙述转换成适当的电影语言，而这么重要的工作我居然忽视了，等等。此外，他又密密麻麻写了一大堆，说是应出具一份保证书，载明斯波德全权处理故事叙述、拍摄、配音、配乐、剪辑和制作。最后还来了个补充说明："劳伦斯，以你对这个国家的了解，毫无疑问可以给我很大协助。"以及一个威胁，说如果不出具这些保证，斯波德立刻退出这次探险活动。

　　我看完这份毫无预兆的文件，抬起头来，迎接我的不是往日那友善的灰色大眼，而是一张笼罩着恼怒与受伤的脸。甚至他那屈身坐在沙发中的四方肩膀似乎都突然摆好了攻击的架势。

我的心惊慌地向下一沉，不只因为眼前的状况，还因为我突然明白，也许这是我第一次真正看清楚斯波德这个人。我突然觉醒，在刹那间完全领悟到，原来我所面对的是一个被机会拒绝的人，因为他充满了冲突、矛盾，不但拖累自己，也会拖累别人。我这才明白，我先前始终是透过一位热心的朋友的眼睛来看他，也一直以为这样就够了，而忽略了运用我自己的社会经验和阅历来做这次任务中不应省略的烦人判断。但是现在怎么办呢？

我试着和他们理论。

我的朋友迅速警告我："不关我的事，劳伦斯，我只是帮忙翻译，把你说的话转告尤金。"

于是我花了宝贵的两个多小时，耐心地解决斯波德的每一项愤懑不平，以及在解释的当儿我无心说出却像从巨龙牙缝里蹦出来的巨人般再度惹恼他的话。就在谈话即将结束时，一名理着小平头、个子高高的年轻人走过来。他的声音轻柔，神情愉快而开朗，他们告诉我，那是西蒙·斯通豪斯（Simon Stonehouse），斯波德的助手。

最后我告诉斯波德，如果他还坚持这种态度以及坚持要一份保证的话，那就立刻回欧洲去吧。这样一说，气氛立刻转变，斯波德表示，他对我的解释很满意，愿意和我们一起出发，没有改变心意。

"一旦他开始工作就没事了，"我的朋友在一旁低声告诉我，"你们两个人都对非洲十分热爱，那会有助于你们互相了解。"

　　把"热爱"当作一种奢侈的力量挂在嘴边，甜言蜜语地哄人去做一些自己懒得做或不想做的事，而不是召唤人去为它战斗，这让我非常生气。我骂人的话几乎冲口而出，不过还是忍住了。眼前和斯波德的龃龉算是暂告一段落，不过我知道，争端才刚开始，往后还有得瞧。我心里不舒服到极点，感觉这趟旅程的喜悦全消失了。显然，想让斯波德保持愉快心情来履行合约所述工作，会是一项艰苦的任务。我对他一点都大意不得。尤有甚者，我一点也无法确定和他或和我自己理论是对还是错。现在事情既然告一段落，我想斯波德重新和非洲接触后，也会恍然大悟，事实上他承诺了比他所能承担的分量更多的责任，尤其是在体能方面。对他那样一个都市人来说，这里实在不适合他。而在一家豪华旅馆中待上十天，看着夏天开始在这被广大非洲包围的小城市中快速蹿起，使得这问题越发显著。在这个时候针对那些细枝末节的小事大做文章，不由得让我觉得，他骨子里是想恳求我趁还不太迟时让他回欧洲去。我没有这样做，既使得他无法达成心愿，也对我们后来的探险计划造成不良影响。但是当时我之所以做出错误决定，实在是情有可原，毕竟斯波德是受过 BBC 的专门训练和指导的。我和 BBC 的合约中也约定由他担纲拍摄工作。两万四千多米长的底片胶卷专为他的特殊镜头和杂志用图片而设计、捆扎、包装送来。何况，一时之间我到哪儿找替换人选？而且根本没时间了。单是什么都不做，探险队一天就得花费五十英镑的经费。此外，本和维扬能陪伴我的时间也有限。尽管如此，现在回想起来，我认为当时真应该鼓起勇气依照直觉行动，取消原先的计划，从头来过。

然而，相反地，我们恢复了先前的友善，开始拍起布拉瓦约附近的岩画、洞穴和坟墓。但是没多久，更多震惊接二连三向我袭来。我发现，斯通豪斯根本不算是斯波德的朋友，因为他几乎不认识他。在加入这个计划前，他们彼此只见过两面。斯通豪斯完全不会拍电影，只是因为研究人类学，也显然对布须曼人感兴趣，就被吸引来了。事实上，他带了一箱子特别印制的调查问卷，想让布须曼人填写。不只如此，他还是我朋友的亲戚。这一点，当然无所谓，对我来说，是看得起我；不过奇怪的是，从来没人告诉我。无论如何，当我们在布拉瓦约村外拍一些背景时，他和斯波德似乎相处得不错，所以我也就尽可能大方地接受了。

只有一次，我几乎要和斯波德及我的朋友大吵起来。那时，我们正在将斯波德的摄影设备和胶卷底片装上车，我负责把物品叠上去，突然一箱乳酪罐头出现在我眼前。

"这是什么?"我大叫，非常惊讶，因为我没有订购任何这么奢侈的东西。

一片寂静。斯波德和斯通豪斯不安地东看西看。

"给你! 把它拿开。"我说着，我把它递回给本。

然后是一箱箱罐装花生酱、马麦酱[1]、葡萄糖、浓缩乳清蛋白、糖果和其他固体食物。由于我已经准备了我们需要的基本食物，而为节省重量和空间，除了糖、盐和燕麦片，大多数是经过脱水的干燥食品，于是我拒绝让所有这些额外的未订购物品上车，理由是我们需要节省每一盎司[2]的装载量来贮存足够多的汽油和水。

　　才刚回到旅馆，斯通豪斯就来找我。

　　他吞吞吐吐，非常痛苦地说："我想，你不知道我是素食者。"

　　"什么？"我惊讶地大叫。

　　"我是个素食者。在伦敦的时候我就和他们说了，因为我想那可能会造成麻烦，但是他们向我保证，一点都不麻烦。"

　　"所以我是把你的专属食物全拿掉了？"我被这大孩子明显的矛盾不安打动了。

　　"当然，我以为你知道，"他回答，"这会为你带来很大的麻烦吗？"

　　我的第一个冲动是马上去找斯波德和我的朋友，要他们好好解释。但就目前的情况来看，这事似乎事后追究也没

---

[1]　马麦酱：盛行于英国、新西兰等地的一种酵母酱，主要原料为啤酒酵母与蔬菜的提取物，口感黏腻，喜欢它的人称其为"爱之神酱"，讨厌它的人贬它为"生化武器"。——编者
[2]　1盎司约等于28.35克。——编者

用了。"听好，"我说，"如果早知道这情形，我根本不会让你加入，我们的主食是肉。我们没有多余的装载空间。探险队有个成员还是大老远从东非邀请来的，他的任务是专门为我们猎取食物。不过，既然你已经来了，西蒙，我们会尽量帮你。但除了每天的麦片粥和奶粉之外，我不能再答应你装上别的食物。如何？"

"我完全不介意，"他说道，显然松了一口气，"我答应你我会努力想办法度过。"

那天晚上我的朋友搭班机回约翰内斯堡的家。斯波德从小飞机场回来后，便闷声不吭地直接进房，让西蒙送纸条给我，说他没胃口，晚餐不吃了。

次日一早，我们出发前往瀑布。我要斯波德和我同乘一辆车，因为我是唯一可以和他用法语交谈的人，而且我也决定尽可能恢复两人的关系。我试着寻找任何能提高他兴致的题材，各种形式的灌木、树丛、鸟儿、大象脚印，或因这趟探险而想起的历史片段和个人回忆。但这工作真不容易，效果不彰。傍晚时分我们抵达瀑布大饭店（Falls Hotel），斯波德直接进了房，过了一会儿又派人来说，他不下楼吃饭了。

同时，我得去找维扬。这座位于世界最大河流之一边缘灌木林中的大饭店，就像是我的第二个家。我很小时就来过这里，看着它逐渐发展成非洲最壮观的一栋建筑。许多次要进行漫长任务前，我都会来这里住一个晚上，有时也在此庆祝任务顺利完成，洗个热水澡后再西装笔挺地享用一顿丰盛的晚餐。饭店经理也好，职员也好，仆役也好，服务员也好，我全认识。我花了好些时间和他们一一打完招呼，才得以抽身去找维扬，我和他约在这家饭店碰面。他依旧坐在老地方，那棵他最喜欢的灿烂大树下，吸着他的烟斗，看着大瀑布的水汽将落日余晖摊洒成一道彩虹，横跨在他身下澎湃的赞比西峡谷两端。维扬脸上的表情坚定不移，好像他的人生早已不再有任何困惑或问题。他戴着眼镜，细腻的英国人的五官使他看起来不像是驾驶卡车跋涉了三千多公里来此和我会面的强健的非洲拓荒先锋，反倒像一名学者，正虔心读着这一日将尽的时刻，仿佛在阅读某份突然间黯淡下来的古代文件。

我无法形容和不快乐的斯波德在一起那么长的沉闷时间后，看见他令我多么宽慰。我们还没开口讲话，一股安静的力量感立刻从他身上向我传来。

相互致意后，他一如往昔简洁地问："本来了吗？要不要也找他来？"

"不！现在还不要，维扬。先听听你的近况，我们好好聊聊。"我立刻说。

我发现，就只是和某个乐意见到我的人在一起，完全不需要向他提供理由来证明什么，真的很能抚慰人心。

*

第六章

踏上北上的征途

我们在瀑布大饭店待了两天，重新彻底整装，准备正式踏上征途。同时斯波德也在这美丽的景点附近挑挑拣拣地拍摄他感兴趣的东西。我们将整批装备重新分配，根据每辆车所负担的角色以及车上乘员所负责的工作重新装载。我尽可能让每辆车载着自给自足的汽油、水及备用物品，甚至仔细到在四名驾驶的座位旁皆备有遭蛇咬时的急救装备和血清。虽然就承重和载物空间来看，我的做法不一定合理，但我还是觉得最好给斯波德一辆较大的车，由他专用。那辆车和我的一样大，原先打算用来装载备用物品。我把所有多出来的备用物品分配到我自己和其他人车上。趁着维扬和本监督重新装载工作的当儿，我赶往利文斯通（Livingstone）镇采买一些先前忽略的小东西。两天过去了，我感觉相当有信心，没有遗漏任何重要的物品。晚上，趁着查尔斯和其他几人为车子加油、添水时，我开着车进入灌木林，想独处一两个小时，为所有细节做最后一次的思考和检查。

　　离瀑布约几公里处，我发现一条小路，通往底下靠近河边的一块开阔地，河水波光粼粼。我才抵达不久，便听到一股噪音传来，像女巫锅里升起的滚滚泡沫，从四面八

129

方袭来。我望向车侧，看见黑压压的一群大象从灌木林里跑出来，挤满了我身后的金色空地。象群很密实，母象和小象在中间，有着阴森森长白牙的公象则走在外缘，它们粗壮的象鼻紧张地卷起，随时准备保护幼小的成员。正当我盯着它们瞧时，一头硕大的公象突然从队伍中冒出来——象鼻从闪闪发亮的两根大白牙中间伸出——并轻巧地快速朝我走来。我立刻关上车窗，从后视镜看着它精神奕奕地一步步接近。它在距离车子一米左右的地方停下来，伸出象鼻，几乎碰到排气管。突然，象鼻迅速收了回去，它那满是皱纹的脸上露出嫌恶内燃机气味的表情，我看了不禁哈哈大笑。有好一会儿，它因拿不定主意做什么好，就站在那里挥动宛如惊人大鱼鳍的双耳，并飕飕甩动鼻子，然后，它转身带领象群从我侧面经过，走入灌木林深处。

我提及这段经历倒不是因为它很好玩，而是因为它鼓舞了我。这证明我们的启程时间刚刚好，因为这景象恰证明野兽和人类已开始大举退出沙漠，而我们就是计划在这种时候进入沙漠执行计划。

回去的路上，我遇到一位每天驾直升机运送旅客来回河流上下游的飞行员，他刚从灌木林中的降落场回来，我告诉他刚才的经历。

"啊！什么？"他以明显的南非口音夸张地说，"那还不够看！你该从天上向下望！从这里向西一百一十公里的灌木林里全是它们，斑马、水牛、长颈鹿、牛羚，天晓得还有什么玩意儿没有！夏天来了，它们现在都在往河流一带撤退。"

我兴奋地开快车回去，准备把这则消息告诉其他人，但还没开口，就见查尔斯苦着一张脸告诉我："有个坏消息，上校！这几个我们在约翰内斯堡赶工加装的水箱和油箱会漏！"

第二天是星期天，就像这趟旅途中的其他许多个星期天一样，往往是发生高潮与危机的一天。利文斯通镇的修车厂没营业，但我又一次靠着朋友的帮忙安然解决难题。我们打断了他的钓鱼乐，然后查尔斯和我及两名技师将箱子拆解下来重新处理，足足花了一整天时间。到了夜幕降临时，这些箱子都重新处理妥当，也通过了测试，绝对适用于这趟沙漠之旅。第二天，箱子重新装上车，车子重新添油加水，也重新载上装备；九月三日下午两点，我们正式踏上征途，比数个月前预定的启程时间只不过晚两天而已。有人含糊提议说可以在舒适的旅馆中再待上一夜，却被本一句话堵了回去。他说："听好！这种旅程只有一个启程时间，就是当你准备好时，而不是等你想要开始时。"

于是本领头，我们沿着黑丛林中一条与河流平行的沙尘小路向西行。这一天我们早早停下扎营，因为搭设第一个营地总是最困难的，我希望有足够的白昼时间来应付所有不可避免的混乱和复杂。本、维扬和奇鲁雅特（Cheruyiot，他是维扬从东非带来的科尼普西吉斯 [Knipsigis] 族仆人兼向导）完全不需要督促，其他有些人却想在扎营前先喝个茶。我坚持严守我的祖先从拓荒时代流传下来的原则：先安顿好过夜的营地后才可休息和放松，否则营地永远无法搭好或者迅速搭建完成。

任何一个营地都不能和第一个或是最后一个营地相比。其他的营地也许更漂亮、更有趣或更刺激，但那些个开始和结束的营地却自有其独特的性质，这并非搭建的人所赋予它的，而是源自某种持久的生命象征。它们是开始（Alpha）和结束（Omega），它们大方给予而不索求。[1] 我不知道在那个寂静而透明的夜晚，身处卡拉哈里红沙包围圈的黑丛林中，其他人的感受如何——那里是贝专纳北部河流的集水区——我只知道，我无法形容自己终于身临其境的满足感。一时之间，我甚至忘记了我对斯波德所怀的不安，而只是心满意足地看着长久以来所怀抱的梦想在它应有的自然环境中一点一滴地开始实现。我为每个人挑选了花色鲜明、不同部落织法的非洲毯子，看着这九条毯子上的非洲花色、图样点亮丛林内漫长的黑夜，我感动极了。

我站在车上一边卸装备，一边看着和许多东非人一样高瘦修长又骨架匀称的奇鲁雅特，他正跨着平原居民天生灵巧的大步伐，在罗孚车和约翰及杰里迈亚搭建于附近的厨房之间来回走动。虽然他们的话他一句也不会说，三人却好像老友般。当他把一罐水放下时，杰里迈亚抬起头来，脸上挂着微笑，字正腔圆地用英语说："谢谢你，詹布（Jambo）。"

---

[1] 见《圣经·启示录》。

那是他们为他取的绰号，因为第一次见面时，他用了这句斯瓦希里问候语[1]向他们打招呼。我看着他和约翰走进灌木林，拖出一些枯木，直到堆成足够为一位信奉异教的国王举行火葬的大柴堆，然后轮到杰里迈亚上场。

"谢谢你，约翰！谢谢你，詹布！"杰里迈亚笑着说完，迅速换上专注的眼神，一心一意在荒野生起火来。在擦划火柴和火苗迅速蹿出、带起一阵浓浓烟雾的短暂瞬间，杰里迈亚低着头的认真模样，好似他是人类历史上第一个发现生火方法的人。奇迹般的，一只小小的鸟儿就在那时飞了过来，栖息在他身后的一棵树上，边鼓动翅膀边发出一阵悦耳鸣叫，好像在催促什么——我的布须曼奶奶曾经为幼时的我解读说，那意思是："快！快！有蜂蜜！快！"

杰里迈亚惊讶地立刻从火边起身，然后又满足地开怀大笑起来。

"看！主人！"他喊着，声音里充满惊奇，"看，约翰！看，詹布！蜂蜜仙来指路了。"

他向前一步，好像要丢下手中一切事务，准备跟随蜂蜜仙去找蜜了。小鸟看见他跨了一步，也拍拍翅膀，满怀期待地飞进灌木林里一棵树上去了。

我笑着摇摇头，对杰里迈亚说："太晚了！"

没过多久，小鸟发现没人跟上来，再次飞回火旁的树

---

[1] 斯瓦希里语，非洲使用人数最多的语言之一，和阿拉伯语及豪萨语并列为非洲三大语言。——编者

枝上，继续对着杰里迈亚声嘶力竭地鸣叫，直到太阳西下，它才累得没入浓密的树丛中。

"那个，约翰、詹布，"我听见杰里迈亚一边忙着摆弄手里的锅，一边卖弄学问似的告诉两人，"是我们家乡的蜂蜜仙，我告诉你们，我的家乡就在那条大河的对面，大河弯弯曲曲地流经这些树林……跟着这种鸟，它会带你找到香甜的棕蜂蜜，但永远要记得分一些给它。因为如果你没这样做，它会重重惩罚你……我听说以前有个人胃口太大——哦，不，不是我的族人，是个愚蠢的巴佩迪人（Bapedi）——他欺骗那只鸟，没给它一份蜂蜜，结果第二天它又出现，直接把他带到一个洞前，那里没有蜂蜜，只有生气的母鼓腹巨蝰，母蛇咬了他贪婪的手，把他毒死了。另外一只被骗的鸟儿是把那个人送到一头狮子嘴里……我告诉你们，那种鸟非常聪明，绝对不可以欺骗它们。"

"聪明"是杰里迈亚最喜欢用来表达赞美的形容词。

"啊哈！"约翰发出一声赞叹，他完全听得懂，所以一方面出于礼貌，一方面也觉得惊奇地大笑起来。但是奇鲁雅特仅能经由断断续续的拟声词和附带的手势拼凑出一些意思，所以只是微微露出白色牙齿，再赞许地用手指指那只鸟。

"看这里，詹布！"杰里迈亚举起自己的拇指示范给他看，"如果你必须指向那个方向，请务必注意不要粗鲁地用手指直接指向它，而是要有礼貌地只用你的拇指关节，这样指尖就会朝向你自己的手。要不然你就会送走我们不久就会需要的雨水。"

同时，维扬已经把他和我的枪取出，仔细做了番保养，这是在非洲每个晚上都必须做的例行工作。

本拿出一瓶白兰地和一些大玻璃杯，放在他和查尔斯刚刚架好的桌上。这是我们一向遵守的旧俗，每个夕阳西下的傍晚都奉行不渝。当其他人喝着白兰地和水时，我则喝下一大罐咖啡。"看，本，"我说，"维扬又把它给带来了。"

维扬嘴里叼着烟斗，正在查看那把他最心爱的枪：六点五毫米口径舒豪瑟·曼利契牌（Schonhauer Mannlicher）枪管。它的枪托因为历史悠久，已经非常陈旧，像是经常洗濯的厨房沥干板。这是维扬在非洲的第一把枪，可能也是他的最后一把。我猜测，它对他而言可能已不只是一把枪，而是证明他精准枪法及屹立不摇之精神的工具。如果他为它取了名字，就像亚瑟王的武士为他们的剑命名以表示主人的象征性格那样，我一点也不会讶异。不过过去我听过不少次维扬和本对那把枪的争论。一把枪对猎人而言，就像作家的一支笔。作家一定得有自己的笔，同样地，猎人也得有自己的枪才行。本始终认为，维扬的枪太轻，不适于猎取非洲的大型猎物。维扬则始终坚持其他枪种太重，瞄不准，也不够快。

"但他永远不会有第二把枪。"本皱着眉头回应我，"你知道吗，上校，这是我不了解维扬的地方。他那么清楚非洲，却仍然满足于这么小的一把枪。要不是他的枪法好，早就死翘翘了。但他绝不会改变。真奇怪他在这点上竟然这么固执。"

我看了看本自己的枪，那是一把九毫米的毛瑟枪，古老的程度不输维扬的枪，正被小心拆卸在一堆鲜艳毯子上做清理保养。我暗自发笑。

当全部工作完成，所有人都聚在桌边时，我很高兴地发现，斯波德也因这是他第一次在外扎营而表现良好。他再度恢复成我在伦敦所见到的那样，迷人而思虑周详。他自在地参与谈话，令我忙于为他和其他人翻译而几乎无法发表自己的看法。喝了第一杯酒后，他向他的车子走去，回来时带了一盒昂贵的雪茄，大方邀请所有人品尝。第二杯酒下肚后，他再走过去他的车子，这次带回来一把小提琴。

他携着小提琴走开，走到被跳跃火光照耀得明明灭灭的黑暗边缘，然后背对着我们开始演奏，好像灌木林里坐着一大群知音听众似的。我们每个人都停止谈话，凝神静听着。甚至厨房炉火边的约翰、杰里迈亚和奇鲁雅特也都安静了下来。斯波德演奏了约半小时，乐音越来越专注有力。看着他矮壮结实的背影、斜倚向小提琴的头部，以及在火光中闪现的琴弓，我感觉那仿佛不只是随兴玩玩而已。我自己有种感觉，他正在试图驱赶某个具有破坏力量的精灵，或者正在对抗某项命运的审判。我发现自己奇特地被眼前所见深深感动。然后他突然停止，一个转身，步履蹒跚地从那边界回到光明中。

我跳起来，迫不及待地想上前感谢他。

他眼里充满泪光，拥抱着我说："劳伦斯，有那么一刹那我浑然忘我，只想到对着森林拉奏的音乐！太美妙了！我已经不记得上一次是什么时候有过这样完全忘我的经验了。啊！为什么人生总是出现这么恐怖的事呢？"

那个晚上我不断谴责自己对斯波德太过苛求。我告诉自己，今晚所见才是中肯的，无论如何不能忘记，必须牢牢记住自己应有的态度。

即使是维扬和本也都察觉到斯波德的变化，虽然他们丝毫不知我与斯波德之间的不和——我从没跟他们提这事。他们也给予了亲切的回应，因此当不久后准备就寝时，我再次感觉这整个团队也许能凝聚共识。

我带着轻松的心情在营地进行最后的巡视。灌木林显现出前所未有的安静——没有一声鸟鸣，也没有胡狼的吠叫；没有花豹清喉的咳声，也没有狮子的咆哮声，只有北方夜晚的空气像一阵夏天的风，微微传来大河向西奔腾流向印度洋的水声。我钻进毯子里，躺平身子看着天上的星星在我头顶上方闪烁，好像船舶汇集处的无数桅灯，地球则好像一艘撑起黑色布帆、饱吸季节风的大船，正加速通过黑暗的洋面追随星星而去。

"这是好的开始。"入睡前我这样想。

我和往常在灌木林中露宿时一样，夜里醒来好几次，想听听有些什么异样。但即使是河水声也听不见了，四野一片死寂——如果你称这样一个星光灿烂的非洲夜晚是死寂的话。在非洲，夜晚的寂静里其实蕴涵了来自最遥远的繁星之声，这第一夜自然也不例外。我最后一次醒来时，好像有某个闪闪发光的潜入者在我耳边嘶嘶吐气，我最喜爱的猎户星座正要沉入一个新世界的前滩外一座森林中。看看表，天快亮了，于是我钻出毯子。我野营时一向喜欢第一个起床，然后亲自叫醒厨子，在厨子煮开水时盥洗，再带着一杯温咖啡去唤醒其余人。我很高兴，我一叫杰里迈亚，他就起来了。太阳还未升起，早餐已经在热气蒸腾的炉子中了，营地里人声沸腾。

天够亮时，维扬、本和我出发去检查营地四周前一夜留下的动物足迹。这是我从初次进入非洲丛林起便一直遵守的原则，我们三人也一定能在这清晨的非洲大地上找到充满意义的足迹。这一天，我们发现，果然有动物注意到我们的到来，而且密切监视着我们。就在距离营火不到五十米处，有一头大狮子沿着营地外缘绕了一圈。本觉得那足迹还很鲜明，应该是一个小时前留下的，因为大脚印周边的沙还未完全将它掩没，只要轻轻用根草碰触，细沙便纷纷向内陷落。此外也有许多其他动物的足迹，但都是较早留下的。只有这头高贵狮子的爪印很鲜明，深陷在血红的沙地上，极像为我们此行盖了个通行章。

八点钟时，我们再度上路。斯波德这次和我同乘一辆车，走在队伍最前面，以便可以最早看到一些动物，并且如果可能的话，将它们拍摄下来。但我很惊愕地发现，斯波德脸上那矛盾的神色再度回来了。气温升高也于事无补。虽然在赤道以南的非洲，这只是初春，不过就欧洲的天气标准来说，十点前就很热了。但一路上有无数的乐趣，因此我尽力试着让斯波德也能感受到。

我们没走多远，就听到介于我们和河边丛林之间的空地上，从草丛中传来一阵类似人的尖叫声和啜泣声。约两百只狒狒争先恐后地穿过我们的路线，它们全处于近乎歇斯底里的恐惧中。若干母狒狒背着小狒狒，小狒狒不断啜泣着，小小的粉红脸庞和大大的眼睛里充满恐惧，长长的小手指和可以抓握的脚趾则紧紧抓着母狒狒瘦削身躯上的赤褐毛发。另一些小狒狒则悬吊在妈妈的肚子底下。它们以大弹跳的步伐穿过空地，逃向可以保障它们安全的高大树林。见到我们，只是在它们就快无法负荷的恐惧上添增另一种恐惧，有些年老公狒狒原先试图勇敢地保持静默，只是积极催赶落后者，现在也立刻加入妇孺们尖叫和啜泣的阵容，发出雄浑的吼声。它们的行动如此迅速，不消一会儿就全部不见，丛林里再度恢复宁静。如果不是有数只兀鹰盘旋在狒狒刚刚逃离处的上空，根本看不出曾发生任何惨痛的大逃亡。在我的车轮附近，我看到一头狮子刚刚走过而留下的脚印，细沙正不断向内陷入。

我们停下车队让斯波德有机会拍摄这个事件，但整个过程一下子就结束了，他根本来不及反应。这当然不能怪他，然而这次失败让他严重受挫，对整个旅程也信心大失，也不愿再和我待在一起。他要求换乘西蒙·斯通豪斯的车。

我回到队伍最后的老位置，吩咐本领头，斯波德的车则紧随其后，我要求本尽可能配合斯波德拍摄的要求。于是我们以这样的队形奔驰了一上午。到了中午，车队已经很接近乔贝（Chobe）和赞比西这两条河流的交汇口，可以开始转向西南方向行驶。我们在卡萨内（Kasane）的边界哨站稍作休息，一名能干的年轻警官出来迎接我们，并坚持要我们带着他手下一名非洲警察上路，这名警察曾数度深入内陆巡逻。我正准备开口拒绝——毕竟对我们这个小团体来说，再加一个人手会为原来就不易凝聚的彼此关系增加新麻烦——但这名警察好像准备参加阅兵典礼似的站在那里，看着我的那双班图人眼睛精明、沉稳。原来他也是退伍军人，曾经在海外作战，说得一口好英语，而更令我惊讶的是，他还会说一些法语。当我问他的名字时，他立刻精神抖擞地朗声答道："骑警柯戈密祖。"柯戈密祖（Khgometsu）在西专纳语（Sechuana）中是"安慰"（comfort）之意，后来也证明，他的确是我们的一大安慰。

这一天剩余的时间，康福（Comfort，我们开始直接称柯戈密祖为 Comfort）都和我同车。我们又再度成为车队的领头，因为有人警告我，接下来的八十公里路异常危险，成群结队的大象正在无水的丛林和河流之间游荡。一如往常，为了保护幼象，母象和公象的神经绷到了极点。康福告诉我好几桩最近才发生的极不寻常的事件。有一头因恶名昭彰而被命名为"老不死"的老象，只要闻到令它不爽的气味就会抓狂，数天前更逼得警车惊险万分地倒车达一公里多。这条差不多八十公里的小路，沙上永远留着杂沓的大象足迹。到处都是留有余温的象粪，在青草地上冒着热气。领头的车尤其辛苦，因为前头是一个又一个大象踩出的坑洞。不过就在太阳下山前，我们驶出多沙的河谷低洼地，来到一块可以俯视乔贝河的高地上扎营时，那深重的大象足迹突然消失，远远落在我们身后。我们本以为总算摆脱了这特别的危险，不料却高兴得太早了。

凌晨两点，睡意正浓的我突然听到一阵令人紧张的声音。等我醒来，声音已经停了，但却像枪声的回音般在我的记忆里流连不去。我凝神细听，同时向外望去。营火已经微弱到只剩一大块燃煤，像别在黑暗大地上的一朵猩红玫瑰。每个人都沉沉睡着。是我听错了吗？不，有什么东西正屏着呼吸悄悄潜行，就在营火再过去的地方。我掀开蚊帐冲向营火，一边添柴，一边大声呼唤杰里迈亚来帮忙。杰里迈亚又是扇又是吹地将空气送入煤堆中，就像风神埃俄罗斯（Aeolus）吹起了一阵强风般，营火很快又熊熊燃烧起来。丛林里立刻开始出现一阵骚动，原先围绕着我们的象群向后撤退至夜幕里。天亮时，我们发现一头大象的足迹留在距离营火仅十米处，旁边是它踩断的枯枝，也就是这声响把我从睡梦中惊醒的。

不过，新的一天又带来另一种完全不同且更持久的震惊。我们正进入广袤的猢狲木[1]区。这些奇形怪状的树激发了斯波德的想象，而且看起来似乎可以期待他有一些成果。我最喜欢的布须曼故事之一描述这些树是"先祖时代"一位淘气的人故意颠倒种下的。说话和行动一样乏味、缺乏想象力的早期探险家利文斯通[2]，曾经形容这些树像倒栽葱的胡萝卜。它们和其他树不一样，看起来更像是发着高烧、害暑热的产物，而不像正常的植物品种，甚至它们的树皮都泛红且炙热。充满高锰酸盐汁液的维管束，静脉曲张般纠结地从树的表皮鼓胀出来，仿佛先天即患了病。尽管外表看起来粗壮有力，它的内里却是空洞的。在这炎热的早晨，它们光秃秃地没有树叶或果实，站在我们经过的路旁，枝干肿胀得像中风，仿佛一群泰坦巨人被活埋，只剩手臂留在地面，摊开的手掌从坟墓中伸出，向布满兀鹰的蔚蓝天空求助，但徒劳无功。植物学家也被这些扭曲的手指的画面吸引，将这种植物命名为 Adansonia digitata[3]。

斯波德对于拍摄这些树的建议回应热烈，我决心完全配合他的创作需要，要求每个人鼎力协助。我们在那里拍

[1] 猢狲木，又名猴面包树、酸瓠树，属木棉科落叶大乔木，树干膨大如酒瓶，掌状复叶，原产地为非洲。——编者
[2] 戴维·利文斯通（David Livingstone）：1813—1873，苏格兰传教士，深入非洲内陆从事传教和地理考察活动达三十年，勘查赞比西河流域，并发现维多利亚瀑布。——译者
[3] digitata 一词源自 digit，拉丁文的"手指"之意，亦即说这种植物枝叶生长状似指、掌。——译者

了数小时，有时单拍一棵树，有时拍下一整群整齐排列的泛红猢狲木，有远镜头全景，有近距离特写，最后还拍了一棵位于乔贝河岸边的巨大老树，它所在的位置据说是利文斯通和非洲猎人弗雷德里克·塞卢斯[1]都曾扎过营的地方。

那时我才突然察觉原来斯波德和斯通豪斯之间有问题。斯通豪斯很认真，他辛苦地开了两天车，也毫不逃避营地的工作。但我开始感觉他似乎异常疲倦，以那样一个年轻力壮的人来说，这很不寻常。我也注意到，那天晚上他似乎没怎么恢复元气，反应越来越慢。除了拍摄外什么事都不做的斯波德似乎把斯通豪斯的疲倦视为对他的不敬，开始变得爱发脾气，最后我只好请维扬去为他开车，而把斯通豪斯调来我和康福的车上休息一会儿。我担心，让斯通豪斯精疲力竭的因素可能不只是体能上的损耗，恐怕还有心理的冲突。

第二个令我震惊的事件发生于昏睡病猖獗的非洲北部贝专纳边境的小殖民地外。我原本计划先看看是否还有一些传说中的布须曼部族分支河流布须曼人住在那儿，这也是我选

[1] 弗雷德里克·塞卢斯（Frederick Selous）：1851—1917，英国著名探险家，东非坦桑尼亚的塞卢斯禁猎区（Selous Game Reserve）正是以其姓氏命名的。他1871年赴南非旅行，此后十八年间，在南非德兰士瓦（Transvaal）省和刚果盆地间探险、狩猎，为博物馆和私人收藏家收集标本，并做了很有价值的人种调查。他的这趟非洲中南部之行，扩大了对后来称作罗德西亚（Rhodesia，津巴布韦）的国家的了解。1890年加入英国南非公司（British South Africa Company），致力于将马尼卡兰（Manicaland）边境地区置于英国控制之下。出版了数本书籍，包括《在赞比西亚的二十年》(*Twenty Years in Zambesia*)、《罗德西亚的阳光与风暴》(*Sunshine and Storm in Rhodesia*, 1896，描写马塔贝列战争〔Matabele War〕)、《关于非洲自然界的笔记和回忆》(*African Nature Notes and Reminiscences*, 1908)。——译者

择自卡拉哈里北部边境展开旅程的主要原因。如果说非洲境内还有哪个地方有足够的水，却又与世隔绝，可以让河流布须曼人继续维持他们的原始生活方式，我想只有深入内陆、在猎豹的昏睡病和这一大片沼泽阻隔的地带。沼泽的水来自安哥拉（Angola）高地，向下流至卡拉哈里北境后扩散开来，渗进沙中或被太阳蒸发而消失。当夏天越来越高的温度将中央沙漠内各种外来入侵者驱赶出去时，我以为我可以利用这个时机探索这谜样的北部沼泽地带。我想从乔贝河和奥卡万戈河（Okovango）之间切入，直接展开任务，并且沿着沼泽边缘寻找河流布须曼人的踪迹。

但是就在这儿，一些以芦苇和草搭建的小屋再过去，原先我打算转向西北继续行驶的地方，如今却汪洋一片。我知道沼泽里的这些水很不寻常。协助我规划这次旅行部分路线的一位旧识，英勇的马翁人（Maun）哈利·赖利（Harry Riley），数个月前就在这里溺毙。我原以为，截至此时大洪水应已退去，没想到居然还留在这里，彻底堵住了我们的去路。

我们别无他法，只好凭着感觉绕着洪水向西边走，出了低洼盆地，来到侧边高灌木覆盖的沙丘地带。天气热，路又难走，这一趟驾驶下来，简直让人精神崩溃。我们必须把罗孚车当坦克用，盲目地向前碾，穿过灌木林和纠结多刺的矮生植物及荆棘。每个人屁股下的沙又多又细，简直可以拿来做沙漏了。我们必须不停地使用罗孚车最低挡的四轮驱动。我的车前挡风玻璃和车窗还不时地全被枝叶包围，像被愤怒的碧波扫过，视线完全无法穿透。颤抖的车身像一艘航行在波涛汹涌的海上的船只，正被卷入漩涡而即将沉没。我们不断将方向盘转来转去，以避开大树的树干，最后总算在几个小时后闯了出来。我想这段经历已经够刺激了，应该可以拍些什么吧，但当我向斯波德提议时，他竟然回答说："抱歉，我没力气……等会儿吧。"

我们终于来到沙丘地带边缘，进入一片长满可乐豆树（mopane）的平原时，太阳已经西沉了。这些树始终有着华丽的外表。就我所知，没有其他树像它一样深具非洲性质，且和它那不屈不挠的再生精神完全一致。一年到头它们总是披着绿色、红色和金色的五彩外衣，虽然细瘦枝干上的树皮为了从盘根错节的土里挣扎出来而扭曲，却依然无忧无惧地向上生长，以螺旋状盘旋上升，伸入无雨的蓝天中。枯萎的叶片、新发的蓓蕾，以及伸展着的蝴蝶双翅般的嫩绿新叶，一起出现在树干上，为这广袤、寂静而无人闻问的平原提供一幅早秋的景观。我们就在这里扎营。这时，最后一道夕阳的余晖正像蜂蜜般从这些叶隙和大麦糖般的枝梗间滴落下来。不过，这一夜并不安宁。从夕阳西下直到天亮，西边的蛙鸣不断，等于是对我们发出警告，昭示着泛滥的沼泽洪水依然距我们不远。

因此，第二天我们继续南行，直到来到青翠的辛纳巴丘陵（Shinamba Hills）地带。我一直很想爬这些山，而且我相信，还没有白人这样做过。不过很遗憾的是，我明白自己必须明智地绕过它们，让它们的景象逐渐在脑后消失，成为这炎热无水的北方平原上烈焰尖端的一缕轻烟。

一过丘陵地带，平原即在眼前展开，三头有着丝绸般光滑皮毛的花斑长颈鹿惊讶地瞪着我们经过。突然，在远远的下方，我们看见在耀眼夺目的可乐豆树林和从湿软沼泽地蒸腾而上的粉红、淡紫迷雾之间，有各种动物成群结队地在深及颈部的草地上吃草。那些动物的皮毛润泽闪亮，仿佛身上的颜色是刚绘上去的一般；不时有一群幼兽从兽群中跑出来，热情有劲地在青黄的草地上玩着你追我逐的游戏。

维扬和本都爬上车顶观看，杰里迈亚、约翰、奇鲁雅特以及斯通豪斯也依样儿兴奋地爬上去，只有斯波德无精打采地靠在他的车门上。

"我的天！本，"我听到维扬说，"真令人难以置信！那里有数以千计的动物！斑马、角马、沙毛马、黑貂、长颈鹿、转角牛羚和狷羚！"

向前再走二十公里，恰在另一座色彩缤纷的可乐豆树林周边，我们发现两个并排的圆形洼洞，洞里盛满了水。那时才早上十一点，不过斯波德和斯通豪斯两人脸上的紧张表情让我做了个决定。也许我的行进速度对他们而言太快、太辛苦。也许问题就出在这儿，我必须给他们一些时间去适应。

"我们就在这里扎营一两天，到附近随意走走，看看有没有什么不错的东西。"我告诉大家。

他们两人露出松了一口气的表情，似乎证明我这个决定是明智的，甚至连维扬和本看起来都很高兴的样子。

我们把车上所有的装备卸下，以便根据最新的经验重新分配。我们搭建了一个理想的营地。维扬和本外出搜寻猎物，下午早早便回来了，车子的引擎盖上挂着一头紫色的狷羚。他们说："那儿的猎物足够喂饱一支军队。"

我们将部分狷羚的肉挂在树杈上，作为吸引狮子或花豹的诱饵，希望夜晚来临后有机会拍摄到它们，并记录下它们的进食过程。我自己稍晚也带着斯通豪斯外出转了一圈。可乐豆树林和空地上处处点缀着斑马、沙毛马和非洲大羚的鲜明色彩。晚上回来后，我见到斯波德正在营地周围为夜黑如漆时的工作准备闪光灯和麦克风，似乎好好休息已经让他恢复了元气。我们坐下来吃了顿愉快的晚餐，有炖牛排和狷羚肝。吃过饭后，大伙早早就寝，让蟋蟀、猫头鹰和青蛙的鸣声伴着我们入眠。只是显然这地方太容易觅食了，狮子根本没有来吃我们的诱饵。反而是午夜时，一头土狼偷偷潜进营地打算大快朵颐，却因看到我们的营火炭光而带着无望的嗥叫转头逃入黑暗中。

第二天一早，我们又探索了一下西边的状况，目标是横亘在乔贝河和奥卡万戈河之间沼泽的低洼地带。这回由本领头，但才走出可乐豆树林、进入青黄草地和黑色荆棘遍布的无林木大草原，在一个很长的斜坡开始处，他便突然停了下来。我们的车已被昏睡病的传播媒介采采蝇包围得密不透风，只要有一寸肌肤露在外面，便会成为它们群起而上、迅速戳刺的对象。本一边不停地拍打手臂和脖子，一边屈膝跪在草丛中用手指点着。他的车子前轮边闪烁着水光，是一道黑色污水正悄悄漫过交杂的草地和有刺荆棘向前漫延。天气炎热，天空中没有一丝云。像这样炎热干燥的天气已经维持好几个月了，然而，恐怖的是，他脚边的水仍不为所动地继续升高。

"九月了，洪水居然还在继续暴涨！"他惊叫，"我敢说，这是几世纪来洪水第一次来到这么远的地方。我也不敢相信采采蝇会这么深入这片大平原。"

我们被迫调头，很快又回到可乐豆树林中的营地，无所事事地度过了一天，晚上早早睡觉。

次日我们决定绕更大的圈子，避开继续上涨的洪水，先往东走，然后往南，一直到向晚时分才转往西行。我们在像巴黎胭脂粉般的红沙上奔驰了无数公里，这段路途得同时穿越红沙和丛林，异常艰难，以致我必须不断更换领队的车辆。最后我们总算安然通过，没有延误也没有发生任何事故，但这一路下来引擎的用力转动、空气的热度和灰尘，以及不断的上下颠簸和左右摇晃，更增添了每个人长途旅行之后的疲累。而当夕阳西沉，我们发现前面的路再度被无情的洪水阻挡时，挫折感顿时重到令人无法承受。

我领头带队，选了一个尽可能高出水面的地方做营地。那是一大片黑荆棘丛之间的开阔空地，附近就有可用来炊煮的水以及生火用的木柴。只是那儿的采采蝇实在太多了，才开始扎营便立刻叮咬我们，让人受不了。我安慰大家说，只要太阳一下山，它们就会不见，这才平息了抱怨声。然而这时，代替我在最后压尾的斯波德和斯通豪斯驾着车抵达了。车甫停妥，斯波德立刻冲出来，直接跑向我，手里拿着一只帆布水袋。

"这是什么意思？"他摇晃着水袋，大声咆哮着，"你是什么意思，给我这些肮脏的水喝？！"

"水怎么了？"我问，声音并不大，但我知道每个人都停下动作听着，虽然除了康福，没有人懂法语，"那是昨天晚上煮的，我亲自烧开的。"

"味道是馊的，我再也无法忍受了！"

"恐怕这趟旅程结束前，你还会喝上更糟的水。"我告诉他。

"不要把我当小孩子那样讲话，"他大叫，更生气了，"你要晓得我不是小孩子。"

"尤金，有时候我可不那么想。"我回答。我想那是整段旅程中我唯一说过的刻薄话了。

他愣了一下，静静瞪着我。我一度以为他要对我出拳了，但是没有，他晃着拳头，要我立刻把他送回欧洲。

"你已经签约要和我合作一部影片，"我坚定地告诉他，"只要你做到了，我会立刻放你走。到目前为止，我们几乎什么都还没做。我想你是累了，喝杯茶，你会觉得好些。

既然你不喜欢这水的味道，就向杰里迈亚要颗柠檬，挤些柠檬汁到你的水里。"

"柠檬？呸！"他对这一其余人视为奢侈品的东西露出不屑表情，愤愤地跺着脚走回他的车里。

不过，夕阳西下喝过茶后，他把我拉到一边，郑重其事地向我道歉。他解释说，真正的问题出在他无法忍受西蒙·斯通豪斯。他对他一点帮助都没有，他宁愿自己来，一切都自己做，而不要有一个心不甘情不愿的助手。我告诉斯波德，我想他们两人都太累了，而且还未完全适应。我请他再试一段时间，懒得跟他解释摆在眼前的明显事实：我们已经从距离最近的铁路所在辛苦奔驰了将近一星期，在这个节骨眼儿根本不可能撤换任何人手。不过他似乎对我的解释很满意，向我保证他的意志更加坚决，一定能将我们的影片拍摄完成。同时，我又听到来自斯通豪斯的另一个版本的说法，让我越来越担心。我从来没见过一个性格如此温顺的人。那天晚上，当我透过火光近距离看到他那痛苦扭曲的脸时，我告诉自己，如果只是体力不胜负荷，他会逐渐适应；但我不敢确定他在像斯波德那样难缠的人的指挥下，是否还能继续撑下去。他那老实的年轻脸孔因同时承担两种负荷而显得格外可怜。

这一次，即使是热气腾腾的食物、繁星似锦的夜空和在奏着大自然乐章的丛林中睡上一觉，都不能让我振奋心情。自布拉瓦约以来一直存在我心上的怀疑，那天下午被斯波德的行动再次证实。看来好像我身边每个人——维扬、本、查尔斯、奇鲁雅特和杰里迈亚——都忙着以新的角度重新评估我们的处境。康福了解得最多,那天晚上他显得特别不安。他不断从火旁起身,站在那儿专心聆听火光边缘的动静。

"怎么了,康福?"我最后也走过去,站在他身旁问。

"不清楚,先生,"他转过身说着,火光映照在他精明、自制的眼里,"不清楚。附近有很多狮子。我想,还有奇怪的人……但我不是很清楚。"

我们走了数百公里,没听到一声狮吼,这确实很不寻常。正如维扬后来说的:"最安静的地方往往是最危险的,我宁愿碰到有狮子狂啸的夜晚。"但绝不只如此,就像康福已经了然于心的那样。

天才蒙蒙亮,康福就离开了营地,臂弯里挟着枪。太阳升起后,他带着一名老人还有一名小男孩回来。老人携着一把卡宾枪,就是曾经造成印度民族大起义[1]的那种;他发着高烧,颤抖着,双颊深陷,眼睛几乎睁不开,一副随时要永远沉睡下去的样子,那是采采蝇带来的昏睡症。不过他很饿,于是我们让他们吃了个饱。

一边吃着,老人一边告诉我们,从来不曾像现在这样有这么多的狮子和水。在乔贝河和奥卡万戈河之间,到处汪洋一片。他笃定地说,我们根本不可能穿越这片汪洋向

---

[1] 印度民族大起义(Indian Mutiny):指1857—1859年印度本地士兵反对英国殖民政策的起义。——译者

西行，而我们所在的沼泽这一边也完全没有布须曼人。事实上，他已经许多年没看到他们了。他自己的小屋是四天脚程范围内唯一的屋舍，只有他一家住在那儿，靠着他以老旧的卡宾枪猎取食物来维生。

那天是星期天，就在早上八点，当斯波德心甘情愿地拍摄完毕后，我召集全体人员，向他们宣布："想从这一头穿过洪水，恐怕再怎么尝试都徒劳无功，我们就到此为止吧，下一步看看能不能从后方涉水而过。我们先走哈利·赖利的老路到马翁，然后绕着湿泥地走近一千公里到奥卡万戈河岸的老穆罕波（Old Muhembo），抵达通往沼泽的泄水道。我们将把罗孚车全部留在那儿，租艘船，必要时独木舟也行，从水路进入沼泽。如果水位够高，我们甚至可以趁着水流穿过沼泽中央，回到六百多公里外的马翁。如果还有任何河流布须曼人生存的话，那是唯一找得到他们的地方。"

早餐过后，我们循着哈利·赖利许多年前在赞比西和马翁之间踏过的足迹上路。罗孚车一路急驰，再度响起它全力奔驰时的美妙音乐，我爱死了那种声音。唯一恼人的干扰是采采蝇。它们总是大批大批地停在我们车上，使得金属引擎盖上像覆了层斑点，而且我几乎无法透过挡风玻璃看到外面的情况。我们必须紧紧关上车窗，这样一来车内更加炙热难当。我只停下一次，试图要斯波德拍摄采采蝇。

他问："等一下还有机会吗？"

"也许，"我说，"不过我想可能不会像现在这样壮观。"

"等一下吧！"他肯定地回答，立刻关上车窗，挡掉那些饥饿的采采蝇。

不久我们抵达沿着溪流和沼泽边缘所建的众多移民聚落中的第一个。这些聚落皆以小小的行政中枢马翁为中心。就在我们驶上以可乐豆树木材和石子所筑的简陋水上堤道进入村内时，一名高个儿欧洲人从附近一间巴塔瓦纳（Batawana）小屋后面跑出来，站在路旁一堆行囊和两把枪旁。很显然我们不是他等候的人，因为他看见我们后，只是淡漠地挥挥手，要我们继续前进。但是在那个星期天，在沼泽和沙漠间，尽管时间不长，已足够让我们瞥见他眼里的黑暗。

"老天，劳伦斯！"我们经过的时候，维扬不自觉地感叹道，"那人怎么了？你看见他脸上的神情了吗？"

"是啊。"我答道，心里想着那正是旅程开始前，我在那名受诅咒的布须曼人脸上看到的神情。黑暗似乎突然将所有一切串联了起来。"我们要不要停下？"

"不，"维扬看着外面说，"没有用，他也挥手叫其他人继续前进。"

我不再去想他，因为我们正往马翁的方向走，而我希望其余的人能像我多年前第一次看到这地方那样，留下美好的印象，特别是在花了好几天辛苦跋涉过马翁和北方干道（Great North Road）之间无数公里缺水的旷野之后。在这个时节，壮阔的河水、百合遍地的小溪谷、两岸绿油油的青草和大片相思树，以及灿烂艳丽的其他树种，在一名疲累旅人的心上将构成如梦似幻的绿洲神奇。我仍记得哈利·赖利在他那令人惊讶的小旅馆内欢迎我的情形。那小旅馆是他专为一些决心穿越沙漠的勇猛怪异旅客以及十几位欧洲病患所建，这些人勇敢地将马翁当作他们人生中的特殊前哨站。现在这座村庄暴露在正午的阳光下，像一座绿色城堡，四周环绕着蓝色奥卡万戈河水形成的壕沟，将它和灰蒙蒙的卡拉哈里荒凉野地隔绝开来。

"你知道吗，维扬，"我告诉他，"我在马翁度过的第一个夜晚，哈利和他的朋友举行了一场舞会。我们在六角形手风琴、班究琴和吉他的伴奏下，光着脚在草丛里起舞。我们脚上沾着露水，河流下游的狮群发出吼声回应着我们。"

"我无法想象哈利已经不在这里了。"维扬低声说着，因为他也认识他。

我们直接来到小旅馆，现在是哈利守寡的妻子和侄儿在经营，他们为我们准备了午餐。当其他人等着吃饭时，我前往查询数个月前即订购的汽油和补给是否运到了，然后拜访当地的地区行政官，他们夫妇俩都是我的老朋友。他正要和家人外出钓鱼，不过还是把钓鱼活动延后，先让我们沐浴，并为我们在他傍河花园角落的一棵树下安排扎营营地。我也前去拜访了前面提到过的矿业代表，他同时也是我的朋友。我抵达时，他正在听柴可夫斯基的《胡桃夹子》唱片。我们坐在他家凉爽的阳台上，仔细讨论了我的计划。

"我们当然可以协助。"他说得很简单，立刻起身用无线电（那是马翁和外地即时通信的唯一工具）通知在穆罕波的一位同事，要求他安排一艘船，或者独木舟，准备带我们深入沼泽。

我回到旅馆，其他人刚用完一顿集合了奥卡万戈河金黄鲷鱼、鸭肉和窖藏啤酒的午餐。也正在那时，阳台上防蚊虫的纱门突然打开，然后又重重关上。我们在路上看到的那名高个儿欧洲人走了进来，一言不发地在一张藤椅上坐下，又以他那幽暗、茫然的眼神瞄了我们一眼。当时我有股冲动，想邀他来和我们喝一杯，不过我那时忙得不可开交，已经觉得自己有些负担过重，于是不了了之。饭也顾不得吃，我就带着其他人赶忙去搭帐篷。就在此时，西蒙·斯通豪斯突然步履不稳，摇摇摆摆地站不住脚。我跑过去把他带离原地，让他躺在树下阴凉处。一会儿他脸色发白，然后满脸通红。他的脉搏跳得很急促。营帐一搭好，我便把他带到旅馆，要求给他一张空床。晚上当一切就绪，我来到他床边，和他谈了很久。

我向他解释，截至目前我们所经历的都只是小儿科，未来会更艰辛。这几天来我一直在担忧，如果不是经过长期调适，我们的旅程对他来说会太辛苦。那天下午的温度和他昏倒的事实更证明我这些忧虑不是没有来由，因此我希望他了解，我不能再带他上路，等他身体恢复得好些时，我会安排矿业公司的一架飞机送他到弗朗西斯敦的火车站。

我没告诉他斯波德早建议把他送走，我也没告诉他，对一个令人印象如此深刻的男孩，再没有比这更不公平的事了：他既要忍受严酷的体能考验，又要挣扎在两个必须忠诚面对的对象之间——一个是邀请他加入的斯波德，一个是允许他参与的探险队领袖。我告诉他，因为我认为未来的不确定性对他不利，所以这个决定不再更改。

然后我回到营地，将我为斯通豪斯做好的安排告诉斯波德，并说我打算向警局首长要求，让原本预定在抵达马翁后就回去的康福继续和我们同行。我提议，既然康福会说法语，不如让他担任斯波德的全职助手。斯波德对这样的安排显得很开心。那天晚上在营地里，他再度恢复那迷人的文明模样。

稍晚一些，我才刚刚睡着，就被一阵向营地奔跑过来的脚步声吵醒。那是斯通豪斯，他穿着睡衣和靴子，抓住我的肩膀，惊吓地问道："我怎么会在旅馆里？怎么不是在这儿？我怎么去的？"

"今天下午我带你去的，你不记得吗？"我回答。

"不，我不记得。我怎么了？"

"明天早上我再告诉你。"

我好不容易才把他劝回旅馆。但就在我快睡着之际，一辆卡车高速驶近的声响再次把我惊醒。卡车的大灯在丛林与水泽之间耀眼地闪来闪去，只听得一阵尖锐的刹车声，卡车突然停在地区行政官的家门口。几分钟后，卡车再度发动，急速地开走了。这阵骚动不知怎的为夜晚的氛围带来一股歇斯底里的紧张成分，立刻在我心上造成更大的阴影。我尽可能地抛开这些不祥的念头，然而隐隐约约中仍有一丝我们这支为探险而集结的队伍就将瓦解的感觉。我在非洲和东方的其他任务中也曾经历过许多困难，对在这次探险中遭遇的困难和失望自然不会觉得意外，但那些都不是这种隐隐约约、无从捕捉的感觉。我躺了很久，看着营火渐弱，四周的暗影似乎充满了否定、拒绝，好像戈雅[1]的画中那些充满噩梦感觉的火光画面。

隔天一早我在前往浴室途中遇见地区行政官，他似乎异常疲倦。"抱歉，"他打着呵欠说，"昨晚不好过，有个同胞自杀了。"

我立刻想到夜里的卡车，也立刻想到谁是那个可怜的家伙。地区行政官一脸惊讶地听我描述我们在路上遇见的那个高个儿欧洲人的长相。

"没错，就是他。"他点点头说，"可怜的家伙，他和一个黑人女子好了。我们昨天原想派辆警车将他送回自己的同胞中，但他不肯去。"

早餐时，我告诉其他人这件事，维扬立刻变得无比生气。"那是对你们欧洲文明的一个美丽批判，"他说，"一个男人只是因为做了世界上最自然的事，他就必须自杀。一个年轻人，在那样孤独的情况下，我的天，待在那样的地

[1] 弗朗西斯科·戈雅（Francisco Goya）：1746—1828，西班牙画家，作品讽刺封建社会的腐败，控诉侵略者的凶残，对欧洲19世纪绘画有很大的影响。——译者

方他会有多孤独呀！而他找上其中一名黑人妇女又是多么自然的事，竟然必须自杀?！我想'自杀'已经成为你们欧洲文化的一个重要方面，无论是在非洲还是其他地方。"

"我担心的是，"我告诉他，"我自己在这件事里所扮演的角色。我有个感觉，或许我们原本可以防止这样的事发生。"

我告诉他昨天我想邀请那人来和我们喝一杯的冲动，而我相信，这样的表示虽然不算什么，却可能改变他内心的冲突，打破他和欧洲社会隔绝、和自己的文明意识隔绝的孤独感。

"或许吧，"维扬答道，"不过，要命哪！劳伦斯，如果一个人要背负这么多责任感，不发疯才怪!"

"当一个人警觉到这些事的时候，或许他会想尽办法不要发疯。"我回答。而且直到今天，这个问题依旧存在。我所怀疑的是，造成布须曼人进行仪式性谋杀和逼得这名受困沼泽与沙漠之间的孤独可怜年轻人自杀的那份恐惧，加上谴责他们的法律和秩序的力量，皆是现代心灵特有的排斥与非人性的一部分。特别是在这个时刻，我感到一种难以言喻的恐惧，我忧惧这起事件和我们沿路遭遇的事件如此巧合。若非我们不明就里地偏离了原先所设计的路线，怎么会碰上？

"你们在说什么呀?"斯波德以法语开口，声音里还充满刚睡醒的沙哑。

我一五一十地告诉了他。他静静听着，一句话也没说，眼神严肃，无一丝讶异。

　　我们一起来到马翁每天固定和外界联系一小时的小小无线电台，我拍了几封电报，其中一封给弗朗西斯敦的查尔斯夫妇——莫莉和西里尔，请他们在斯通豪斯抵达时去接他，并协助他搭车回约翰内斯堡。杰里迈亚拍了封昂贵的电报给他的妻儿，写着："问候你和我的儿子。我们已经健康、安全地抵达马翁。上帝保佑，我们今天要继续上路。"本拍了封电报给家人，向他们预报降雨。维扬询问了他那些弓着背的牛群是否健壮。至于斯波德，我数个月后才知道，他拍了封电报给我们俩共同的朋友，这样写着："我把我的孩子托你照顾，我恐怕没法活着回来了。"西蒙·斯通豪斯不想拍任何电报，他意兴阑珊地躺在床上，只跟我说了声"再见"。查尔斯也没拍任何电报，他就像长跑选手那样一心一意专注在比赛上，花了整个早上添水、加油和润滑，要不然就是细心照顾他的宝贝引擎，所以中午一过，我们的罗孚车就像蜜蜂吸饱了花蜜急忙赶回蜂巢般，又嗡嗡嗡地哼着歌儿上路了。

*

第七章

失望的沼泽

扎营的例行工作既然已经确定清楚，我们便将整天的时间都花在路上，连续两天皆到天黑才停下。第一天，让康福协助斯波德的安排似乎带来神奇的效果。但第二天这效果就开始减退了。康福不断减速来到我旁边，我得给他一些我认为斯波德会喜欢的指示，而不是由斯波德自己来指挥他。不过，查尔斯倒是出乎我意料地表现杰出，让我惊喜。他在所有这些"老非洲"都还没发现之前，就先看到了一条约六米长的巨蟒，它看来好像一条塞满圣诞礼物的长袜，正拖着笨重的身躯在丛林里爬行。查尔斯勇敢地拿起一根棍子，企图挡住它的去路，想把它引回斯波德处好让他拍摄，但是巨蟒丝毫未受影响。

　　从马翁出发的第二天日出后不久，前面传来一阵快速的枪响声，吓了我一大跳。我驱车赶往本的罗孚车旁，只见车被弃置在小路上，附近躺着三头野狗的尸体。一会儿，本和约翰出现了，身后拖着另外两具野狗的尸体。这正是本身为一位猎人，反应机敏和动作准确的最佳证明：五发子弹，射中五头非洲动作最迅速的动物，而且全部致命。阳光照耀下，本脸上有一种和蔼的表情。我相信，在所有自

163　　　　　第七章　失望的沼泽

然界的事物中，他只痛恨野狗，因为这种动物对弱小动物最残暴。他跨上他的车，像一名骑士回到鞍座上，我们再度出发了。

当天傍晚，我们抵达一个小小的休息站，是矿业公司征募组织的营地，叫作赛波帕（Sepopa），意思是"漩涡之地"。它位于沼泽边缘，离从水路前往奥卡万戈三角洲的入口约一百五十公里，也是矿业公司在沼泽南北两岸之间所经营的小型渡船服务的终点站。我知道那附近住着一些"马廓罗"（makorro，独木舟）船夫的残存后代，既然还有一两个小时才天黑，我便独自一人前去，看看能否找到他们的头儿，一个以驾独木舟往来各地而闻名的老船夫。他有个好听的名字，叫作"卡鲁索"（Karuso），同时也被尊奉为"非洲划桨手之王"。我没找到他。不过我遇见一个男人，他肩上扛着一把自制斧头，正从丛林里往一片广袤的大草原走去，草原上水牛草随着晚风有韵律地摆动着。他让我脑海里浮现出一名城市居民的模样，下了班后，手持雨伞到公园散一会儿步。令我相当惊讶的是，他一眼就认出我，告诉我"从穆罕波来的大老板"前一天就来找过卡鲁索，而且独木舟和划桨手都在下游准备妥当了，他也是其中一名划桨手。

那天晚上，因为这名肩扛斧头的人所传递的讯息令人欣慰，我睡得相当安稳，还做了个生动鲜明的梦。我梦见在一个大沼泽的中央，夕阳正西沉，在我和红色晚霞之间升起一棵巨大的树，树干光滑笔直，高约几十米，枝干和树叶几乎遮蔽了大部分天空。在梦中，我认得它是我追寻的最终目标。

第二天我起了个大早，告诉其余人说，我将独自前往穆罕波，请他们留在赛波帕休息。我要斯波德选出他在沼泽会用到的底片，其余的全部带到穆罕波存放。虽然在穆罕波的欧洲人只有两对夫妇、三名单身汉，但在矿业公司来说，这城镇却是非常重要的转运站。从那里再过去，是北西南非和安哥拉无路可通的内陆，年复一年，强壮的黑人徒步穿过丛林和沼泽来到穆罕波应征采矿工作。我几年前就知道这里，那时人得搭乘卡车穿过大约一千五百公里的荒野，才能抵达弗朗西斯敦的铁道。不过现在大不相同了，只要人数达到一定规模，他们便安排飞机把这些人载走，几小时就越过了从前需要几星期才能横跨的距离。

当我抵达时，两个负责转运的欧洲人都在小飞机场，村子里大部分非洲居民也在那儿。一如往常，他们大多数是妇女和儿童，因为成年男子为缴税和养家都外出赚钱了。这真是极具吸引力的一群人。他们拥有光滑、发亮的黑皮肤，宽阔的肩膀和修长柔美的大腿闪着光芒，就像阳光下渡鸦扑动的翅膀。妇女们头上像胡椒子般的短发，因和上好黑色布料编成的发辫巧妙地编结在一起而变长了，一绺绺垂落在她们光滑的肩头。她们上半身全裸，结实的乳房坦然挺在胸前。她们在腹部围上了一条用珠子装饰得很闪亮的黑白格子褶裙。她们正热烈交谈，脸上的表情生动变化着，但声音不大。当一人发现有双黑色眼珠正在看她，她会迅速回看一眼，那态度不是把对方当成陌生人，而是当成一名同胞，然后她会嫣然一笑，再有点害羞地把头转过去。事实上，她们看起来更像希腊史家希罗多德在记述中所提到的利比亚部落之一，而不像是聚集在一起迎接一架飞机的非洲群众。然而她们就在这里，围着小飞机场，而且越聚越多，还不断有人从火热的丛林尽头一条红色小径上赶来。人群中央有两顶孤单的欧洲遮阳帽，像两个捕龙虾的笼子漂浮在黝黑的海上。不过遮阳帽的主人倒是不慌不忙，一副随时准备和群众开玩笑的样子。

"她们爱极了这个时刻。"两人中年纪较长的一位告诉我，"她们甚至知道一些我们所不知道的飞行细节！说来很丢脸，但真的是这样。她们站在那里，从飞机飞来的方式便知道这次的飞行员是谁！你会听见她们说：'哦，今天来的是秃头'，或是'那是头上冒火的那个'，或是'大肚皮''红鼻子''发光脸''一名新人'，以及天晓得的什么！但是我敢向你保证，她们每次都对。"

飞机来了又走了后，我们走进这名官员位于河畔的房子，坐在阳台上，四周是一大堆凌乱散置的书本、杂志、钓鱼竿、匙桨和快艇，以及帮助他孤身浪迹天涯多年却不至精神崩溃的各式各样的装备。壮阔的奥卡万戈河几乎就在我们脚下碎裂开来，穿过尖刺纸草编织成的沼泽之门。越过青绿沼泽的远方，是卡拉哈里北境沙原上的丛林，此刻在白昼的光线照耀下，红得像炭火。虽然隔了一层窗玻璃，眼前的景色依旧十分亮眼，因为河水的银色波光也被炽热的太阳照耀得不断闪烁。

"今年这么早就开始热了。"他说，话里微微带着一丝不安，只要想到他过去在这里所经历的无数季节，这话令人更感忧心，"不过，我还是先告诉你我帮你做了什么吧。"

他去找过卡鲁索，已经事先为我们订好了独木舟和划桨手。他们都在赛波帕往下游走不远处一个叫作伊克瓦加（Ikwagga）的地方待命。雇用条件由我自己去谈，但只要水流状况允许，他们愿意带我到我想去的任何地方。好笑的是，他们似乎已经知道我要去哪里。他们相信我在寻找那棵沼泽中的无名树。

"我的天！"我惊呼，忆起前一晚所做的梦，"为什么是一棵树？"

他解释说，沼泽深处有一棵硕大无比的树，和境内其他所有树都不一样。这树没有名字，也不知道属于什么种类，大家都称它"无名树"。

"哈，我可不是为了那棵树来的！"我大笑。

他点点头说，我可以和卡鲁索把情况讲清楚。他真正担心的，是我要在那个季节里搭独木舟深入那么远的决定。他恳求我千万别这么做。沼泽里满是鳄鱼和河马。一年又一年，河马变得越来越富攻击性，原因是它们持续遭到猎捕，而且情况十分严重。只要一看到人，它们便视他为敌。才三个星期前，就在像一把不锈钢短剑的河湾处，一头河马弄翻了一艘独木舟，把一个人咬成两半；一星期前，一名男孩也以同样方式失去一条腿；同样的例子不胜枚举。他问，为什么不折中一下？他有一艘木制汽艇，木材结实不怕河马攻击。这艘汽艇每周提供一次小小的渡轮服务，但在空档期间，他愿意用成本价租给我；他还建议我先搭汽艇尽可能抵达水流能带动它的最远处，然后再使用独木舟。"水浅的地方，你还有生还机会，"最后他说，"但是在水深的地方，我可不敢打赌你一定能活着回来。"

然后他把同事找来，两人花了数小时巨细靡遗地将他们对沼泽所知一五一十告诉我。他们的独特经验，使我获益匪浅。我带着一张记下所有步骤的字条离开"漩涡之地"，去找渡船头的人租用那艘汽艇。

第二天日出后不久，我们便乘着汽艇出发，由约翰和奇鲁雅特留下来看守我们的罗孚车和主要行李。两人难过地向我们挥手道别，因为他们也很想一道去。不久，河的主流便将我们从沙原的河岸带开，进入夹在茂密高大的纸草间的又长又深的水道。经过数日炎热、沙尘满天的颠簸旅程，平顺凉爽又丝毫不费力的水上航行让我们大大松了一口气。每个人心情都很好，立刻为严肃的船长和他那活泼的轮机长分别取绰号为"暴君"和"矮子"。在南方的远处，河边森林顶端不时冒出一团高大的青绿枝叶，仿佛积云爆炸，衬着充满活力的蓝天舒展开来。偶尔一棵巨大枯木的残株光秃秃地从纸草和被鸟儿压弯了腰的芦苇上方伸出，好像某种骨头或是奥卡万戈之前的历史，而且不可避免地还有一只耀眼的鱼鹰（fish eagle）站在枝头。到处是巨大的苍鹭、顶着冠毛的水鸟、翠鸟、枣红蜂虎、雍容华贵的巴罗策白鹭（Barotse egret），甚至有时连天蓝色的非洲佛法僧科鸣禽都会出现，从飒飒作响的芦苇丛中冒出来。一个个从青绿悬崖切进的小河湾里，白色和蓝色的百合在阳光下和蜜蜂的嗡嗡声中怒放。"长腿快步鸟"从摊在水面的百合叶上逐片跳过，脚底带起一阵银晃晃的水花，截断了想逃至纸草阴影下的半透明昆虫的去路。一路上，除了我们的小引擎发出的轧轧声外，空气中也充溢着勾起人思乡之情的飞鸟和水禽鸣声。水深处的河湾中，多沙的狭长暗礁上，挤满了流线型身材的鳄鱼。它们趴在沙上，眼睛舒服地阖着，嘴巴大张，让灵巧的小鸟为它们剔除粘连在象牙般洁白牙齿缝隙间的肉食残渣。"矮子"显然很恨它们，要求我们开枪射击，但被我们拒绝。我们只打下几只像星星升起般从某个隐蔽处飞起的鸭子作为晚餐。

不待催促，斯波德便把摄影机拿出来。我看着他的动作，心里一阵怦怦跳。到目前为止，我们的拍摄进度极为缓慢，即使把希望寄托于未来也无济于事。这趟深入沼泽的旅程是我和斯波德之间逐渐恶化的关系的最后一次改善机会。先前我们几乎毫无成果，如果他再认为没有什么值得拍的，将会出现一场难以想象的危机。

我心里才想着这个问题，只见斯波德已放下了摄影机。

"我没办法拍，引擎震动得太厉害。"他转向我说。

"只要你想拍，我们就停下引擎，让船漂流。只要告诉我一声就行。"我向他提议。

"明天吧，"他敷衍了事，"反正这里也没什么好拍的。"

约十一点时，水流再次将我们带到沼泽南岸的丛林边。等在那里的独木舟划桨手一小时前就听到了汽艇的响声，这时都安静地聚集在这名叫伊克瓦加的小海湾岬角上，坐在一棵大树的树荫下。无论是丛林间或草地上，看不见任何小屋或栅栏，只有这群人肃静地看着汽艇逐渐靠近岸边，但他们既未做出欢迎的表示，也未提供协助。场面看起来很怪异。就我所知，那一带的大多数人都很友善且感情外露。这些人却绝非如此，但倒也没有敌意，只是很保留地不动声色。他们的脸也很奇怪地长得很不同，好像每个人分属不同的种族，却为命运所迫，被强拉过来丢进坐在我们面前的这伙人中。后来我才知道他们全都不是自愿来到这沼泽地带，而是在非洲史上最严重的一次灾难中，为逃避马塔贝勒人的摧残才来到这里。但那时我只知道，我真不喜欢他们的模样。固然还是有几张脸让我感兴趣，比如其中一个是先前我所遇到的那位扛斧头的人。当我和他视线相对时，他笑了笑，举起一只手把我指给旁边的某人看，那人立刻站起身来——他很高，身材很好，靠在一根撑篙上，锐利的棕色双眼紧紧盯着我，一副经验老到的样子。为了尊重我

170

们，他穿上了破破烂烂的衣服，但他毫不以为意，即使算不上天生傲骨，也没有因此减损他的高尚。他的头上戴着一顶布尔战争时的侦察兵卡其帽，重新缝过边，帽檐上还镶了一圈珠子。汽艇停妥时，他脱下帽子，露出一头灰发。显然他准备代表他们全体来谈条件。

当然那就是卡鲁索。他立刻开始雄辩滔滔、不屈不挠地为那群人讨价还价。这是一件绝对急不得的事，报酬本身只不过是个托词，讨价还价的过程才最重要。如果我立刻答应了他所要求的那一点点钱，所有人都会有上当受骗的感觉，而且觉得更不值得。整个过程基本上是一场对原始尊严不可低估的斗智和角力。它也是一场刻意为引发卡鲁索所专注的人性特质所设计的戏剧。我知道他们停止讨价还价的时刻，不只将是当他们觉得报酬算是公平的时候，而且是在他们觉得已经了解我们是什么样的人时。我很清楚他们未来的表现极大部分取决于我如何处理这次和卡鲁索的交涉，因此我竭尽所能地运用所有时间和想象去应对。很快地，其他人也加入了，随着他们慢慢表露态度，没多久我就对他们有所了解了。虽然我并不喜欢这样，但也别无选择。

两个小时后，我认为是时候结束谈判了，于是开出一个大方的最终价格，便回到汽艇上，一边写信，一边等着他们的答复。他们讨论了好一会儿，然后接受了我开出的价格，并决定二十八个人负责十三艘独木舟，第二天一早向我报到集合。

谈判还在进行时，有一名个子瘦小的男子，一张瘦脸貌似苦行僧，满头灰发，远离群众安静坐着。虽然他一句话也没说，但我知道他的目光几乎不曾离开我的脸。等一切基本已成定局，他突然站起来。

"等等，"他转向我，"我愿意加入。"

他告诉我，他的名字叫作萨木丘叟（Samutchoso），那意思是"收割后被遗弃者"。我不知道是股什么力量让我毫不迟疑地答应了他。

现在只剩下一件事待解决。

"当然，你得知道，"我告诉卡鲁索，"我可不是来找什么不知名的树。"

他第一次露出沮丧的神情。"但还会有什么是你想在沼泽中找寻的？主人！"他带着惊讶问，声音高得像个女人。

我告诉了他，并且问他："我们找到河流布须曼人的机会大不大？"他蹲在地上，我到现在还记得他用他那划桨手的大手捧起一堆土，开始捏碎它，然后，带着一种呆滞的神情说，我们也许可以找到，但剩的人不多了。

"他们发生了什么事？"我问。

"我不知道，主人。"他摇着一头灰发说，"他们就是不见了。"这时他让捏碎的土从他的指缝间慢慢撒落至脚边的水里。

这一晚我们在顺流而下约六十公里处过夜。那是我们和马翁之间沼泽北端的最后一个非洲边境聚落，再过去便是广大的渺无人烟的沼泽地带。当我们抵达时，只剩几小时就天黑了。我尽可能地从一名非洲酋长处打听到所有讯息。他对我的计划感到非常害怕，极力劝阻我不要去。他举了许多当地人乘独木舟前往约五百公里外的马翁途中遭河马和鳄鱼攻击的例子，但在费尽口舌仍无法动摇我的决定后，他为我找来一位向导，那是个体形硕大、朴实的人，他对沼泽内部知之甚详，因为他以在那儿设陷阱捕鱼和打猎维生。

这时，我们抵达的消息已经传遍了全村，一群惨兮兮的病人、伤患开始向我们的营地聚拢过来。这里的医疗服务极为缺乏，每隔两三年才会有一位医生来到这沼泽最边缘之地。有位巡回好大一片地方的非洲药剂师一年来两次。这就是全部了。我为二十七名眼睛发炎的儿童进行了治疗，不然他们的视力可能永远受损。他们中有不少人，那小小的脸庞上，在太阳穴和两颊之间有一条深长的疤痕，那是巫医为他们割出的伤口，说是要释出导致发炎的邪灵。当我问孩子的母亲怎么忍心让孩子接受这种事，她们一一愤愤不平地为维护母职表示："那我该怎么办？我的小孩痛得昼夜哭泣，难道我能不管吗？"

紧接小孩之后来的是其他各种年龄的病人，许多伤口溃烂或没有痊愈，不可避免地，也有长期罹患疟疾的人，甚至还有几个例子是昏睡症。此外还有不可救药的蓖麻油爱好者，尽管拥有健康的身体，他们的脸上却带着受苦受难的表情，想打动我的恻隐之心，也为他们涂抹一下，满足他们这奇怪的癖好。最后我被带到一间小屋中，那里有个瘦弱不堪的小男孩，躺在夕阳微光下一片芦苇草席上发抖。看到我白色的脸庞接近他时，他发出一阵害怕的啜泣声，并将头转向身侧的母亲。我看他是肺部感染，拖延太久，已经无法活命了，但无论如何，我还是给他吃了一颗药。隔天一早我再去看他时，他居然不发抖了，而且也不再怕我了，反而紧紧抓住我的手指，不让我离开。

我十分欣慰多带了不少药，比我可能需要的还多。像上述的情景，以及其他接受治疗后神情恢复活泼的病人，都让我觉得非常值得。我一直希望斯波德能将这些场面拍下来，因为我感觉，摄影机比文字更能迅速、直接而生动地记录下这些感人场面，更有助于传达它的意涵，让许多把非洲的迫切需要视为一种不相干的政治运作的人，能有机会好好省视一番。然而，斯波德对这一切不仅显得毫无兴趣，而且深深陷入他个人的情绪中无法自拔。

最后当我的业余医疗工作完成时，太阳已经西沉到高大纸草的顶端了。在河流远远的另一端，衬着血红的天空，清楚出现一名孤独的船夫，正要将一艘独木舟转进一条水道，通往大沼泽内部，一个只有水、黑暗和芦苇的无人世界。水道里已经涨潮，水面铺满火红的晚霞，小舟在水波荡漾下摇晃着，那里刚有一头河马潜入水中不见。船夫毫不在意，继续慢慢摇着桨，轻松自在地划过长长一段距离的水面，好像他前面不是向晚的黄昏，而是清新的拂晓。他的侧影比任何非洲人都小，而且有点像中国人的模样。

"那就是了，主人！"酋长在我身边说，声音里有一丝异样的紧张，"他在那里。"

"谁啊？"我问。

"河流布须曼人。"他回答。

我本想火速派人把他追回来，但被阻止了。酋长告诉我，没有用的，因为这人又聋又哑。他独自一人住在进入沼泽内部约二十四公里处的小岛上，孤孤单单地至少过了三十年。他靠捕鱼、捉鸟维生，有时出来用猎物交换一些烟草。据说，他在小岛上的住处，是个用草和芦苇斜斜搭建的棚子，四周环绕着一堆堆鱼骨头，那是他几十年下来以鱼为食的结果。没有人知道他从哪里来，或者他的族人是谁；他自己是否知道，也没人答得上来。我站在那儿，内心翻搅着，看着他继续穿过燃烧般的水面，进入在暮色中站得挺直的纸草深处。在一日将尽如神话般的时刻，他让我觉得，他似乎成为他的族人那无言命运的整体象征。

第二天上午大约十点钟，卡鲁索和他的手下从芦苇之间一条不明显的水道冒出来，高声叫着、唱着，表示胜利与松了一口气。每艘独木舟上是两人，只有最大的两艘上有三人。他们站在狭长而窄的舟中，肩膀和臀部有规律地摇晃着，随着黑色独木舟穿越明亮的水面，彼此竞赛般冲向我们营地下方的港口。

"那看起来好像很容易，"看着他们驶来，本告诉维扬和查尔斯，"但千万别掉以轻心，事实上很困难。多年前我曾经接受训练，参加在马翁举行的一场比赛。那可比学骑脚踏车难多了。在那里面你不能只是坐着或站得直直的，否则马上会翻倒，那你就输了。这些独木舟都是用比水还重的木头制成的，底部重得跟铅一样。你必须不断用臀部让它保持平衡，即使是乘客也一样。那真的需要很高的技巧，我第一次搭乘后，全身僵硬了好几天。但是看看他们，他们表现得多么轻松自如！"

他转过头去看了眼一声不响臭着张脸坐在一堆行李上的斯波德，然后转向我，投来充满疑问的一瞥。我假装没看见。斯波德早就斩钉截铁拒绝了我进行拍摄的建议。"你不了解，劳伦斯，这样子根本没办法拍……"到底要怎么样才能拍，他可没说出来。而且，他的摄影机已经锁在箱子里了。在伦敦时，我还想象着我们可以从空中拍摄实景，现在看起来，就算坐着不动能拍点什么，都算我们幸运了。

卡鲁索身手灵巧地跳出他的独木舟，那身手不亚于年轻男孩，高声对我喊着："主人，如果不是上帝垂怜，我现在已经不在这里了！我被公河马攻击了四次！"

"我三次！"有人一面插嘴，一面跳上岸。

"我五次！"另一个人大喊。

一个接一个，每艘独木舟上的两名划桨手都有他们自己今天早上遭遇攻击的故事，特别是两名爱夸海口的家伙，他们的长相前一天我就很不喜欢，现在他们宣称遭到最多的八次激烈攻击。只有"收割后被遗弃者"和他的伙伴——一名个子高高的年轻人，肩宽臀窄，开朗的脸上不带一丝阴霾，名字的意思是"长斧"——两人什么也没说。当我问萨木丘叟他们是否也遭到攻击时，他似乎很意外，郑重其事地摇摇头。

尽管他们之中有些人的说法很夸张，但已有足够的事实证明我们所得到的忠告，那就是：不到绝对必要的时刻，绝不用独木舟。同时，我们自己也做了个比这忠告更进一步的决定：既然汽艇看起来够大，装得下全部的划桨手和他们的独木舟，那就让他们一起搭汽艇上路，如此会更安全，也更节省时间。

卡鲁索一听这计划，大感安心，高兴得不得了。不消一会儿，他和他的手下就把他们所有的行李和食物全运上了船。这些行李和食物并不多，因为他们要仰赖我们打猎供应肉食。于是冒着暑热，我们再度出发，全速向东航行。聚集在我们营地下方岸边的小屋和无法辨识的人群的喊声，不多久即消失在浓密的纸草屏障后。不过，在酋长屋外的大鼓，鼓声却依旧可闻，久久不息。那是我听过的最忧郁的鼓声，一阵阵传出道别的呼唤，像奇怪的啜泣和暗自往肚里吞的呜咽，自动在我的想象中转化成如下的字句：

Go! Go! Going Gone!

Go! Go! Going Gone!^[1]

我们航行了一整个晴朗的下午，随着水流摇摆颠簸，在浓密的沼泽植物中前后穿梭。有时太阳直射在我们的脸上，有时晒在我们的颈背上。我不时爬上船首，眺望沿着水边长满了芦苇、灯芯草和纸草的悬崖。灌木林大草原已看不见了，眼前没有一样东西是牢固的，只有这片草的世界，在周遭沙漠如火炉烘烤般的干旱下，不安地扰动着。沿着利落的地平线，是质变后的黄绿色光芒，被骄阳无止尽地呵护着。起初大家兴奋地聊着，不一会儿，甚至连划桨手也渐渐安静了下来，即使交谈，也是窃窃私语。

晚上我们停泊在一座小岛旁。这座岛只高出漫溢四处的水面四五厘米，大小约两千五百平方米，由浸湿的黑泥和脆弱的树木构成，这些树百般纠结，以至几乎无法穿透它们的枝叶看见天空。小岛因为与世隔绝，好几只水鸟在距地面不过半米处筑了巢，其中两个巢里挤满了毛茸茸的黄色小鸟，一只只张大了嘴，高声尖叫着讨食物吃，以至当我们爬下汽艇登岸时，可直接看见它们粉红的喉咙内部。它们那吓坏了的母鸟则在我们身边绕着圈飞个不停，绝望地哀叫着。

一上岸，我们立刻升起巨大的营火，炊煮食物，熏走蚊子。我们很早即钻进蚊帐里，整夜听着蚊子狂野地唱着它

---

[1] 此处作者想表达一种类似鼓声的节奏感，翻译成中文无法感受到这种节奏感，故此处保留原文不译。——编者

们的异教徒之歌。在它们紧绷的歌声中，不时还穿插着缺乏耐性的河马践踏过纠结难缠的纸草丛的声响，或是体型巨大的公河马潜入星光照耀的水中活动筋骨后，满怀欣喜地浮出水面时的大口喘气声。有些动作猛烈到把水花溅到我们过夜的薄泥地边，并且传来一阵震动，摇撼着我们那危险大地的根基。我如往常般离开大伙睡在另一边，以便晚上随时起身巡视营地时不致惊扰到同伴们。从我躺的地方听不到任何人声，在我和大沼泽之间各种生命的声音中，人的声音并不存在。也就是在这古老胎音的核心，我的心终于安适了，暂时忘却所有人类的不安和对未来的不确定。

　　太阳尚未升起，我们便再度起航。一百六十公里后，河水只下降了不到半米，而且似乎还不怎么确定它向东的方向。我们随着它朝罗盘上的各个方向弯来弯去，但不管到哪里，它都不是把我们带往坚实的大地，我从船首也看不到任何大草原上灌木林的树梢。河马听到我们的引擎噪音，已很习惯地在炙热的天气下弃河流而去，只留下一圈涟漪，或是在芦苇丛中留下一条滴滴答答的泥泞小道，提醒我们它们已经举着笨重的身躯上岸休息。从一些这类迹象看来，我很肯定这一带有数以千计的河马。如果我们可以让鸟儿尖锐的鸣叫声停息，再把汽艇的引擎关掉，一定能听到一阵阵低沉的鼾声如潮水般涌来，打破四周的宁静。

　　我们越深入内陆，鳄鱼也似乎越来越大、表皮越光滑，也越不怕人。它们可以在任何一块突出纸草阴凉范围的泥地上闭着眼睛晒太阳。我们总是在它们还未察觉前迎上前去，然后，倏地，它们便直接跳进水里，好像铜剑插回剑鞘里。其中一只趴在浅滩上，被我们惊吓到，尾巴重重地拍打地面，发出一声洪亮的声响，弹跳到半空中，然后一翻身，来个最原始的筋斗，直直跳进最深的水中。绕过另一个河湾，我们闯入两头正斗得死去活来的公鳄鱼中间。它们上半身浮出水面，小小的前肢像腊肠狗幼犬般互相踢打，但长长的嘴巴则以奇快无比的速度互相撕咬。它们潜入水底，继续扭打着，尾巴尖在水面下划着波纹，好像两条鳗鱼。在它们消失的地方，一只深红色蜂虎从岸上突然扑下，我看见它的身影映在水面的层层涟漪上，像糖果撒了一地。

日出后不久，东方地平线上第一缕轻烟笔直地袅袅升起，还有一棵棕榈树，因距离遥远而呈现出紫色。我的心跳加快。没有火不会有烟，没有人不会有火。莫非奇迹出现，那是河流布须曼人的信号？我招手把卡鲁索和我们的向导找来。经过一段长时间的热烈讨论后，他们同意我的推测不无可能，但他们认为，更有可能是因为沼泽的水现在退得够低，可以让附近极少的非洲聚落的一些奇特猎人进来猎捕水牛和其他动物。他们说，有一些吃苦耐劳的猎人会在每年雨季来临前，在沼泽的某些特定区域内放火烧林，以便逼出住在那里的羞怯羚羊；此外，因为燃烧后的灰烬中不消多久就会爆出一片嫩绿，这些猎人就会在这些地方设下巧妙的陷阱，来诱捕羚羊以及它们于春天诞生的幼崽。

"但是这些草不会太绿、太湿，难以燃烧吗?"我举手指着周遭数百公里生气蓬勃的沼泽，反驳道。

尽管如此，他们面容严肃，对我的无知丝毫没有嘲笑意味，并且向我保证，很快我就会亲眼见证，只要有耐性点燃它，这些青绿潮湿的沼泽植物不但可以燃烧，而且效果很好。不久我又看到北方和南方各出现一条烟柱。随着早晨的时光一分一秒过去，这些烟柱的体积越来越大，并且在高空中像扇子般散开来，直到三股烟柱合一，空气中弥漫着挥发的松香和纤维燃烧的气味。我们看见越来越多棕榈树，最后，一丛丛浓密的大树带着慷慨就义的决心矗立在平坦的绿野上，上方是一弧蓝天，远处野火冒出的轻烟正滚滚向它蹿去。这些大树也像其他许多靠近水边生长的树木一般，尽管枝干又粗又直，叶片却脆弱、柔软、细长，羞怯地绕着纠缠的树枝卷曲着，和烟尘或迷雾没有什么两样。然而所有这一切都明白显示沼泽内正有更多更大的空地在形成。从远处看，一棵树也好，一片棕榈叶也好，对我来说意义都差不多，但对我们的向导而言却都不同，他开始仔细审视这些烟雾，仿佛读着一本耳熟能详的书里构成句子的每一个字。

中午时分，河水将我们带到一座小岛旁，向导说，我们可以在这里安全登陆。第一眼看去，它像是河马夜间返回栖息处的中间站，因为岛上到处是它们的足迹，而且被它们踩踏出来的小径毫无规则地通往芦苇丛里的各个方向。但我们一上岸，维扬就把我喊过去。他和本及向导三人都蹲在地上，仔细研究着几个我所见过的最大的水牛蹄印。蹄印还很清晰，我们的向导抬起头来，眼里闪着兴奋的光芒，咧着嘴很开心地说道："等一下就有很多肉可以吃了。"

虽然这些水牛蹄印和逐渐变窄的河流让我们的船夫们认为汽艇的航程快到终点了，但我们告诉他们，还要再继续走四个小时。时值正午，即使是沼泽内的原有生物也都找地方休息去了。鸟儿、鳄鱼全不见了，没有任何东西让人分神，所以大伙儿都开始打起盹来，一个个的头都垂到胸前。我自己却始终无法把目光从沼泽转开。那一柱柱缥缈的烟雾、一个个水牛蹄印，一起在我心里翻搅起来。我有一种感觉，虽然河中纸草看起来千篇一律，但有人，也许是布须曼人，可能就在附近。我担心，如果我不集中注意力，稍有个不留心，很可能就错失了任何一个对我们此行目的无比关键的迹象或线索。

于是，就在我们中途短暂停靠后再度出发约两个小时的时候，我的努力似乎被证明没有白费：在我和日头之间，几乎低到玻璃般清澈的水面上，纸草被一双黄色小手轻轻拨开，一张年轻妇女的脸庞正从茎叶间小心翼翼向外探望。她有一双不同寻常的黄种人小眼睛，即使在暗处也闪亮无比，它们正朝上盯着我瞧。

我推推睡得迷迷糊糊的康福，把他唤醒，但那张脸又消失了。

"没有，主人！"康福朝四下的绿草丛中仔细望了望，说，"我什么也没看到，一定是水和芦苇的阴影造成的幻觉。"

"那为什么那些茂盛的纸草顶端抖动得那么厉害？"我指指先前看到那张脸的上方颤动得像打摆子般光彩夺目的纸草尖端。

"哦，那是风吹动的结果。"说完，他又继续睡了。

我爬上船头，附近看不到任何一座岛。如果刚才那真是一张人脸，它是怎么出现的？什么样的脚可以轻易涉过这生长了如此多纸草的水流？她是从哪里来的？芦苇中间根本没有可容独木舟穿过的水道。回想起来，这整个事件似乎完全不可能，何况又发生得如此迅速和模糊，连我自己几乎都不敢确定是不是我想出神了而出现的幻觉。然而两个小时后，在汽艇即将抵达终点时，我的脑海里仍然鲜明地印着藏在波光粼粼水上暗影中的那张脸。

我们来到一座目之所及最大的岛上——也是一连串沼泽内小岛中的第一个，在这里下了锚。岛上覆盖着一大簇枝叶繁茂无比的灌木，高度不像一般的灌木，只不过高出水面四五厘米而已；在岛的边缘，树林高度就有三十厘米，中央还更高些。青草与泥土相互纠缠，夹杂着河马踩踏和鳄鱼滑行过的痕迹，但不像上一次的休息地点那样，这里的土踩在脚下感觉相当结实。越过这座岛后两公里半处，奥卡万戈河的主要河道便撞上一道雄伟的纸草屏障，于是水花迸溅，分成数支较不明显的细流，从沼泽中央深处盘根错节的纸草中穿梭而过。岛的东方有一座宽阔的潟湖，向导郑重其事地表示，这座湖与其他湖连接，形成一条闪烁的水道，在适当的季节里能让一艘独木舟畅通无阻地越过马翁直下大河二百四十公里。不过他和卡鲁索都认为，现在水位太低并不适合这么做，虽然他们跃跃欲试。有一点倒是异常明确，就是我们不可能再继续搭汽艇前进了。何况，如果前面的水位对独木舟来说都太低的话，那么想从主要河道以外的其他水道返回穆罕波也是不可能的，因为水位会更低。

从这一路所见，我发现，我不可能让我的同伴们，特别是斯波德，面对一场单凭独木舟在主要河流的水道中缓慢前进的危险。因此我和驾驶汽艇的人员商量（他们几乎必须立刻返航，以便赶上在"漩涡之地"安排好的渡船服务），请他们一完成任务，立刻回到这座岛上来。我们或许会在这儿等他们来，或者将留下指示的字条放入铁罐埋在指定地点。由于我们从沼泽入口经水路不过走了三百二十公里，我算算，五六天够让他们来回了。

我尽可能快地把这些问题全部解决，因为我一直很清楚那些划桨手随时可能过河拆桥。他们享受了一段远比当初谈判所商定的轻松的旅程，然而，从他们的表情却可看出，长时间待在汽艇上无所事事反而更容易增加他们随时散伙的可能。而且，他们渴望着非洲人平常很少有机会吃到的肉食。我估计，不消多久，他们就会带着愤懑不满来讨更多食物；我可不希望这样的事情发生，因为我相信，与在他们的强制要求下被迫提供满足相比较，在他们还没开口前便赠予他们食物的做法更受用。我决定利用天未暗前的时光努力搜寻猎物，作为晚餐的肉类食物。在那一刻，我甚至觉得，我们的整个未来似乎就决定于这场猎捕行动的结果。我将人员分成三组。一队由维扬率领，一队由本率领，让他们前往向导认为最可能有猎物的地方。卡鲁索和他手下的两名最佳猎人跟随本，向导和另外两人跟着维扬。我自己因平常较少打猎，带的又是新枪，便带领一队，前往最不可能有猎物的大河对岸最潮湿的地区。萨木丘叟、"长斧"和另外两人跟着我走。当所有人把枪扛上肩膀准备出发时，即使是最闷闷不乐的脸庞上都现出重新振奋的神情，看了真叫人欣慰。

我自己所带的这一队分乘两艘独木舟横渡大河。这是我第一次乘坐独木舟。我坐在中间，把点三七五手枪放在腿上，因为这是河马开始从芦苇深处的休憩地带悠悠醒转、再度现身的时候。事实上，我们要离开前，"长斧"手握着桨直挺挺地站在船头，上上下下张望了河面一番，才满意地轻声呼唤萨木丘叟将独木舟用力推离岸边；这时河面上没有出现任何河马的踪影，他们立刻奋力划桨，尽快朝对岸的纸草悬崖驶去。我在独木舟中所坐位置的两侧离水面不到八厘米，这让我突然明白本所谓在这么一艘颠簸不稳的独木舟上要保持平衡是多么困难的事。我发现自己的臀部不停移动着，好像走钢索的特技师，但又得提醒自己不能大意地将双手伸出去。我的同伴呢，却直挺挺地坐在脚板上，以充满自信的节奏划着水，马上让我为无法稳住自己感到惭愧。另一艘独木舟平静地跟在我们后面，直到一起抵达纸草丛的阴影下才打横滑进青绿的遮蔽处。

一路上，我们都轻声细语，因为在这傍晚宁静的空气中，声音传播的距离远到会让人吓一大跳。有好长一段时间，我们一直听到身后传来营地里的人声，而无论身手矫捷的鳄鱼或身躯笨重的河马多么轻巧地进入我们四周柔滑的水中，激起的水声都像芦苇轻颤所发出的笛音那般清亮。当营地的声音终于消失之际，我们也准备在一个有许多纸草悬空缠绕在小树枝干间的地方登陆。"长斧"手里握着两艘独木舟的草制绳索，轻轻一跃，跨过船头，将绳索绑在一棵树干上。然后他转向我们，竖起指头放在撮起的嘴唇上，要我们噤声。

留下两个人看守独木舟，"长斧"、萨木丘叟和我光着脚，小心翼翼地涉水渡过一条宽阔的溪流，从我们登陆的地点出发，前往一片广阔无比的古老蚁冢，一棵巨大的树就竖立在小山丘顶部的中央。令我惊讶的是，我脚下的水底居然不是烂泥或黏土，而是厚实的卡拉哈里沙地。那儿也和沼泽中其他地方一样，泥土和黏土只存在于岛上，其余全是水和纯净的流沙。虽然一句话都没说，我心里十分宽慰地看着"长斧"和萨木丘叟表现得全然像经验老到的猎人："长斧"一动也不动地盯着前方的动静，萨木丘叟则完全无视远方，而只专注于我们身旁四周。如此一来，我感到不那么担心鳄鱼出现了。很快地，我们便悄悄进入小山丘背阴的那一面。最后当我们站在小山丘的顶端向四周偷偷眺望时，我感觉从没见过这样美丽的景色。

太阳就快下山，圆盘已经开始转红。我们上方的天空是一片湛蓝，没有一丝云或一只鸟，但夕阳四周形成了一道宽阔的翠绿光环，环里镶着一道金圈。岛上的树和棕榈柔细的卷须轻轻点在水上，像是猎人在广阔的纸草、芦苇和青草地上点火升起的烟雾，袅袅飘动，在夕阳下像极了饱满成熟的金色玉米，等着镰刀般的一弯新月来收割。沼泽中的暗影一律呈现出紫色，紫色里闪现一泓清水，像新制天鹅绒上的玻璃珠扣。一切都显得纯粹、安详，像斋戒沐浴般宁静。更令人印象深刻的是，那广袤无垠如水晶般的澄澈感，以及缓缓向晚的天际所呈现的完美弧形，仿佛一颗鹅卵石丢进泥塘所激起的一丝涟漪，安静地从黑夜的世界中升起。这种宁静并不意味着全然的寂静无声，而是有着像落日余晖的修长手指划过琴弦般铮铮淙淙的乐音，将忍受了一天日晒的世界催眠。我看了看萨木丘叟，他那苦行僧般的脸庞上丝毫不为所动的漠然神情，让我突然想起今天是星期天，我却完全把它给忘了。

突然，"长斧"绷紧了身子，在我耳边低语："看，主人！看，羚羊！"

不远处有一个闪闪发亮的水潭，背后衬着暗沉的芦苇。

我依稀可以辨出一头优雅而害羞的羚羊轮廓，正小心翼翼地穿过两座小丘之间的水潭。四周如此寂静，以至一丁点儿羚羊将蹄踏进水里的泼溅声我都听得见。但是因为距离太远，难以辨识，并不容易射击，不过我们都认为，我仍有可能从两座小丘中距离较远的那座射中它。于是我们安静地全速移向目的地，却发现羚羊已经改变方向——这里一样不是个射击的好位置。我们一试再试，想靠得更近些，却总是无法得偿所愿，直到太阳已经落到蓝色天际，变成猩红色。现在已经没有时间再继续移动位置了。那头羚羊很不安地站在我们和光亮之间，尖尖的下巴以下部位完全隐没在芦苇里，努力地朝我们的方向看。这是我开枪射击的最后机会，但概率实在太小了，小得足以让人想放弃尝试。我算了一下，距离大概是一百五十米，可以看见的目标只有一颗优雅的头，一点点光滑、细瘦的脖子，方向几乎是我的眼睛正对着太阳的位置。如果不是心里挂念着今天晚上一定得为这一大群人弄些肉食，我一点也不想开枪，但是我到现在还没听到其他狩猎小组的枪声。如果他们有所斩获，在那样寂静的地方，我一定听得见。我看看两名同伴，他们脸上都挂着认命的严肃神情，显然已经接受狩猎可能无功的结果，既无建议，也无鼓励。我手上握着新买的枪，是我太太坚持要我带着的。我还不曾用它来射杀过任何生物，不过现在我举枪瞄准。等羚羊一出现在我的视线里，我立刻毫不犹豫地开枪，几乎像出自本能的反应。随着枪声乍响，羚羊应声倒下，消失在高大的芦苇丛中。我深信我没射中，但我的两个同伴却高声喊着："哇，主人！哇，我们的大人！你射中了！看，羚羊死了！"

"没有，"我告诉他们，"根本不可能射中。我想我只是把它吓跑了，它现在一定从那座小山头逃走了。"

然而，当我们涉过映满晚霞的红色水面走近时，发现子弹从那头羚羊修长的颈部中央穿过，导致其颈骨完全碎裂，以至它那精致的脸上完全没有任何痛苦的表情。它的金色皮毛还带有温暖的体温，修长灵活的蹄尖仍微微颤抖着。不过在这么迫切的时刻，我不会为这次猎杀感到遗憾。事实上，我深深感谢这头动物和它的生命，让我得以供应食物给这么多饥饿的人。

如果本和维扬的运气也这么好，我们就有好几天不用担心了。

然而他们没有这样的好运。当我们在夜色中回到沿着岛屿岸边一字排开的营地，从他们和营地里所有人紧绷、没有笑容、不说一句话的态度，我马上就知道了。所有的人都听到了枪声，但因为时间太晚，大家都不太敢相信这声枪响真能有所收获。当漂亮的羚羊从岸边被拖进火光跳跃的营地里时，本和维扬的眼神以及其余人表示欢迎和赞美的叫喊，让我感觉自己被捧上了天。

那天晚上，在蚊帐里，我听着一头气愤的公河马用力喷着鼻息，在我们营地四周大踏步走来走去，因为我们占了它最喜欢的月下散步地点。我想了很久这次狩猎行动和数周前我妻子那奇怪的坚持，究竟两者间到底有何关联？——她一定要我为自己买一把"世界上最好的枪"。

第二天一早，独木舟的划桨手们精神饱满地唱着歌儿，将他们的独木舟从大河里扛了起来，抬到岛上最远处的湖泊。斯波德也将整个过程拍摄了下来。当独木舟再度下水时，他和我们一起，手握摄影机跨进一艘独木舟，准备拍摄我们深入沼泽的初步探测行动。他很努力工作而且表现得相当好，直到我们在连接湖泊与湖泊的水道中遇上困难为止。

很明显，水道里的水太浅，只有最轻的乘具才可以通过。我认为没有必要让所有人一起花费这个力气，除非我们确定通过后可以继续前面的路程。因此，我建议斯波德和我分乘两艘最轻的独木舟前去沼泽探索。他立刻断然拒绝，理由是太阳很快就会升得太高，影响拍摄效果。既然他今天已经为我们工作了不少，所以我尊重地接受了，虽然我本可反驳说，我们下午要去的地方，光线正适合拍摄。于是我把他们全部送回营地，要求维扬和本到前一天我射中羚羊的对岸地区为我们寻找更多猎物以补充食物，我自己则决定独自出发探索沼泽内部。然而，本不肯让我这样做。他恳求说，让他或维扬和我一道去。他说，沼泽里充满全非洲脾气最坏的水牛，没有哪头水牛不是皮里嵌有一两颗子弹、心里充满了深沉的怨恨的，因为当它们成群结队离开沼泽时，曾遭到世界上最烂的枪手以最差劲的枪法进行追捕。本以前所未有的激昂慷慨陈词，坚称除非两人联手，否则不要轻易尝试猎捕水牛，特别是在沼泽中心的高大草丛和浓密芦苇之中。

我一再向他保证，我不是要出发去猎水牛，只是要查看一下水道和小岛上有没有布须曼人的踪影。何况，我也不是一个人，萨木丘叟、"长斧"、"长斧"的堂兄弟（一名头发灰白、精神矍铄的褐眼男子）、康福以及我们的向导和我一块去。

本几乎完全失去耐性地立刻打断我说，关键在于我可能毫无预警地撞见水牛，而划桨手们除了矛没有别的有效武器可以帮忙。

对于他的关心，我深受感动，不过我还是提醒他，虽然我非常愿意他们其中一人陪我一道去，但我们经不起这样奢侈的人力分配。如果我们第二天上午要继续探索，当天就必须设法取得更多肉食。那头羚羊差不多快吃完了，我希望他和维扬尽快出发去寻找肉食的补给。

听到这里，维扬将烟斗从口中拿出来，开口道："他说得没错，本。不过，劳伦斯，自己要小心，好不好？如果你真的遇到水牛，试着让一两棵树挡在你和它们之间。"

于是我和我的黑人同伴一起上路，横渡我们当作基地的这座平静湖泊。我和向导在船头带队，"长斧"在船尾，康福和其他两人乘坐另一艘独木舟尾随。湖泊像面镜子在阳光下闪烁。岸边，蓝色和白色的百合花像繁星般盛放，一头大冠鹤一再低头俯视自己淡紫色和金色的倒影。湖中央则是一片暗褐色。一头鳄鱼从我们前面灵巧地滑进水里，几乎没有激起一丝涟漪。紧接着，两头河马的鼻孔和一对尖耳朵浮出水面，就在附近，好像正在水面下转动着潜望镜窥探我们。

"如果它的耳朵开始像鸟的翅膀那样拍打，然后向后伏贴好像印度豹时，"向导急促地对我耳语，"你要赶快开枪，主人。"

不过，这对耳朵和鼻孔就像水面上的两只蟾蜍，趴在那里一动也不动，让我们有充裕时间抵达通往下一座湖泊的水道。这条水道宽度仅容一艘独木舟通过，我的伙伴们放下了桨，拿出撑篙用的长竹竿，努力将我们这细长的独木舟从芦苇和纸草之间快速撑过，令我大感欣慰。这些芦苇和纸草长得很高大，约有三米高，围绕在我们四周，视线根本没法穿透，它们尖刺的顶端在我那些高大同伴低着的头上，一阵一阵有节奏地摇摆着。天空被遮蔽得只剩下一条深蓝色飘带，宛如一条水道倒映在天空的一面镜子里。突然，蓝色消失了，水道变成一个枝干交错的密林隧道。一只蹲坐在四五米高树枝上的狒狒惊讶地瞪大眼睛望着我，然后发出一阵狂吼警告同伴们，于是沼泽内的宁静立刻被打破，只听得一阵树枝折断声、尖叫声，一大群不知藏身何处的狒狒发狂似的从一棵树跳到另一棵树，沿着枝干相连的树林逃走了。

"啊！你这个坏东西，""长斧"抱怨道，"你那么大声向世界发出警告，甚至还不只是你的朋友的世界，我们辛辛苦苦保持安静的功夫，这下全白费了。"

我们辛苦地撑着独木舟走了一百米左右，穿过复杂的隧道，再度来到两旁长满高大树木的开阔水道。继续走上约半公里，就是一座开阔的大湖泊，银亮的水中小岛绵延数公里。我们再度恢复为以划桨的方式前进。向导似乎对路线很熟悉，像匹识途老马般立刻就决定了方向。逐渐强劲的风送来一阵凉爽，吹拂着我们的发梢和脸颊。由于担心遭到深水处的河马攻击，划桨手丝毫不敢松懈，直到接近某些遮蔽处为止。从另一端，我们进入另一条水道，继续走了数小时，不断地进入湖泊、水道，再进入湖泊。水道越来越窄，湖泊越来越宽阔，水位却越来越浅。一点钟左右，离我们的基地湖泊约二十五公里远处，我们发现向东的通路完全被阻绝。

向导将手上的竹竿完全放下，说："如果这里进不去，主人，我们就得抬着独木舟走两天，才能找到水位够深的地方继续行进。"

我们显然来到了沼泽中地势最高、最结实的地方。尽管我十分希望从水路一路航行到马翁，但也没有太失望。我们已经穿越了外围的樊篱，通过了最后的壕沟，来到这古代生活的最后堡垒内部。如果世界上还找得到河流布须曼人的

　　　　第七章　失望的沼泽

话，这里应该就是他们居住的地方。滚烫的水中到处是闪亮的小岛。在优雅的芦苇和纸草以及棕榈卷须构成的屏障后，小岛上浓密的灌木丛和高大的树木亮闪闪的树顶鲜明挺立在蓝色天空的背景下。

"你觉得这里会有人住吗?"我问向导。我不想特别提布须曼人，因为我越来越迷信：接触布须曼人那幽微的世界不可太过直接。

"有时会有两三个人。"他知道我在说谁，口气非常不肯定。

"那么，你知道哪里有最好的遮阴处可以休息一下，而且可以让我们在回营地前再猎一两头条纹羚?"

听到这话，他的精神全来了，眼神恢复光泽，甚至低低笑了一声。只见他立刻跃进水里，毫无预警地把独木舟快速调了个头，害得"长斧"差点儿跌倒；然后他迅速爬进独木舟，把我们一路带向北方，那里有个长条形斜坡，坡上冬天的黄草正慢慢从青绿的芦苇处蔓延到浓密、黝黑的高大树林中。沼泽中所有斜坡的倾斜度都很小，我们只得在距离湖边一百米处停泊，然后涉水上岸，把独木舟留在芦苇丛中。每个人都本能地闭上了嘴，以手势沟通。水温很高，几乎烫伤我的脚踝。第一脚踏上那燃烧般的岛屿时，我赶快穿回靴子。好安静啊！这座岛。然而我却有一种奇怪的感觉，仿佛有什么频率正在闪亮的空气中振动，似乎在这黑森林里某个地方，有个奇大无比的发电机正在为这个寂寞的地方发电。我的同伴们似乎也察觉到了，因为当我从康福那里取过我的枪，准备继续向丛林深处行进时，那些划桨手们也人手一支长矛，开始激烈争论谁带头走。

"怎么回事?"我低声问康福。

"他们很怕水牛，主人，"他说，"没有人愿意领头，因为可能会遇到水牛。"

"长斧"不想再争论了，他不再理会其他人，而是转过宽阔的肩膀，大踏步走上前，年轻开朗的脸上露出极为轻蔑的神情。我把他拉了回来，叫向导过来。

"这是你的地盘，"我低声命令他，"你是向导。你走前面，我紧跟在你后面。"

他似乎面有难色，但他到底是个正人君子，内心的正直和我的命令语调使他不自觉地服从了。也许我应该稍等一下，让他心里对这场争执的不安消退。但我没有，于是他直直向前走，手里握着矛，一点也不像平常那样留意四周。我跟在后面，康福紧跟着我，划桨手排成一列走在他后面。

我们以这样的方式行进了约半公里。一路上我感觉越来越不自在，也察觉到那奇怪的振动和充电般的细碎爆裂声充斥在正午的闪亮空气中。我小心翼翼地四下张望，没看见任何新的蹄印，我确定其他人也没看见，否则他们一定会向我发出警告。尽管如此，越来越强烈的不安几乎让我想开口吩咐这支小小的队伍停止前进，就在这时，事情发生了。

我们在一个低浅的圆形洼地里，陷身与下巴齐高的黄草丛中，正面朝岛中央前进。我们四周都是浓密的黑色矮树丛，被暗影包围着，树丛顶端毫无例外地伸出一丛丛棕榈。突然，向导"啪"的一声一巴掌打在自己脖子上。我感觉我的脖子也被狠狠叮了一口，心里想着，既然采采蝇在这里出现，那么水牛应该也在附近。

才想着呢，我们四周的矮树丛突然从中间分开，本来在里面睡觉的水牛[1]弓起脖子，蹄下轰隆作响，尾巴飞舞着，像旋风般冲出来，两旁噼啪声不断。它们像著名马戏团里一大群特技演员那样，轻松快速地冲过纸圈跳进表演场中，准备最后的压轴好戏。

向导丢下手中的矛，立刻扑倒在地，蠕动身体钻入草丛中。其他的划桨手也如法炮制。康福站在原地哑着嗓子朝我喊："主人，把枪丢下。跟我们一样趴下来，用手和膝盖爬，假装我们是动物在吃草。这是唯一的活命机会。"然后也卧倒了。

然而，我还是定定站在原地，很奇怪，我原先的不安现在有了解释，我竟然不害怕了。或许我知道，现在跑根本来不及。但无论是什么原因，我只记得在目睹如此狂野、

---

[1] 不要把非洲水牛和美洲野牛弄混了。非洲水牛是独特的一个种类，比美洲野牛更勇猛和危险。事实上，无论是非洲哪一地的猎人相会时，总会不可避免地激烈辩论，在非洲三种动物中，究竟哪一种最危险：大象、狮子，还是水牛？我自己深信，水牛是最不可预测的动物，而且当它受伤时，是最危险的动物。它不但勇猛，而且速度飞快，通常昂着巨大的头，眼睛瞪得大大的。不过在沼泽中这座岛上，它们冲出多刺的矮树丛时，头是低着的，只有在完全脱离有刺灌木林之后，才会把头高高举起，从山坡一路向下冲到水里。——作者

如此难得一见的景象时，我有一种欣喜若狂的感觉。当四周的矮树丛继续爆开，我脚下的大地开始震动时，我本能地将子弹上至枪膛，举枪瞄准。有那么一刹那我感觉好像某一头水牛从我背后冲过来，就快把我撞倒了。但在最后关头它们却自动分开，从我身旁不到十米处经过。它们从四面八方拥来，数目不断增加，直到黄色草地和更远处的空地都挤满黑压压的水牛，好像打翻了一瓶黑墨水。它们成群结队跳进前面的水道中，仿佛一艘艘新船下水，激起大片白色水花，喷溅至芦苇上；最后，它们消失在一片森林之后。我带着奇异的遗憾想着，它们不见了，而我脑海中却还鲜明地留着它们那黑色蹄子掀起泥土泼向天空的壮观场面，以及它们低着巨大的头和紫色的角穿过草丛、芦苇和荆棘，宛若《荷马史诗》中所描述的奥德赛在一个长夏季节航行海上时所搭乘的黑色船舰的头。它们深陷的眼睛里充满一种迫切的渴望，驱使它们向前冲，以至经过我时，根本没看到我。

突然，又一阵纸草被拨动的声音从我身后传来。一丛较小的矮树丛分了开来，我看见一头前所未见的最大公牛向我冲过来。

划桨手和康福全奇迹般地重新现身，围着我像希腊歌咏队般一再高喊着："射呀，主人！射呀，大人！射吧，众王之王！这只是落单的！这是一头落单的公牛！"

然而我没开枪。不过这次是不同的理由，而且是很特别的理由，我不得不这样做。当划桨手们高喊"射呀！"时，

197

我知道他们是对的。就算不是基于安全考量，这也是一个保证让我们好几天拥有充足肉食供应的大好机会。但我从小就梦想着邂逅一头特别的水牛。我喜爱狮子、大象、捻角羚和大羚羊，但最亲近大地、最具非洲特质的动物，我认为非面容安详、冷酷的水牛莫属。自我还是个小男孩时，我就梦想着见到一头独一无二的水牛。这里我不赘述我在想象中如何邂逅它的情景，以及多年来足迹遍至各地时不知不觉更加强烈的渴望。总之，重点是除非迫不得已，我不会在这种时刻开枪，因为我的水牛梦想终于实现了。它以孤独的公牛身影出现，对着我冲过来，正午的紫色阳光洒在它身上，像为它裹了层纱。它对着我笔直冲过来，距离越来越近，最后我不得不把枪举至肩上准备射击。

再一次，我的同伴们又消失了。然后水牛突然刹车，冲向一旁，与我擦身而过，近得它那古老、原始的浓重气味萦绕在我鼻子里久久不散。

我站在那里，看着它消失，像一个人看着自己的原始本质在自己面前消失，心里想着："只有一个因素救了我，就是我不害怕。因为如此，我属于它们中间的一员，而且它们不可测的内心深处知道我们这一整天的目的。但如果我害怕了，再好的枪，再英勇的朋友，恐怕都救不了我。"

想到刚才我若害怕后果将不堪设想时，我全身发抖地回过神来，听到向导很欣慰地发现自己还好好活着后带着嘲弄谴责我："那会是很多肉，你知道，足够吃很多天呢，主人。"这说话声听起来好像发话人是在很远的地方，而不是刚从我附近的草地上站起身。我没回答，只走向其他人，他们正对着那头孤独公牛的蹄印发出惊叹。

"看！"康福指着地上每个后蹄蹄印后面被踢烂的泥土痕迹大声赞叹，"它的后蹄多么有力地踢进泥土里！"

水牛一旦以它的头和角震慑了敌人之后，喜欢再用隐藏在后腿足跟皮鞘里的尖锐匕首给他们来个致命一击。但没有人见过这样长的后蹄印。

"啊呀！""长斧"摇着头，声音柔和得像个对万事都感到无比神奇的妇人，"它一定是它们的万王之王。"

但萨木丘叟不看蹄印，反而盯着我。他以前一天晚上我射中羚羊后所发出的赞叹的语调，轻轻地、很肯定地说："它知道你，主人。它认得你，而且因为知道你，便走开了。"

之后，我们想在最近的树荫下休息，但同样热爱树荫的采采蝇很快就逼得我们不得不曝身大太阳下。我不打算狩猎，因为我知道水牛所引发的骚动已经吓跑了数公里内所有的猎物。事实上，我们刚回到空旷处，一头机警的狒狒马上看见我们，并大声发出警告，通知在它下面灌木林里的同伴。因此，我们绕岛一周，寻访是否有人居住。虽然没有任何发现，不过在洪水最高水位上方留有三艘古代独木舟的残骸，这些独木舟不像我们的划桨手所用的那样，它们的底是平的，正在草丛里日渐腐坏。

"布须曼人!"萨木丘叟喊道。他似乎比其他人更清楚我的主要目的,走过来站在我旁边,和我一起专注地看着。

这段时间,我注意到我的同伴因为遇到水牛而精神高度紧张。只要一听到声响,无论是一头狒狒用力摇晃棕榈树打破了寂静,还是一群无坚不摧的白蚁将枯树枝干咬断砸到底下的灌木丛,他们都会惊跳起来,随时准备逃命。他们不情不愿地跟随我进入黑暗的树林,惊恐万分地想赶快出去重见天日。当我们绕了一圈回到独木舟停泊点准备返航时,他们的心理压力终于解除,弯腰拾桨时纷纷唱起歌儿来。然而,我躺在独木舟内,眼睛看着两岸颤动的芦苇包裹着的蓝色天空,心思依旧萦绕在和水牛相遇的那一幕,甚至没想到岛上所见日渐腐坏的布须曼人独木舟隐含着什么不祥的意义。我感觉这场邂逅让我内心一道黑暗的时间鸿沟刹那间消失了。我们生活在二十世纪,早已忘记活在原始之际的艺术,不再知道如何联结我们身体中最原始的那部分和当下的部分。我们需要最原始的那部分,就好像肺需要空气和身体需要食物与水,然而我们却只会丢脸地从后门偷偷逃跑。最后我想,对我而言,人类所有最深切的向往之一,便是持续不断地将我们所有人内在共有的新鲜年少带去和最古老的久远过去会合。

一架飞机从狭长的蓝色天空飞过,好像一只半透明昆虫就快被太阳那盏黄色油灯灼伤,把我拉出刚刚的思绪。后来我听驾驶员说,机上乘客都是土著黑人,正从穆罕波飞往遥远的黄金矿区。底下的我们在沼泽中以最慢、最原始的方式缓缓移动，而上空，全身黝黑的乘客眼里所看到的，则是从热气腾腾的午后河水中投出的一道道铜铁般的光芒。他们不停唱着《与我同在》以求安心，那是发明了这神奇飞行器的民族的传教士、医生教给他们的。他们唱得极大声，以至飞行员在被噪音全方位包围的驾驶舱中都听见了。但从我所躺的地方，只听得到飞机引擎嗡嗡作响的声音，和四周这古老而宁静的氛围很不协调。

我们在傍晚时分回到营地。营火的青烟已蹿出高大树木的顶端。自早晨开始，就有两只秃鹰高高地栖息在两棵大树的顶端。它们的身影在夕阳余晖衬托下，现出黑暗的轮廓，给人一种不祥的感觉。我们一走进营地，我便知道那绝对不只是感觉。在此之前，志得意满的我，一颗心依旧被这漫长又兴奋的一天里的种种事情占据。起初我并不明白究竟发生了何事，划桨手们几乎无一例外地围着火堆，煮着我猎到的那头羚羊的残余部分。当他们看见我什么都没带回来时，不但没打招呼，眼神还充满不悦。查尔斯和斯波德已经在各自的蚊帐内躺下，本和维扬迎着我走来，神情看起来很疲倦，而且沮丧至极。

"我们到处跑遍了，"维扬疲倦地说，"什么猎物也没发现。划桨手们快受不了了，可怜的老查因为腰痛发作，不得不躺下了。"

"那他呢？"我指指斯波德的蚊帐问。

"喔，他呀，可怜的家伙，"本回答，他睡在斯波德附近，"他说整晚被附近野兽的吼叫声吵得睡不着，今天早上我们一回营地他就去休息了。"

我立刻去看查尔斯，他毫无抱怨地躺着，但显然遭受着前所未有的巨大痛苦。然后我摇醒斯波德，说服他晚上起来和其他人一起在大蚊帐内喝酒放松一下。这个大蚊帐有四点五米长、三点六米宽、三点六米高，是我特别为这种时刻设计的，坐在里面可以不受蚊虫叮咬。很快地，酒精的作用和杰里迈亚烹煮食物的香味，以及这一天彼此经验的分享，终于让大家开始醺醺然。斯波德开始笑了后，我走出蚊帐向划桨手走去，进行例行的夜晚病情巡视。萨木丘叟和其余跟随我的伙伴显然正以无比激昂的口吻劝告留在营地内的人。然而，他们一看到我便闭上了嘴，然后带着点儿不好意思地走上前来，让我治疗他们的小伤。

等我治疗结束，感觉气氛似乎轻松了些，卡鲁索也开口要求："请多给我们一些肉。我们的食物不够。"

"明天第一件事就办这个。"我答应他后，走回被黑暗包围的白色大蚊帐。

因为十分疲累，我们吃完便都爬进蚊帐里睡下。每次我醒来，便听到前一天晚上那头公河马在我们营地四周走来走去、越来越生气地喷着鼻息的声音。有一次感觉它几乎就在我的头顶上方，于是我拿手电筒照了照它的方向。月亮升上来了。虽然芦苇和树林太茂密，让人无法看清它的身影，但可以看见它长长的斜眼现出祖母绿的颜色。到了早上，它似乎已经接受了我们，死心地退回波光粼粼的河水里。我相信，它甚至学会了享受与我们为伴，以及因我们出现而改变的散步路线。它每晚都来拜访我们，以压过芦苇丛的巨大声响宣布它来了，还试着用浓重的鼻息声想让我们全身起鸡皮疙瘩。有那么一度，它从各个角度研究我们，然后带着满腹好奇回到它温柔的水乡，对着月亮发出庄严肃穆的各种声音。因为它每次都单独出现，身旁从没有伴侣，而它的行为又充满虔诚，因此我叫它奥古斯丁，那是我最喜欢的一个圣者之名。不幸的是，斯波德对我们这匹河马可没好感，它不断吵醒斯波德，让他好几个小时都睡不着觉。虽然它很无辜，但仍为我们增添了不少麻烦。

天一亮，我端着伙伴们的咖啡，打算要求维扬和本早餐前出发去打猎，却发现维扬的脚因为泡在沼泽的水里太久而正作痛，以至我根本开不了口。本看起来也好不到哪儿去。他正从蚊帐里往外看，一张脸火红，双手颤抖着，映着阳光的脸庞露出极力隐忍的痛苦表情。他正在发高烧，并且告诉我说，一只钻进毯子里的毒蜘蛛咬了他。现在被压扁的毒蜘蛛就躺在他床边的地上，无法辨识，但被它咬到显然真的很危险。我有各种解蛇毒的药物，却不知对付这种毒蜘蛛的药效如何，只能协助本保持安静，给他药物止痛。查尔斯依旧为腰痛所困，爬不起来。欧洲人中只剩下斯波德和我没事，但他寒着一张脸，不知又有什么不对劲。四周真正的痛苦已经够多了，他的心情让我无故多添一桩麻烦，我最后一次坚持要他按照协议执行拍摄计划。我把剩下的肉都给划桨手当早餐，又迅速吃完自己的早餐，以免错失拍摄影片的大好时光。由康福协助我，我当斯波德的助手，让他对营地内的划桨手做些个别采访。这任务很快就完成了。然后我要求斯波德带着相机和我一起出发。

"做什么？"他问。

"拍任何我们找得到的东西。"我告诉他，"如果昨天你和我一起去，现在就会有一些相当棒的成果。"

他一动不动地看着我，良久之后才说："我没力气，也不舒服。我的背还在痛。"

太阳已经升得非常高了，潇洒地挂在蔚蓝无比的天空中。我再和斯波德理论也没有什么好处，尤其是在这样一群喜怒无常的人正紧紧盯着时。事实上，当他不想工作时，我也没办法强迫他工作。最重要的是，如果我想在天黑前找到食物，喂饱这四十张贪婪的嘴，就没有时间可以浪费。于是我将斯波德、营地和其他所有一切交由宽宏大量的维扬照料，带着前一天已经对我产生信任的人马，再度跨入大河。另一艘独木舟上坐着两个人，跟着我们。维扬一直很抱歉地站在岛屿岸边，看着我们离去。

这次我们往河的上游划去，从河流远端的纸草阴影下穿过，走了好几公里，来到两旁是青绿悬崖的水道。转进水道，沿着它又走了约一公里，最后来到一座可爱的大湖泊。

蓝色的湖泊闪闪发亮，配上芦苇和一丛丛野生竹子，很有中国的味道。我们的正前方有一座坡度和缓的黄色小岛，上面有一头大而漂亮的公羚羊，身边还环绕着七头母羚羊。它们还未察觉到我们的存在。向导比手势要另外两艘独木舟藏至芦苇后。他又比手势让"长斧"转移到另外两艘独木舟上，好使我们乘坐的这艘更轻些，然后他用力一划，把我们两人送入岸边高大的纸草丛里。他在那里放下桨，然后趴到船首，下巴抵着船的边缘，用双手抓住较矮的芦苇，一点一点地慢慢接近羚羊。他做得很有技巧也很有耐性，以至一头淡紫色的苍鹭从我们头上低低掠过时，居然没看到我们。

他一度停下来休息，汗珠大滴大滴从他的肩膀上流下来。我看看旁边，发现我们正经过一排鳄鱼宝宝，且距离只有一米，它们正从平静的水下伸出头来，闭着嘴，只露出嘴角的白牙。我拍拍他的肩膀警告他，因为这些小家伙已经长到足以咬断他指头的年龄了。他开心地笑了，指指对岸，那里有另一排露出白森森牙齿的小家伙正面对着我们。这整个场面看起来如此正式，好像我们正在目睹一场鳄鱼阅兵大典的彩排。

我不知道我们究竟划了多久，但向导终于停下来，比手势要我射击。我小心地站起身，一边努力在独木舟中保持平衡，一边越过纸草顶端向外望去。那头公羚羊和它的漂亮女伴们就站在小岛缓坡的中间，专心看着我们刚才进入湖泊的地方。我抓住时机立刻开枪，它应声倒下。总算解决了一件心头大事！我们将羚羊交给随我们而来的独木舟上的其他人，由他们带回营地，然后继续深入沼泽内部，向大河之北搜寻，以期能发现一些人迹。

正当我站在那里，再一次感到与天地万物合一之际，一缕紫色的轻烟从纸草屏障间袅袅升起，地点大约就在我上次看见一名年轻妇女脸庞的地方。康福证实了我看到的景象，我开他玩笑说："你会不会认为这又是一次水和芦苇的阴影所造成的幻觉？"他笑了笑，没说话。

"好吧，"我继续说，"等晚些时候，我们就走近仔细瞧瞧那缕不寻常的轻烟。"

他正要回答，却被一只鸟儿的拍翅声打断。鸟儿栖在岛屿高处一棵树的枝干上，叫着："快！快！有蜂蜜！快！"

随行的人都希望我立刻接受鸟儿的邀请，但我拒绝了，并谨慎地向他们解释我希望下次再来，将整个蜂蜜仙的叫声拍摄下来。康福秉持一贯的自律精神，立刻以行动做出顺从的表率。只是他还是忍不住低声用英语对我说，在他看来，等也没用，因为那位"外国主人"（他都是这么称呼斯波德的）不会来。对于这一点，我的看法倒不像康福那样悲观——也或许是没他看得那么清楚吧，我只将小鸟的再度出现视为好兆头，继续快乐地在沼泽中搜寻一座又一座小岛。

同样，我们没找到任何有人居住的迹象，只发现一些更古老的独木舟在风雨侵蚀下逐渐腐烂。那当然很令人失望，不过随着这一天像珊瑚海般在我们面前展开，我的精神受到这充满亮光的宁静湖泊影响而逐渐振奋起来。长满棕榈树和其他树木的小岛，一座接一座有秩序地排列着，像一串项链上的钻石和翡翠，至今仍深留在我的记忆中。每座小岛似乎都有它独特的岛内生态：鸟儿、爬虫类和其他动物们和谐相处。

时近中午之际，一阵风从银亮的空中吹过，掀起一抹玫瑰红，将我们踩踏在枯叶上的脚步声送远，这时我们来到了一块绿色草地上，四周围着高大的林木。那里躺着一头杏黄色的公羚羊和五头母羚羊，它们全沉沉睡着，安静得像是一针针缝进橄榄绿织毯的图案般。我在距离不到三十米外看了它们足足二十分钟。它们沉静地呼吸着，黑色长睫毛后的眼睛眨都没眨一下。我的同伴求我开枪，但我无法照办。既然当天我们已经有了足够的食物，我认为再开枪射杀它们无疑违背自然对我的信任。我担心，这种因贪婪而对离开营地后我内心深处逐渐滋长的天人合一感的背叛行为，会带来无法预知的惩罚。于是我带着伙伴轻手轻脚地离开，就好像从熟睡着心爱之人的卧房走出，丝毫不想惊动它们。我再看公羚羊最后一眼时，它长长的嘴正不停嚼动着，仿佛梦中出现了一块青草地，专属它和它的神明享用。

此外，我无法形容没有城市的噪音干扰，也不用为城市快节奏的生活紧张，令人多么舒坦。我的感官完全沉浸在与人无关的声音和色彩中。我只能说，那天在沼泽中，我发现自己的感官有一种新的自由，那么真实，没法用言语形容，以至我身上的某个重担好像也消失了。那种自由也有它自己的表达方式，因为我们全不自觉地用一种平常不用的语调说话，却好像树林里传出风声那样自然。

最后我们停下来休息，不是在充满采采蝇的矮树丛阴影处，而是在单独的一丛棕榈树下。萨木丘叟细心地将我们在一片白色刺芒上所发现的一条眼镜蛇蜕下的铬黄蛇皮卷好收起。蛇皮吊挂着，好像洗净的纨绔子弟的宽腰带，正等着风干。我注意到，向导一发现这蛇皮，便立刻交到萨木丘叟手上，好像那是属于他的。

突然，萨木丘叟抬头定定地看着我，说："你知道吗，主人，在这儿你找不到许多布须曼人！"

"为什么？"我问。

他费了很大的劲儿向我解释，沼泽内的采采蝇已经多到不可胜数，即使是他自己这一生中，也曾为了躲避采采蝇而和族人从原来定居的沼泽地带迁走，那地方可是马塔贝勒首次将他们从北方驱逐出去之前他们世代耕作生活的地方。因此，布须曼人不是迁移走了，就是在沼泽中感染昏睡病死掉了。

我问剩下的布须曼人哪里去了，他微微动了动手，再次强调许多人都死了。然后他停了好一会儿，在心里仔细盘算了一番，才宣布他知道一个地方，布须曼人每年都在那里聚会。他不知道他们是否就是河流布须曼人，只知道他们是"货真价实"的布须曼人，而那个地方并不在沼泽里。

"在哪里?"我急切地问。

萨木丘叟显然对他的宣布激起我的震惊反应感到很高兴,他戏剧性地停顿了一下,然后用压得很低的声音神秘兮兮地叽里呱啦说了一大堆。他说,从沼泽中他所住的地方走个几天,会进入一片有几座孤零零小山的沙漠里。布须曼人称那些小山为措迪洛山(Tsodilo Hills),认为那儿是非常古老、非常重要的神明居处。他曾听说欧洲人住的房子分成好几间,所以他也以这种方式让我了解措迪洛山的内部。在那里,每个房间里分住着世上各种哺乳动物、鸟类、昆虫和植物的主要神灵。到了夜晚,这些神灵便从祂们的房间出来,去巡视依祂们而造的生物。祂们夜巡时所留下的踪迹、蹄印,至今仍深印在措迪洛山的岩壁上。在中央山丘的一个地方,住着众神之神。在那下面,有一池深水,从来没有干涸过。池水旁边长着一棵树,结着真知果。树旁坚硬的岩石便是众神之神在创造世界的那一天跪在上面祈祷的石块。岩石上的凹陷便是祂当时摆放盛圣水容器的地方,而祂跪下祈祷并创造世界时所留的膝盖印记,至今依然可见。四周光滑的岩壁上绘满了这位伟大神灵所创造的动物,而所有的岩壁缝都住着大群蜜蜂,它们喝永不干涸的池中水,钻入沙漠花朵中吸取花蜜,为神灵们制造最甜美的蜂蜜。在那儿,他说,每年一次,布须曼人会前来相聚一段短短的时间。

我被他绘声绘色的样子和所说的内容深深打动。我问他，他是怎么知道这些的。

他回答："我去过那儿，主人。我曾亲眼看到。"

"那你是怎么去的？为什么你会去？"我继续追问。

"那是许多年前的事，主人。"他以无比严肃的态度回答，"因为我自己的神灵已经很虚弱，而且日渐衰落，我要到那里寻求协助，于是我目睹了所有我告诉你的事，而且，我得到了帮助。"

我突然开始了解，而且奇怪自己为什么先前没有想通这事。首先是我在伊克瓦加雇用划桨手那天一直盯着我的眼睛，现在又有眼镜蛇皮这一最新事件——我应该想到那是非洲最重要的药材之一，而且是永恒再生的象征。

"所以你——"我说。

他第一次打断我的话，庄重地说："是的，主人，我是一个先知和巫医。"

无论这在文明世界听起来有多不可能和多迷信，但在一个凡事无法预测的沼泽内的边远小岛上，日轮射出的光芒一路滚转经过蓝色苍穹后西下进入夜幕，我可不想那么苛求。何况我对原始部族的迷信总有一份深厚的尊重，并不是把它们认真地当回事，而是作为看待人的精神如何因应现实中某些不可理解处的一种方式。即使连萨木丘叟的名字——"收割后被遗弃者"——都有些额外的意义。

我握着他苍老而污渍斑斑的肩膀，问："等我们这里的工作完成后，你愿意带我去那些山丘一带吗？"

他看了我很久，当他开口一字一句地说话时，其他人纷纷停止谈话。

"是的，主人！我会带你去，不过有两个条件。第一，和你一起来的人不能像现在这样意见不一。你必须解决你们之间的歧见，然后我们才能出发，否则就会有灾难。第二，在前往山丘的途中不可猎杀任何动物。不能开枪，即使是为取得食物也不行，直到获得神灵的许可。这是神明们所订的一条纪律，不准任何人的双手沾着鲜血或心怀愤恨进入山丘地带。即使受到苍蝇或蜜蜂的干扰，也不能杀它。我知道有一名赫雷罗族牧人在雨季赶着牲口到那里去，途中，他杀了一头攻击他的母牛的狮子，结果那天晚上狮子的守护神从山丘出来，整个毁了他和他的牛群……如果你可以答应我以上这些，主人，我会带你到那些山丘去，因为我自己也觉得需要再回那儿去。"

"当然，我答应。"我诚挚地说，完全忘记"当然"这两个字在非洲这类仍摆脱不了黑暗命运的地方，会带来多么严重的后果。

我满脑子想着萨木丘叟的故事回到营地，急着想告诉其他人这个充满希望的消息。但是营地的氛围很快让我的话从嘴边缩了回去。不知怎的，当我从远处看到营地上方的夜空中原来两只秃鹰的轮廓现在却变成了三只，我立刻明白根本没机会说了。进入营地后，我发现本仍然不舒服，查尔斯也还是疼痛不已。斯波德在白天的热气蒸腾中躺了一

211

整天，现在刚刚才起身，满身是汗，也不想跟任何人说话。划桨手们虽然有了充足的肉放在火上烤，却又发现新状况，扰动了他们原本就很喜怒无常的心情——有人传出一则谣言，说汽艇不会回来接我们，他们得冒着遭受河马和鳄鱼攻击的危险，以他们脆弱的独木舟载着一群濒临崩溃瓦解的白人在大河中划上三百二十多公里。

康福陪伴我进行医疗巡视，大开这则谣言的玩笑。像前一夜那样，萨木丘叟和其余跟着我一起狩猎的黑人同伴为他们提供了一些正面的讯息。不过，奇怪的是，我后来才知道，那艘汽艇的确在那一晚日落时分，在近三百公里远的河流上游发生了严重的引擎故障。

"麻烦的是，主人，"我们安抚了他们之后，康福对我说，"卡鲁索是水上的王，却不是陆地上的王。"

他接着有点儿不好意思地问："不过，如果汽艇没来，你打算怎么办呢?"

"别担心，"我告诉他，"我已经有了个很好的计划，必要时，我会告诉你。"

我带着无比自信的口气说话，是因为前一天晚上我已考虑到了这个不幸的可能性。我决定，万一汽艇真的没来，我会猎取足够多的动物，将肉晒干，好让营地有一个月的存粮。然后我会让维扬负责照看营地，康福协助他，只带着"长斧"、向导和一艘独木舟出发。向导曾告诉过我，他知道有一条路可以通过沼泽，只要我不在意放弃搭乘独木舟而涉水走过水深及颈且满是鳄鱼的地方，两天后他便可以把我带到"漩涡之地"下方八十公里处的干燥地带。

我确信自己可以在一天多一点内走八十公里到我们停放罗孚车的地方，换句话说，离开营地三天后，我就可以组织一支救援队伍前来驰援。不过，我觉得最好先不要告诉别人这个计划，因为营地里已经弥漫着负面的情绪。所以晚餐时，我试图轻快地谈笑风生，不过，最后还是逐渐缩减到只剩我和维扬的对话；而维扬，即使在那样的时刻，也依然保持着昂扬的精神。我们早早就寝，但我知道，斯波德整夜在他的蚊帐里翻来覆去，不断扭开手电筒探照"奥古斯丁"神气活现绕着我们营地走过的路线。本也痛得难受，我两次起床拿药给他吃。然而我还是十分盼望，清晨来临时，我们接下来的情况会更乐观些。

我错了。清晨划桨手们又恢复了前一夜的心情，生病的人还是在生病；当我要求斯波德跟我一起去拍摄时，他说他背痛得无法工作。我尽可能地想为他进行治疗，但他说，只有休息才会好。我不得不重复前一天的做法，让维扬看守营地，自己先专注于为营地补充肉食，然后再专注在我此行的主要目的上。再一次，很幸运地，十点钟不到我就猎得两头超大的条纹羚——这是我预先为万一汽艇没来所做的准备。两次都是非常不容易的射击，然而猎物两次都像石头坠地般应声而倒。我派尾随出发的另一艘独木舟将肉载回营地，载重量大到水几乎漫过船舷。

既然早晨的家务事这么快就处理完毕，我大松一口气，便朝着新升起的烟柱方向前进。那是我之前感觉看到一名年轻妇女脸庞的芦苇一带。来到离烟柱不到一公里处，我们发现在抵着大河的纸草屏障中间有个不明显的缝隙。我们小心翼翼地往前探索，因为向导说，也许它会一路把我们导向一头富有攻击性的河马。不过，五分钟后，我们从那里进入了非常典型的奥卡万戈逆流处。只不过，在我们东方有一大片纸草已经被火烧到水边，长长的火苗夹杂着纸草燃烧的声响，飘过大地闯入青绿的世界。那铺着灰烬的黛黑水面后，是一条宽阔开敞的水道，水道的最远端有座小岛，烟正从那里冉冉升起。

　　"有人！主人，有人！"向导一见便高喊着。他因太兴奋以至呼吸急促得像个浮出水面换气的潜水者。

　　我还来不及阻止，他已发出一声狂野的呼喊，并把手里的桨举至空中挥舞着。因此，当我们抵达岛上时，那里一片安静，空无一人，仿佛午夜时的教堂墓地。不过，火仍在慢慢燃烧着。后方有三间结实的小茅屋，安稳地坐落在树林里。入口处的屏障用枯木牢牢架住，但草已被踩平，地上散落着一些定居生活的遗弃物。向导只瞄了这些茅屋一眼，就撒开腿往岛深处跑去，并以他的母语友善地高声喊着。

　　"他们没有走多远，"萨木丘叟蹲在火边说，"没有男人，只有妇女和小孩。"

我没问线索这么少他怎么知道这么多事，但他说对了。半小时后向导再度出现，牵着两名几乎吓坏了的害羞妇人，她们后面紧跟着六个孩子。她们都只在腰间围了张皮毯，没有戴任何装饰物。我私下觉得遗憾，因为没有一张脸是我在水上看到的那张。没错，他们长着一副布须曼人的模样，有些孩子的皮肤微黄，颧骨很高，眼睛斜斜的，和他们的老祖宗一模一样。我送给两名妇女一些烟草，又给了这些孩子一罐原味薄荷糖当礼物，年纪较长的那位妇女便迅速消失在两座小茅屋之间，回来时捧了一大堆晒干的奥卡万戈河鲷鱼用双手献给我们，眼神无比闪亮。她们说，男人们都外出到沼泽边缘的某地去卖毛皮了，以交换些烟草，要好几个月后才会回来。她们不知道男人们什么时候才会到家，同时，她们得自己想办法设陷阱捕鱼，养活自己和儿女。她们没有武器也没有别的帮手，就生活在这样一个我自己没带现代武器绝不敢进入的世界，却既无害怕也不抱怨。她们没有邻居，也不知道其他的布须曼人住在哪里。自有记忆以来，她们就住在这里，只有她们自己、她们的夫婿，以及死去的先人。现在她们的忧惧消除，依依不舍地随着我们回到水边，送我们离去。

　　头一遭与沼泽内布须曼人的邂逅就这样结束，让我升起有些奇怪的上当感。我不断回头，想寻找我之前在芦苇丛中见过的那真正的布须曼人脸庞。我不知道自己竟然这么想再见到她，以至于几乎无法忍受就快离开了却仍没看到她。

就在最后一刻，一个清越嘹亮的声音从水道那头传过来。两名妇人和孩子们立刻回应，并大力挥着手，年纪小的更是兴奋地跳着。一艘平底独木舟突然从芦苇丛中蹿出，朝着我们笔直驶来。舟里坐着一名年轻妇人，上身全裸，手里握着桨，正是我第一次在芦苇丛中看到的那张脸！独木舟上满载了各种嫩笋，当它一停妥，孩子们立刻围上去，开始咬起白色的嫩笋，就好像啃甘蔗那样。这是一名拥有最纯正布须曼人皮肤和五官的年轻妇女，她跨出独木舟，把桨抱在结实的胸前，带着羞怯和疑问看着四周。

"请告诉她，"我要求向导，"我向她问好，并且我以前见过她。"康福的黑眼珠惊讶得翻白。

她转过头，礼貌地以手遮住微笑，然后用几乎听不见的声量对向导说："我也见过他，知道他。"

我很想再留一会儿，问她一些事情。不过，我先前所见已得到证实这一点就够令我欣慰了。而且，时间也不早了。我想找斯波德来拍摄这勇敢的一小群人如何生活，于是请向导跟她们解释，我们很快还会再来，并为她们所有人带来真正的礼物。互道珍重后，我们沿着纸草隙缝钻出去，一路往下，远远地还可看到那黑压压的一小群人动也不动地站在火与岛上高地之间的闪亮岸边目送我们离去。

"除了拍蜂鸟，你该不会也想来拍摄这些人吧？"康福在我身后半开玩笑地用英语和我说。他本是善意的玩笑，却正中我痛处，使我差点因迁怒而开口大骂。还好我忍住了，因为事实上我再也没有和那些人见面或拜访她们的小岛。

那天晚上我比以往更努力地试图让营地里的气氛轻松些。对划桨手，我从来不抱过高期望，我也不从他们那儿寻求解释。我相信，我最需要做的一件事，特别是在那个时刻，是要和欧洲人在一起。划桨手们拥有原始民族易感、易变的性情，只盯着负面情况看，那就是病痛使我的白人同伴情绪沮丧，以及斯波德没有尽责扮演好建设性角色并履行合约。查尔斯、本和维扬都快痊愈了，唯独斯波德仍笼罩在令人烦恼的情绪中。他再度无所事事地在毯子里躺了一天，没有人对他说话时一句话也不说。他那俊俏的脸庞充满毫无根由也无法测度的愤恨、受伤和不满，让我的心都沉了下去。那么，他的一举一动和示范怎么可能不对那些保留着原始个性的划桨手产生影响呢？因此，那天晚上我尽了最后一次的最大努力，和斯波德谈天说笑，试图让他情绪高昂，然而早上起来，我发现一切都是白费功夫。事实上，从那天一早开始，每件事似乎都很不对劲。

当我向斯波德提起去拍摄那群住在小岛上的妇人和蜂蜜仙时，他恼怒地说："你从来没有试图了解过，劳伦斯！我今天没有力气。我根本没有力气！……也许明天吧。"

不只如此，查尔斯因为没办法活动和疼痛而难受无比，对我发了唯一一次脾气，导火索是维扬用了一只瓷釉咖啡杯当作刮胡碗！接着，康福把我拉到一旁说，划桨手坚信汽艇不会来接我们；而且，向导还警告他，有一小群划桨手表示，如果汽艇真的没出现，他们就要趁夜黑将我们宰掉，把尸体丢去喂鳄鱼，如此他们就可以轻易地脱离沼泽。

"别听他们胡说，"我简短地说，"而且我命令你绝不可以再对任何人提起这些鬼话。"

"我当然不信。"他回答，笑得有点勉强，"我告诉你只是因为要让你知道这儿都是些什么样的人。不过有件事我很不喜欢，主人。起初我和他们在一起时，他们都说塞奇阿纳（Sechiana）语。但是现在他们经常说沼泽方言，我就听不懂他们在说些什么了。"

我没把康福所报告的划桨手的威胁太当一回事，因为我相信，那只是营地里普遍弥漫着挫折感之类的负面情绪所造成的极端结果。尽管如此，我还是小心预防。我决定整天待在营地里，把这几天来因跟随我而发展出亲近信心的一些人留在身边。我相信他们在场有助于创造较好的气氛。至于其余人，我打算将在营火旁偷懒最久的人分成几个小组。再没有什么比看见手下人数越来越少，凝聚力逐渐稀释，更令那些首脑（特别是反叛首脑）惊慌失措的了。我选了最不合群的六人，分派他们拿着长矛和一把旧猎枪去打猎。我也请维扬和查尔斯带着相信我们的人出发狩猎，并把我的枪给查尔斯用。安置妥当后，我打算和斯波德好好长谈一番，但他又回到床上，而且似乎睡着了。我想也许可以等他下午醒来后再谈，便去和留在营地里的其他人聊了聊。等我回来时，斯波德仍在睡觉，原先计划有机会好好和他谈谈，现在是无望了。下午，打猎的人早早即回到营地，所有人手气都不好，一只猎物也没有猎到。

到那时为止，我依然认为我的计划进行得很顺利，然而很快我就无措地发现，营地迅速恢复了原先的消沉。结果，晚上我又得带着枪以及信任我的独木舟团队出去狩猎。令人欣慰的是，我的幸运之神仍然没离开我，日落时分我又带回一头非常不容易击中的猎物。以我出身的布尔人的标准，我的射击功夫只能算是普通，然而那天晚上我简直就像莱德·哈格德笔下的神奇人物，当时我射击的方式、我之所以会买枪的缘故，以及那把枪在那段旅程中所发挥的不容置疑的作用，直到今天都还让我觉得不可思议。我依然不太愿意去想，如果我没有那把枪，不能那样神奇地打猎，处境会多么悲惨。好几天时间下来，这把枪成为我们当中唯一积极正面的力量，也是决定我们命运的关键工具。如果没有这把枪让我喂饱那些划桨手，天知道他们会做出什么事情来！我用它射击了九次，射中八头条纹羚。有一头射了两枪，那是为让受伤的动物减少痛苦才补上的。有一次，我用维扬的猎枪射击，几乎是不可能射中的仓促射击，却也射到了非洲最难缠的动物之一，一头疣猪。更奇怪的是，我似乎是全营里唯一找得到猎物的人。所有其他人，无论是黑人、白人，全空手而返，但为让他们有事做，我还是不断派他们出去打猎。不过，每当我外出狩猎，即使是到其他猎人尝试失败的地方，也还是找得到足够的猎物。

这些因素综合起来，在我们封闭的沼泽之旅期间，确实偶尔能振奋一下人心。毫无疑问，我也知道，那些和我一起打猎的人，特别是萨木丘叟，对我的成绩非常惊讶和赞叹。因此每当他们拿着我的枪时，都会很尊敬地弯着手指捧着，好像那是一个富有魔力的活物。当然我也多少得益于这把枪的魔力。它对我的精神具有无比重要的提振作用，让我对所有一切深具信心，既不会被那些难以驾驭的划桨手困扰，也不会因为我对斯波德完全无能为力而受到打击。

于是这漫长的一天天慢慢过去，斯波德没有再为我们拍摄任何影片，也比以前更沉默。我从没机会和他单独好好谈谈。我也不再逼他。我还记得那些日子里，在累了一天后，我还把所有时间花在为他和我自己，以及其他人搭建桥梁上，我努力取悦他、讨好他、恳求他、刺激他，希望他成为这支探险队的一名活跃分子。我终于明白，也许我做过头了，我总是尝试要他做超出他能力的事，结果却忽略了其他责任。我总是优先考虑他的心情，而把其他人，甚至划桨手们的情绪，多少都视为理所当然。当我应该多花些时间关注本、查尔斯、卡鲁索和他的手下时，我却在和斯波德说话，在为他设想。于是我现在任由他自怨自艾，多余的时间我要留给其他人。此后，我决定每天和营地里的一个人谈谈话；而当我一如康福和其他人般，开始接受斯波德根本不可能履践诺言后，便派向导和一队人马特别去拜访了我们发现的那几位妇女，带着礼物和她们交换更多咪道鲜美的鲷鱼。我又派了另一队人马去找蜂蜜预言家——蜂蜜仙。他们晚上回营时，带着经由蜂蜜仙的指引而在一个废弃的白蚁冢上找到的暗沉蜂巢。我自己很难过地放弃了所有我最喜爱的探索，集中精神于喂饱营地所有人，并保持一切都在掌控下。

汽艇应该抵达的第一天，我特别预先告诉所有人，我认为需要再等个四天。我分配他们去做些小事情以分散他们的注意力。然而到了日暮时分，我却发现自己也不断竖起耳朵倾听是否有引擎声从暗红的水道上传来。那一天汽艇没有来，第二天也没出现，到了第三天，岛上的气氛已经非常低沉，弥漫着不祥的预兆。我几乎派不动猎人。每个人，甚至包括斯波德——这是他第一次没躺在床上，都只想待在水边守候。如果不是维扬和本（他俩抽烟、聊天，沉着镇定地做着该做的事），表现出一贯自律的康福，我的打猎伙伴们，以及一如既往看顾着他的炊具的杰里迈亚，仿佛在家里般自在，我大概也会觉得悲惨至极。杰里迈亚可能是所有人中最出乎我意料者。我经常发现他对着炊具自顾自地微笑，频率很高，以至于我忍不住问他到底在笑什么。

"我在想我的儿子，主人。"他心满意足地笑着说，"他是个非常、非常聪明的孩子。"

红日西沉，落到像围绕着一座绿色公园的青绿栅栏般笔直地介于我们和西方之间的纸草尖端。在水边守候的人开始闷闷不乐地一一回到各自的营火边。

"汽艇最快也不会在明天以前抵达。"我公开调侃康福，心里则盘算着，如果两天后汽艇还是没出现，我就得和向导一道去看看怎么回事。

就在那时，河边突然传来一阵欢呼声，营地立刻都空了。汽艇引擎的噗噗声从夜空中微微传来，我仍然坐在一棵树下。数天前，康福在这棵树上刻下了我的名字。一名蛮不开心的划桨手问他何以有此举，他高兴地笑着说："写下营地的历史，这样当我们都没有回去时，来找我们的人就会知道发生了什么事！"

我感激地抬头看了看大树顶端的淡蓝天空，发现自我们抵达后就出现的秃鹰已经增加到五只！不过，那很少听到的汽艇逐渐接近的声音却让它们很不安。它们踮着脚尖，竖起翅膀，伸长了勾着的脖子，一副惊讶和被欺骗的样子。就在那时，一名我从没注意的老划桨手离开其他人朝我走来，不好意思地站在我面前。他递出一根用岛上的黄木雕出的手杖说："请收下，主人，这是我为你做的。"我恭敬地用双手接过来，很感动有人在他最艰难的时刻居然还会想到我。那一刻我才真正感受到整件事所带来的压力。

第二天清晨天未亮，我们便离开了这座岛。当我最后一次巡视营地，将沙撒在营火余烬上时，我觉得"奥古斯丁"在芦苇间的鼻息声很暗哑，仿佛在抗议我们的离去。破晓时我们正经过数公里浮着纸草灰烬的水面，我很惊讶地看着沼泽内部害羞的赛踏东加（Setatunga）羚羊安然走过滚烫的地面。在一个地方，应没有吃到肉的渡船夫要求，维扬射了一头条纹羚，萨木丘叟和"长斧"跨过纸草丛去把它弄上汽艇。

我们在主要水道的边缘遇到高高升起的火舌和浓烟。对岸有另一股火势，同样猛烈无情。我无法想象那水边的青绿植物居然也能烧得这么凶猛。河上的温度非常高，有一段地方的河水甚至翻腾得像正在熬煮的一锅汤，老鼠、蛇和其他爬虫纷纷拼命四处游动，想找个地方躲避火焰的攻势。在这蒸腾的热气之上，天空中也闪着一颗火球，暗红的蜂虎则冲入熊熊大火中救出昆虫，用闪着光的翅膀带着它们回到安全的空中。我们缓缓驶过火势夹攻的水道，好像经过一场艰苦旅程的商队，正离开一个传奇世界。我在船首的老位置站了很久，看着高高的火舌逐渐远去，直到最后只剩一片浓浓的烟雾屏障，隔在我们和沼泽内部之间。

我们一直航行到晚上才休息。第二天一早再出发，晚上抵达"漩涡之地"。一路上斯波德都很沉默，并且独自一人。他不和任何人说话，甚至似乎无法铺自己的床，我还得为他铺床。他看起来极端不快乐，灰色的眼睛里充满矛盾和冲突。不过，当我们安全抵达目的地，踏上结实、干燥的陆地后，他似乎重新获得了某种坚定的力量。我正协助杰里迈亚准备热茶和食物，因为每个人都又累又饿。这时斯波德把我拉到一旁。

"我很遗憾，劳伦斯，"他说，"不过我没办法继续下去。

你必须送我回欧洲。这种生活太残酷了——对我而言，有点太残酷了。"

"你知道这是把我推进一个多恐怖的洞里吗?"我不由自主地说。

"拜托了!"他立刻大叫起来，变得很激动，"你难道还是一点都不明白? 我没有力气，我不能继续。"

"好吧，尤金。"我发现情况已不是理性劝说可以处理的了，便答应他，并且像在之前那些寂静的夜晚常做的那样，开始思索如何适当安排我们之间的事务。斯波德可以离开，但我却必须继续。如果我不想背弃那些相信我们的人，造成他们和我数以千计英镑损失的话，无论如何我都必须想办法依约制作出影片。我必须再跋涉数千公里前往最近的铁路站，从那里出发在南非境内搜寻可以替代斯波德的人选。我必须尽快行动的另一个原因是，维扬和本不可能无限期陪着我。在我们上路的这段时间，几乎没拍摄到任何影片。我们甚至也没发现宝藏。我很痛心地发现，如果能在我个人的目标之外完成影片拍摄，那我真是太幸运了。如今在这漫长一天的尾声，烟雾的帘幕挡在我们和沼泽之旅的中间，长久以来一直在我身后窥伺的失败，现在似乎正面对着我。从头说起吧，光是技术问题就有一大堆。因为斯波德用的是最新的德国摄影机，所有的底片都依据这种特殊摄影机的标准而在英国实验室里卷好。我想要在南非找到一个使用同款摄影机的人，概率可说微乎其微。不过，除非我这样做，否则就得在充满沙尘、亮光和炙热的沙漠中想办法临时弄个暗房，将所有底片重新一点一点绕卷，这不仅耗费时日，而且苦不堪言。那可能吗？就算可能，我找得到有耐性这样慢慢卷的技术人员吗？跟这相比，我们先前经历过的旅程简直是小儿科。当我面对斯波德那熟悉的激动情绪时，这一切念头在我脑海中快速闪过，我再一次重复："好吧，尤金，明天一早我就先去穆罕波，要求他们在下次有矿区飞机来时把你载出去。如果你能留下你的摄影机，我会很感谢，那对我将很有帮助。"

他不等我说完便立刻大叫："你搞清楚，劳伦斯，如果没有我的摄影机，我在欧洲能做什么？"

我不再和他争辩，心想应付最恶劣情况的最好方式便是尽可能快地让它恶劣到底。在我的生命中，我经常发现，塞翁失马，焉知非福。无论平时、战时，这个真理都颠扑不破，赤裸裸、毫无遮掩，你一定得置之死地而后生。而在那样的过程中，从某个不知何处、无法想象的地方，出现了一闪灵光及无比的力量，就算不像英雄那般英勇，至少也会让一名颤抖的凡人愿意再踏出一步。

"好吧，尤金，"我又说，"我明天一早就出发，你们可以晚点再慢慢跟上来。"

他立刻又安静下来，几乎像个孩子般问："可不可以请你帮我在穆罕波预订一个舒适的旅馆房间？"

如果有任何事情可以向我证明，虽然我们辛苦经历了那么长一段旅程，斯波德却仍活在自己的世界和感觉里，拒绝接受严酷的非洲现实，那么非此莫属。

"穆罕波没有旅馆，"我说，"你得露营，和在这里一样，直到飞机来。"

我将这结果视为好迹象，既然打破了幻觉，开始面对最严酷的现实，那天夜里我反而睡得比旅途中任何一天都好。我睡得如此香沉，以至于一头花豹紧挨着我的蚊帐经过，我都不知道——它想偷吃汽艇人员挂在我旁边树上的鸡，尾巴有可能还扫了扫蚊帐，这是我隔天通过它的脚印判定的。清晨，我刮了脸，在河边用冷水冲洗了身体，换上干净的衣服，迅速吃完早餐便出发前往穆罕波。

在这里我还要补充一件事，就是当我离开后，据说斯波德拿出他的小提琴——这是旅途中仅有的第二次——对着营地轻快、活泼地演奏了许久。

*

第八章

措迪洛山的神灵

巧的是，当天早上就有一架只载了一半乘客的飞机在最后时刻受命改变起航时间，先到穆罕波来载上补充人员，再飞往矿区。如果我在"漩涡之地"犹豫或多耽搁一阵子，继续说服斯波德的话，就会错过这班飞机，因为我抵达时，正好是负责招募人员的那两名欧洲人准备出发前往机场时。他们慷慨、善良而深谙人情世故，立刻就理解我的处境有多么艰难，于是我既不必填什么三联单表格，不需要两星期前书面通知，也不必向哪个遥远地方不相干的上级单位请示，或是完成我们这个胆怯的集体时代设计用来消除个人平等的其他方式，两人中较资深的一位仅说："来吧，再不走就来不及了。"听在我的耳朵里，一句再普通不过的话，却比任何言语都来得更深刻而特具意义。

　　他们载着我赶到机场，将我介绍给飞机的驾驶员，那人正好是整个飞行团队的队长。在他整齐的制服上，除了数条战时勋章，还别了 DSO（金十字英勇勋章）和 DFC（杰出飞行十字勋章）。像许多优秀的战斗机驾驶员那样，他脸上的皱纹激发人丰富的想象，那表情让人觉得，经历那么多出生入死之后，他还不怎么习惯和平时代这平淡无奇的角色。

"别担心!"当我随着飞行员进入飞机时,那两名欧洲人在我身后喊着,"我们会照顾斯波德,并且尽力招待你们的伙伴。祝你好运!"

没多久,我就坐在驾驶舱里飞行员的后面,向下俯望,一阵轻烟和热气从沼泽水面飘过,沼泽像发亮的铜器般回瞪着我。那一夜,我住在弗朗西斯敦查利斯夫妇家中。他们答应在斯波德来时去接他,并协助他回欧洲。我于清晨向他们告别,随同一位驾驶员继续飞往北尼亚萨兰(Northern Nyasaland),在布拉瓦约停下来吃早餐。那天下午当我搭乘固定航班的邮件班机抵达约翰内斯堡时,我无法相信自己的幸运——居然能在离开"漩涡之地"三十六小时后便抵达约翰内斯堡。若从陆路走,那得花上我好几个礼拜的时间呢!

我立刻前往一家常去的旅馆,订了房间。才刚刚进房,电话就响了。

"伦敦来的电话。"总机小姐说。

"找我的?"我无法置信,因为我已很久没和任何人联络了。

没多久,我就听到妻子清晰的声音,发话端是距离此处近一万公里的伦敦。

"但你怎么知道我在这儿?"我问,因为实在觉得太不可思议了。

"今天早上醒来时突然有个直觉,"她回答说,"所以我就直接拨电话了。发生了什么事?"

我告诉了她。更令我惊讶的是,她一点也不觉得惊愕。"现在你一定可以进行得更顺利了,"她说,"我很肯定。而且我相信你会找到另一位摄影师——一定!每件事都不会有问题。祝你幸运,亲爱的。"

三分钟到了。

对像我这样的人来说,这意外事件有极大的正面影响力,因为我相信巧合绝不会无故发生,而是冥冥中具有某种目的。我放下电话,心里深深感到安慰与镇定,于是立刻开始打一连串电话给我认识的朋友或旧识。其中一人说:"我认识一个人,也许他可以。我邀他明天和我们一起吃午餐。"

于是朋友传朋友,一个介绍一个,我开始一一搜寻斯波德的替代人选。第三天,当我正想着可能得去欧洲找人时,朋友介绍我认识了邓肯·亚伯拉罕(Duncan Abraham)。他是一名苏格兰牧师的儿子,出生于祖鲁族地区,嘴里含的不是金汤匙,而是布朗尼相机——我有一次就是这样调侃他的。这人一辈子对摄影非常着迷,才刚成年就已是有名的商业摄影师。他曾经在战时以随军记者的身份,跟随南非军队进入战地拍摄,战争结束后便在约翰内斯堡担任自由摄影师,为好几家国际通讯社提供新闻影片,并不时拍些个人的纪录片。由于他太沉迷于这项工作,因此在工作中发展出一种属于他个人的特殊生命意义。他工作起来六亲不认，只认得他的相机和他的拍摄对象。有一次，当他在纳塔尔省（Natal）外海一带拍摄时，因为向后退得太大步，跨过了船舷，结果连人带摄影机一起掉进了印度洋。第二天邓肯带了一队职业潜水员回到落水现场，单单凭着对失去的工具所怀的热爱，他在波涛汹涌的水上指出一个地点，让潜水员下去找，结果从海水深处取回了他的摄影机，而且到我和他认识时，他仍然使用着这架摄影机。从他听到我的计划时，那双精明的苏格兰眼睛里所射出的光芒，我已经知道了他的答案；不过他立刻指出一些困难，代价不小。当时他正忙于制作一部有关非洲传教历史的影片，也要为通讯社报道一些重要的国家庆典。最后取决于他能否得到许可，先将前一件事延后，并为后一件事找到替手。最后，花了不少力气，我们总算把两件事都解决了。让人难以置信的是，邓肯最喜欢用的摄影机正好和斯波德的是同一型号。那一刻，在那么大的一座城市中，恐怕再找不到第三部这种机器了。

我让邓肯几天后跟上来，自己先赶回穆罕波。我对维扬和本有充分的信任，但我也知道，因为斯波德的背叛而引发的怀疑与普遍的失败和不满情绪，在炎热、遍布沙尘且与世隔绝的那样一个小地方会如何继续扩散。还有，我不能忽略现在已是春天。当我驾着罗孚车从约翰内斯堡出发时，还是冬天。现在，今年第一批新鲜水果和鲜艳欲滴的娇嫩花朵已经开始在街上贩售了。我没有时间可以浪费，只在去机场的途中停了一下，向一名露天摊贩买了些草莓和嫩芦笋，然后每回到一个地点，便送一些给之前帮助过我而仍然在拮据过冬的人。有位离群索居的太太数年前对我说过，渴望尝一尝英格兰草莓的滋味，当我把一篮草莓交到她手里时，她的眼里噙满了泪水。

我在越来越热的一个下午回到穆罕波，距当初离开"漩涡之地"刚好一星期。我有点担心情况不知恶化成什么样子，但以我对维扬和本的了解，实在无须多虑。我和他们相会时，他们穿着工作服，面前是一辆闪亮的罗孚车。只有康福被召回那遥远的北方值守，令我十分想念。我们驾着车回去，一路上不停说着话，抵达搭建在宽阔的奥卡万戈河岸边一棵大树下的标准营地，气氛之轻松、愉快和自然，实在出乎我的意料。

几天后，邓肯·亚伯拉罕前来与我们会合。他一抵达营地，匆匆吃了饭，就立刻背起摄影机和设备开始外出拍摄。无论是像大股大股浓烟般从沼泽飞出的鸟儿，还是明亮的午后在水中打瞌睡的河马颤动的鼻子、鼻孔、耳朵和眼睛，头上顶着水罐，像古希腊人那样走到水边去取水的曼布库希（Manbukush）妇女，以及各色各样多彩多姿的事物，都入了他的镜头。这突然迸发的活力，在一个历经长时间委顿的团体里，立刻吸引了每个人的注意。当邓肯为了取得拍摄河景的更好角度而突然像只猴子一样爬上树时，我的伙伴们彼此交换了惊讶的眼神。杰里迈亚笑得喘不过气来，说：

"詹布、约翰，我跟你们说，那个新来的人是个非常、非常聪明的人！"

当天光逐渐微弱之际，邓肯仍然继续拍摄着夕阳西下的景色。早上我端咖啡给他之前，他就已回到河岸边，等着拍摄烟雾弥漫的沼泽上黎明和日出的景象。他话不多，似乎他的思想不是由话语构成，而是一连串无止境的镜头。早餐时我听见维扬开玩笑地对本说："我们的麻烦倒过来了。以前，怎么样也没办法展开拍摄，现在却是停不下来了。"

我们只在穆罕波停留了一小段时间，补拍了一些先前在沼泽未能拍成的镜头——再进入沼泽回溯我们的旅程已不可能，既没有时间也没有意义。情况很明显，河流布须曼人整个族群已从奥卡万戈三角洲消失。采采蝇和昏睡症以及更强大、意志更坚决的班图人一群群流亡到这里来，已经把布须曼人赶跑了。他们或是死亡，或是被吸纳入这些涌进他们日渐缩减的疆域中的高个子族群，剩下的仅是零零落落的可怜少数。我们在穆罕波的最后任务之一，就是要去拜访附近沼泽中住着的三名布须曼人，一名男子、他的妻子和她的一名男性亲人。这是本和维扬在我不在的时候发现的。

这名女性非常美丽，但脸上带着惊恐的表情。她的眼里有一种彻底被击败的神情，好像她的族群的整个悲惨命运都背负在她身上，以至于我总觉得，这可能就是她没有孩子的原因。她和丈夫住在一条长而狭窄的水流逆转处一座小丘上的树下。她的男性亲人在这逆流处搭了一个用金色芦苇和灯芯草编织得相当美丽巧妙的捕鱼陷阱，架在蔚蓝的水道上。陷阱有两个出入口，各抵着河岸两边，连着漏斗般的长形鱼笼。应邓肯要求，他们五次将鱼笼里的鱼倒出来，好让邓肯拍摄，这时我们发现成群的巴鱼和泥鱼总是在同一个鱼笼内，而尊贵的奥卡万戈鲷鱼则在另一个鱼笼内——以维扬的话来说，就是"保持界线分明的阶级划分，直至下锅"。

我尝试让这三名布须曼人谈谈他们的过去，但没有将过多时间花在他们身上，因为我很怀疑他们能提供些什么新的讯息。他们自出生起就与世隔绝，精神上因整个族群一蹶不振走入衰亡而深受震撼，我感觉，多谈这些事只是徒增他们的痛苦。不过，我倒是说服了那名妇人来到营地里，让我医治她手上一个发炎的伤口。邓肯为她拍了张照片，她那可爱的幽灵般的脸庞在看到一条彩色手帕的礼物时荡漾起笑容，好像某些先天的记忆闪现了一下，似乎她还记得那狭窄的历史甬道两端尚未封上之前，这样一个礼物对像她这样的妇女有什么意义。不过，我们倒是拍摄了他们丰富的沼泽生活，并将他们的谈话用我们的"风流寡妇"牌（Ferrograph）录音机录了下来。那名男子在查尔斯播放录音带时，听到我们先前向他提出的问题，立刻本能地又回答了起来，然后第一个发现自己的错误而大笑，这让每个人都很开心。不过这些只是让我们得以略窥他们本性的一瞥，因为很快地，那弥漫的哀伤又再度像忧郁的秋夜之雾般阻隔在他们与我们之间。事实上，三人中丈夫的年纪较妻子和她的亲人大得多，他坚定地不肯离开沼泽。我最后一次看见他是在他的捕鱼陷阱处，他乘着平底独木舟，用力撑着篙，没有看我们逐渐远去的船筏，而是深深望向水底，好像他的精神需要完全集中在他的世界中一个持久、不变的元素上，而这个世界却正被愤怒的人群前呼后拥地快速挤进，一支接一支砍断了数千年来独自过着孤独而与世无争生活的族群。

那晚我们载着满船的礼物送妇人和她的亲人回沼泽。我告诉我的同伴们准备第二天清晨启程离开。邓肯恳求我们再多留两天，他说那儿还有很多有趣的事物可拍摄。但我仍记得萨木丘叟的警告，他在沼泽时曾郑重告诉我，如果我想一睹布须曼人在措迪洛山的集会，就得赶快，因为一旦山脚下地表隙缝中的水消失，他们就会离开那儿。他们并不是定期至山丘顶端取永恒圣水，而是只在迫不得已的时候。自我答应和萨木丘叟在"漩涡之地"会合，以便他为我们带路，已经过了十二天，每一天，太阳的威力和光辉都在增加。我们周围泛着白光的水面正在逐渐缩减，甚至连大河的水位都在快速下降，我的心情就像一匹受困马厩过久的马儿，不断踏着焦躁的步伐。所以我坚定地拒绝了邓肯的要求。

我们在穆罕波最后一次享受坐在大蚊帐里的时刻，因为一旦进入沙漠，我们就不必再使用蚊帐了——那儿虽然有沙漠特有的可怕昆虫，蚊子倒是没有了。我们和那两位欧洲人一直谈到深夜，也实在非常感谢他们，谈话的间歇我们便听着沼泽内独特的声音。但第二天我们都起得很早，出发前只稍稍被邓肯耽搁了一下，因为他实在舍不得放弃最后一个拍摄黎明的机会，他宣称，那是最棒的景色。中午时分我们又回到"漩涡之地"，但萨木丘叟并不在那儿。由于耐心等了我们许久而仍无结果，他已回到沼泽中的家。当其他伙伴在树荫下歇脚准备午餐时，我从渡船夫家人中请了一位向导，带我去找位于沼泽边缘沙岸上的萨木丘叟家。这些沙正一天天浮出水面。

　　数小时后，我找到了正被家中女人和孩子围绕着的他。他们都只在腹部围了胯布，群聚在萨木丘叟整齐小茅屋前芦苇围篱下的火热湖泊中，正用长篮子捕鱼。他一见我，立刻从水中跨出来迎接我，仿佛完全没有我让他等了两个礼拜这件事。他没问任何问题，只说我是不是能帮他个忙，以便他准备好立刻和我一起出发。他领我进入他家庭院，大太阳底下，一张芦苇席垫上躺着一个年轻瘦弱的男孩，全身发着抖。

　　"请把他治好，主人！"萨木丘叟恳求我。

　　我又回到没有药物也没有医疗人员常驻，只靠着信心对抗疾病的世界。我不知道男孩生的是什么病。我只能将耳朵贴在他颤抖的火热胸膛上，仔细听他的呼吸，然后凭直觉从我的医药箱中拿出金霉素，让萨木丘叟向围在旁边目瞪口呆的一大家子解释如何继续喂这位男孩服药。稍后我发现男孩病情好多了。这件事办完后，萨木丘叟走进一间小茅屋，随后立刻出来，手里多了一根手杖和一小把竹子。他向女人和孩子们嘱咐了一番，同样没有任何解释、问题或抗议。所有人脸上只露出一种接受的表情，那是早已习惯随遇而安的一种民族性格。

许多个星期后，我们再次睡在卡拉哈里厚厚沙上的灌木林间。沼泽笛子般的声响消失了，取而代之的是各种不同的声音：夜行鸟、仓鸮、胡狼、土狼以及最后天快亮时，超越所有一切之上的狮子庄严的吼声，回荡在我们和山丘之间。

一个万里无云的早晨，我们再度出发。本和维扬分别驾着两辆罗孚车在前面开路，穿过灌木林；查尔斯、邓肯、萨木丘叟和我则闲适地跟随在后，以便随时停下拍摄而不受干扰。

我们正试图悄悄跟踪惊鸿一瞥的一匹斑马，它在一长排黄绿间杂的蓝桉之间穿进穿出；另外有一只鸵鸟，羽毛鲜亮得像是穿了条芭蕾舞裙。就在这时，突如其来的两声枪响，打破了先前的寂静。

我的血液倏然凝固，本能地望了望萨木丘叟。他的脸上没有一丝表情，然而我知道，他已经听到了枪声，因此心里也有了些微变化。我带着强烈的罪恶感，想到自己忘了信守和他的约定。在沼泽中的焦虑，因斯波德的问题所产生的困扰，加上来回一趟约翰内斯堡的长途跋涉，以及许多其他事情，使我完全忽略了当初的保证，也完全忘了事先向我们的同伴说明，在路途中不准猎杀任何动物的规定。

我试着以侥幸的心理来减轻罪恶感，希望那两颗子弹没有射中，所以当下没说任何话。又继续走了数公里后，我们追上了前头的先遣人员。那里是一片灌木林，但是被某些猎人放火烧了，以备雨季来临时耕种，因此数公里内尽是焦黑一片。

约翰和杰里迈亚正在罗孚车旁清理一头疣猪的内脏。维扬从远处向我们走来，后面跟着奇鲁雅特，他的肩上扛着一头小岩羚。萨木丘瘦脸上的表情我几乎不敢看。

"抱歉，"我立刻说，"都是我的错，不是他们的错。我忘了告诉他们。我有太多麻烦事要解决，结果忘了我的诺言。"

他的表情舒缓了。他说，他能理解，但话里的意思其实是，他无须理解，也不会解决什么事。我只好赶快向打猎的同伴们简短地做个迟来的解释和警告，请他们答应我无论何种状况下都不得再开枪。

从那儿，我们继续向前，速度快多了，因为通过这块焦黑的平原并不困难。十一点钟时，最高的一座山丘已经出现在远处的蓝天下。在我们和这些山丘之间，是一片叶片闪闪发光如孔雀羽毛般的灌木林。经过这许多周在平坦沼泽中度过的日子后，眼前突然出现高耸的山丘令人士气大振，立刻感受到一种虔敬的心情，觉得这些山丘是如此神圣，因而也相信无论在地球上何处，只要立于地表高耸、与天相连处，便是参与了一场崇高的精神洗礼，一如其地形特征般。我想到诗篇中所说："我将抬眼望向山丘，从那儿我得到我的援助。"同时，我也对萨木丘叟受到这样的本能感召，前往这些山丘进行祈祷而感到惊讶和赞叹。我越接近这些山丘，这样的感觉也越强烈。当它们最后一一清楚出现在灌木林之上时，似乎正把一种属于它们特有的气氛传达给我们。最高的一座山其实不过三百多米，但因都是从平坦的平原上升起，自基底即全是石块，单就这一点而言，在一个积着厚厚黄沙的世界里，就格外有一种神秘的感觉。其他人也感受到了。我们停了下来，查尔斯和我爬上车顶，用望远镜仔细观察。杰里迈亚完全不知道萨木丘叟的故事，定定盯着这些山丘瞧。他曾在巴罗策兰上过一小段时间的主日学，现在他突然小声地说："主人，它们看起来好像摩西在沙漠中敲打后有水流出来供以色列人喝的石头。"

位于最高山丘上的岩石确实很壮观：蓝而发亮，像淬炼过的钢铁，陡峭的山腰上覆盖着光滑的石板，约达三十米高。在其中最高的一面，有红锈般的奇怪象形文字图案，查尔斯一度以为那是描绘在岩石上的古代埃及人侧影。我的心跳加快，因为我满怀希望，想着也许在这沙漠中有些安全而与世隔绝的地方，拥有足够多的岩石可以让布须曼人展示他们历史悠久的绘画艺术。但仔细瞧了瞧，我们两人都很失望，那只是岁月侵蚀所留下的印迹。

之后我们仔细观察了这些山丘，想看看是否有烟升起的迹象，但什么都没看见。我们安慰自己说，这是因为现在还不是生火的时候。此外，据萨木丘叟表示，布须曼人通常是在呈马蹄形的山丘中央的灌木林后面扎营。我们继续慢慢向前行，沙越来越深，灌木林越来越茂密，蓝色的山丘越来越高。没有一丝风，甚至山丘表面连一点儿扭曲这寂寂白昼的涡纹都没有。岩石缝中挤生出来的灌木林看起来好像被吓呆在石头里的物件，而非柔软的枝叶；也没有一丝声音。我已准备好了迎接狒狒突如其来的挑战，但这也完全没有发生。我望了望头上暗蓝的天空，它像一道拱桥横跨在上，充溢着逐渐在太阳之外集结的黑暗。但无论如何，它和底下的湛蓝水上都没有那些平常会在沙漠中高踞枝头的飞鹰、秃鹫和兀鹫。事实上，似乎所有会让我们分心的事物都从现场被移除了，好让我们专注在措迪洛山上。山丘是这里唯一的权威，主宰了我们的印象，以至于为寻找扎营地点和水源而在崎岖不平的平原上摇摇摆摆作为前驱奔驰着的两辆罗孚车，看起来好像是在严厉主人脚边摇尾乞怜的小哈巴狗。

数小时后，当我们再度追上那两辆前导车时，车子已停在山丘另一头的灌木林深处。两辆车都车门大开，好像匆促地被人抛弃了。本、维扬、奇鲁雅特和约翰全不见踪影。热气蒸腾令人难以忍受，因为巨大的石块被正午的艳阳炙烤，又免费增加了不少温度。四周却更为寂静，我只感觉艳阳的赤焰像一窝黄色的眼镜蛇在我耳中嘶嘶作响。本想高声呼唤维扬和本的名字，不过在看了一眼这由岩石组构的寂静世界和马蹄形山丘的顶峰那燃烧过般的灌木林茶色的边缘之后，我没出声。我担心，任何强烈的声音都可能有遭到憎恨的危险。我不想冒弄巧成拙的险，因为在那阴沉的岩石顶端，我觉得自己像是一头巨猫股掌之间的老鼠。

我走到萨木丘叟和其他人所在的一棵树荫下，低声说："着急也没用，这里的灌木林太茂密了。我想他们是步行去勘察地形了，很快就会回来。"

我说这话时，感觉萨木丘叟并未因此而放心。不过我把它当作我自己因为没有遵守诺言而良心过意不去，便不再去想它了。

一小时后，这些不见的人从几乎就在我们头顶上方的灌木林中钻出来。我们丝毫未察觉到他们回来，因为空气太稀薄而且布满热气，几乎无法传递声音。他们全都疲惫不堪，急着想来到树下加入我们，向我们报告他们的经历。他们没看到任何轻烟或布须曼人留下的新旧痕迹。但他们找到了一个很平坦的树荫下的好地方可以扎营，附近一块突出的岩石上又有一道深切口，里面仍然汩汩流着清水。

"那真是非常纯净的水，"本说，"但是，我的天，那里全是蜜蜂！我这辈子还从没看过那么多野生蜜蜂！喝水时很难不被蜇到。"

扎营就绪，太阳已经差不多下山了，我们捡拾了一些木材生起营火，准备在这里驻扎几天。灌木林和山丘处依旧没有任何声音或一丝动静。哪怕是一丝夜晚空气的扰动都会很受欢迎，因为那样一来至少可以稍稍舒缓一下笼罩在马蹄形岩石山坳一带静止不动的高涨热气。天黑前，我独自携着枪走进两座高大山丘间的一条狭窄山谷，希望能遇到一些清凉空气。然而那里同样炎热，所以我快速走回，因为日光即将消逝，高耸无言的岩石表面令我十分不自在。在那卡拉哈里巨大落日的红色余晖下，这些岩石组成的山丘看起来有一种奇异而活生生的个性，好像它们只是睡着了，生命暂时中止在物质的状态，任何时刻它们都可能醒来，走下来，走过沙漠，制造地质上的大变动。

　　这时我被右边岩石处传来的声音吓了一大跳，我立刻转身，握紧枪，脊背上的汗毛不自觉地竖了起来。一头硕大无朋的雄捻角羚出现了，它那长尖脸庞的上方长了一对像维京海盗所用号角般巨大无比的弯曲羊角。它从一块突出的岩石跳下另一块，进入一道暗红的岩石裂隙中。它很自信地移动着，丝毫不害怕也不慌张，从我身旁经过时连一眼也没瞥向我，而是笔直冲向山丘间的裂隙。我想，也许它是萨木丘叟曾经提过的山丘神灵之一吧，既然夜幕已经降临，该是它们从岩石居所中出来巡行的时候了。现在它消失不见了，留下我带着更虔敬的心情返回营地。

　　在山丘扎营的第一夜，我们没有一个人睡得安好。第一道曙光出现时，全营马上醒过来，无须我催促，似乎大家都很高兴可以摆脱先前的黑暗，每个人立刻积极地准备开展这一天的活动。不过，日出前不久，我们突然遭遇到一个出乎意料的奇怪状况：我们被一群蜜蜂袭击了。它们从树林里各个方向飞来，一大早便响亮地振翅飞舞。我从未看过这种情景。这些蜜蜂并非愤怒地前来攻击，而是密密麻麻地蜂拥而来，仿佛哼着奥妙的警世曲调，爬满我们的全身和所带物品，似乎想以它们的数目和声响赶跑我们。我们的水的气味并非吸引它们的东西，因为它们完全无视水的存在，同样地，早餐咖啡准备加入的糖也不是。它们唯一感兴趣的事似乎是在我们面前振翅，爬在我们的袖子和裤管上，不时将它们拜访的神秘目的借着在我们最柔软的部位刺上一下来表明。

我担心蜜蜂的蜇刺会引发报复心理，赶紧警告全营："无论如何不可以杀死任何蜜蜂。"

如果说我的警告是想取悦萨木丘叟的话，显然并不成功，因为他的表情明显是在说着，我的警告若早两天就发出岂不更好？除了我之外，每个人都被蜇了好几处。整个营地内也因这场意外遭袭而看起来一团乱，有的人啊啊叫着，有的人突然全身抖动像痉挛发作，有的人不断跳动或大声咒骂，种种不寻常的举动都出现了。我努力自制着。然后，当第一道刺眼的阳光穿过山丘的紫色山谷照射到营地时，蜂群似乎收到从中央来的命令，霎时间全撤退了——它们哼唱了那么久，想必十分干渴，却既没喝一口水也没尝一块糖，就这样消失不见了。本被蜇得最严重，他也是前一天晚上我们在营火边讨论时对萨木丘叟的故事和禁止猎杀最不相信的人，不过我没再想太多。我们以超乎寻常的安静吃过早餐，每个人都不自觉地面容肃穆。不过，热腾腾的食物、咖啡和香烟很快就让大家恢复了精神，跟着我走出营地，意志坚定地开展这一天的工作。

我们的计划是首先在萨木丘叟所知布须曼人偶尔聚会的山丘底下进行勘查。一行人在萨木丘叟带队下鱼贯而行，因为蔓延一大片的米白刺槐纠结交缠得非常厉害。不过，萨木丘叟很快就找到一条好走的小径，不时通往一小块空地，从空地可以看见山岩的表面，荒凉、险峻又阴森。昨晚一整夜似乎并未改善山丘的心情，我毫不讶异地发现，抖动着的灌木林突然被截断，在它自己和中央山丘的山脚之间留下一块空地，好像数世纪前它就已经知道，要和这些态度冷淡、脾气不好的山丘保持一段足够尊敬的距离。山丘下的阴影凉爽而沉重，但山丘之上，那鲨鱼锯齿般的紫色悬崖边缘却镶着温暖的阳光。不过，就在那寂静早晨亮眼镶边的下方，可以看到陡峭的岩石表面上还有其他切痕、伤口、凹陷和疤痕，这些从远处看不出来。没有哪一块上面不是充满斑点、坑洞和皱纹，似乎经历过无与伦比的痛苦和挣扎。到处是大块碎石片堆叠散落在底下的沙上，或是悬吊在悬崖边缘摇摇欲坠的景象。现在我们更了解这个地方为什么看起来那么严峻了：举目所见，尽是岩石，孤零零地与世隔绝，英勇地面对着可怕的飞沙、艳阳和时间的消磨，景观相当壮丽，因为这两股相当的力量——岩石与耗损它的可怕力量——彼此毫不相让。当我怀着忧郁的心情仔细盯着这些岩石冷峻的表情时，萨木丘叟从我身旁发出几近谴责的声音说："主人，难道你没看见吗？"

　　他的声音和为我指明方向的手指都因情绪激动而颤抖着。我循着他指的方向望去，在顺着附近一道岩石棱线生长的灌木林顶端那枯萎的树叶上方，约三十米高处，有一道蜂蜜般琥珀色的突出岩棚连接在灰蓝的山岩上。岩棚上方有一面光滑的岩石，是同样温暖、柔软的石块，弯成贝壳形，好像要伸入空中形成完美的圆顶似的；但它弯曲向上的部分只有约六米，然后便断掉了。我相信眼前所见原应是一个巨大山洞的壁面和穹顶，这个山洞可以提供一处安全的夜间休憩之所，使人无须在灌木林中游荡，又拥有极佳的视野，可以监视下面平坦的卡拉哈里沙漠中一切生物的活动。洞顶若干黄色的石头正危险地悬吊在岩棚边缘，另有些碎片已经掉落在下面的红沙上。但吸引住我的目光、让我看得目瞪口呆的是一幅仿佛从残余壁面和洞顶的中央俯视着我们的绘画。尽管那里十分阴暗，仅能在强烈的朝阳光线中模糊分辨，但仍看得出它的线条分明和色彩鲜艳，每个部分的细节都栩栩如生。画面中心是一头以深红色描绘的巨大公羚羊，衬着岩石上的金色，侧身站着。它巨大的身体充满阳刚力量，昂然向上的头向远处张望着，似乎在吃草的当儿突然受到惊扰。这种画法似乎只有布须曼人才会，毕竟布须曼人对大羚羊有着特殊的深刻认同。不只如此，似乎这头大羚羊的画早在布须曼人的平静生活受到威胁前就完成了，因为大羚羊的脸上充满平静的神色和信任的眼光。我深深被它打动，因为在我看来，那眼神似乎不只代表大羚羊，也代表整个非洲生物界对后来闯入的我们最早的看法。公羚羊左边也以深红色绘制了一头高大的母长颈鹿，它有一个莫蒂里安尼[1]式的漂亮长脖子。它正以温柔的、充满母爱的眼神，越过公羚羊，看向一头怯生生站在画面右边的小长颈鹿。同在右边的下方角落，当初的艺术家以双手扎实地按在高耸的墙上，五指箕张，留下了他的印记。这签名似的印记显现出一种快乐悠游和灵机一动的偶发趣味，令我嘴边不自觉地浮起微笑。它看起来如此新鲜而光彩奕奕，颠覆了我认为这类岩石壁画具有悠久历史的想象和回忆。

"这幅壁画历史有多久？"我问萨木丘叟。

"我不知道，主人，"他回答，"我只知道在我祖父还是个孩子时，就是现在这个样子；而从他告诉我到我亲自来看，它似乎也没有任何改变。"

"你是说，它不会褪色？"

"不会！颜色不会褪，主人。"他坚定地回答。

---

[1]　莫蒂里安尼: Amedeo Modigliani，1884—1920，意大利画家，以形象顾长、色域广阔、构图不对称的肖像画和裸体画著称。——译者

我想，若不是大家一个接一个围到我们身边，他还会再多说一些什么。当其他人看到这幅画中的公羚羊和两个同伴那样平静地站在那安静的历史壁面上时，都不自觉地安静了下来。

邓肯第一个打破寂静，兴奋地吩咐奇鲁雅特："詹布，我的三脚架，快！"

他架好摄影机，调整镜头对准绘画开始拍摄。但底片才转动了几秒钟，就听到机器发出"咯咯咯"的声音，随后摄影机便停止了。

"真奇怪，"邓肯一边检查一边说，"底片匣卡住了，可这是新的呀！"

萨木丘叟看看他又看看我，脸上带着蜜蜂来袭营地时的表情，不过什么话也没说。邓肯换了个底片匣，再度开始拍摄，几秒钟后，同样的情形再次发生。

"这真是太不寻常了！"他大喊，开始有点不知所措，"我加入你们之后，从来没有发生过这种麻烦，现在才几分钟就发生了两次夹片，真令人难以置信。没关系，第三次一定幸运通过！"他再试了一次，这是唯一还没出现故障的片匣。同样地，在短短几秒后，片匣又卡住了。

"这太奇怪了！"他喊着，现在彻底沮丧，"我这辈子拍摄影片从没发生过这种事。我恐怕得回营地清理这些片匣，然后另外带些备份来，才能继续工作。"

邓肯和奇鲁雅特回营地后，我和其他人继续沿着地面高低起伏的岩石棱线向山岩底下行进。现在这些山岩在越来越亮的光线和逐渐升高的气温中，看起来好像带着一丝满意的狞笑回瞪着我们。不久我们又发现其他的残余绘画。事实上，只要是岩石表面光滑度足以绘画之处，无不布满了绘画痕迹。整体说来，这些没有先前我们所见最大的那幅画鲜活与清晰，也许是因为绘制的年代更早吧。画了画的岩石表面早经风霜侵蚀，主题几乎全是动物，其中有许多，如生气蓬勃的犀牛，早已不存在于这一带，那是布须曼人绘画的最早时期，就像《伊索寓言》中的神奇时代，艺术家视他自己和周遭的大自然是全然一体的，反映在他面前的动物的生活上。在悬崖间的一个深陷的山坳里，我们看到一幅可以说是措迪洛山里杰作中的杰作。光滑的岩石从沙中陡然升起，绵亘约十二米长，高四米，上面绘了一幅拥挤的动物世界景象。这幅画的大部分都已褪色、破损，但还留有一些残迹，足以让人热血沸腾。角落里有个高大、身子被拉长的人，显示此画年代可能较其他的来得晚。但谁又真正知道呢？我只知道，那个早晨在我脑海中留下一个萦绕不去的印象，就是那些山丘曾经是活生生的布须曼文化的大本营，是充满宝藏的沙漠中的卢浮宫。我真想看看那些阴郁、受创的岩石表面在早年备受爱护、尊重的时代，在湛蓝的卡拉哈里天空下散发着鲜明光亮的模样——每一天，当出色的猎人满载猎物从平原回家后，来到这里，安适地坐在火旁，吃着肉和蜂蜜，喝下蜂蜜酒和从岩石裂隙中取得的珍

　　　第八章　措迪洛山的神灵

贵清水，也许也会聊一聊他们背后新近才画上去的那幅画。

从这件古代大师的作品前走开后，我们沿着山丘底部绕了一圈——将近两公里，因为被那些绘画吸引，我完全忘了我们去那儿的一个主要目的是寻找布须曼人。突然，走在最前面的萨木丘叟发出一声喊叫，把沉浸在缅怀与想象中的我拉回现实。我们赶上前去，发现他站在一个显然是最近才有布须曼人扎过营的地方。那儿有一些为遮蔽日光和雨露而用草和刺槐枝叶搭成的轻巧网架，四周的沙上布满了有些已经破损的空贝壳，还有枯萎的瓜皮、野兔毛皮、豪猪的硬毛、乌龟壳和动物的蹄；也有一些新鲜的长颈鹿胫骨，上面不存一丝肉和肌腱以及布须曼人最爱的骨髓。此外，那儿仍保留着布须曼人生火后的余烬，以及一个用肌腱缝制的破损皮囊——布须曼猎人将这种皮囊背在肩上，上面装饰着用鸵鸟蛋壳制作的珠饰；还有一个破损的布须曼四弦琴。

"他们走了，"萨木丘叟将贝壳从指间放掉，对我说，"他们这一走，要到下个冬天才会回来。差不多一个星期前离开的。"

"会不会他们只是在山丘间换了个比较靠近水边的新营地？"我问。

"不，主人，"萨木丘叟坚定地回答，"主要的饮水来自那儿的岩石。那是山上唯一永远不干涸的水源。"

尽管气温持续升高，我们还是爬上山来到两个水源处。第一个水源是一长条形的岩石裂缝，里面盛满了水，几乎被贴着水面喝水的蜂群占满，但从它由上方岩石慢慢往下滴水的情况来看，这里的水一旦干涸，一定得等到下个雨季来临才有可能再次填满。在相信萨木丘叟所说的人心中，这所谓的"永不枯竭之水"，事实上领着我们进入了一个非常不同的世界。

我们从一条清楚且界限分明的小路爬上去。经过数世纪来的人为踩踏，这里的天然石阶又滑又亮。但是一旦开始往上爬，便会发现这不是普通的路线。它非常笔直地通往顶端，不像一般动物所走的小径那样，是以辐射方式从山丘向周遭平原分散出去。而且这条路上还有许多装饰，好几个地方出现光滑的岩石平面时，上面皆有绘画。在不停向上爬的过程中，你会发现一头犀牛的脸正瞪着你，既无恐惧也无喜悦；或者，你会看到一头乌龟，伸出头来歪向一边，仿佛正在听着我们倔强的脚步声；也许等一下，它会突然转过头来，面对着你，仿佛对我们这汗流浃背的一行人发出指责，抗议我们如此急切地想要爬上山顶。在另一个地方，我们看见了一个拥挤的动物世界，可能是它们在山顶朝圣回来后互道珍重的画面。最后，就在"永恒之水"所在山岩的最后一道边缘下端，画了一群机警的动物，它们集结在一块突出的岩石上，好像在边界关卡检查护照的官员似的。当然，这是主观的感觉，但也许某种程度上，它也很客观，因为这幅最后的绘画代表艺术家完成了一个情感上的圆圈。从第一幅画中醒目矗立于沙上的大羚羊和长颈鹿，到这最后的动物王国遥远边界的关卡，我们似乎经历了一场精神的洗礼。我甚至怀疑，我们带着亵渎的枪支和窥探的摄影机，是否能顺利越过那伟大自然殿堂的孤独祭坛。

萨木丘叟倒是毫无疑虑。他脸上的表情十分激动，第一个急切地跨过边缘。我也随后跨过。在我们面前是出现在中央山丘山巅的一道深陷凹洞。我才瞧了一眼那波光粼粼的水面，便听到萨木丘叟发出痛心的啜泣。他停下脚步跪在小径旁的一块岩石上，像个束手待毙的人那样举起手来，虔诚地准备祈祷，却一个不稳向后翻倒，几乎跌落地上。他的两个膝盖都在流血，但最让他难过的却不是受伤这件事。

"你看到没，主人？"他说，声音里充满了浓浓的不安："我甚至连祈祷都不被允许！"

他指指他原本打算跪上去祈祷的岩石上的两个很深的洞，说那是众神之神在创造世界的那一天，带着盛了水的瓦罐，跪着祈祷的地方，也是他上一次来到山丘时跪拜祈祷的地方。然而现在他却不被允许如此了，他被向后拉下。看得出来他很苦恼，我什么安慰的话也说不出来。不过他天生的认命性格使他虽然精神深陷恍惚，依然领着我们来到"永不枯竭之水"附近。

池边长着茂密的青草，池面也铺了一层青苔和黏液，毕竟这里已久久无人问津。在那样高的地方，又是那样干燥的沙漠中，单是它的存在就够神奇了。蜻蜓和蝴蝶轻巧地飞来飞去，暗褐色的蜜蜂一只挨一只地挤在池边喝水。附近长着一棵萨木丘叟所谓的"真知树"，树上垂吊着圆形的巨大果实，有点儿像绿色的脐橙。萨木丘叟说，那些果实都还太青涩，不能吃，这个事实似乎也让他更加觉得不祥。他说，一旦果实成熟，比蜂蜜还香甜。我很想带些回去检验，但萨木丘叟恳求我千万不能这么做。我想既然我已经刺伤了他的精神，最多只能将这些水果拍摄下来。

在山丘之侧，有数条通往水源处的动物行走的小径。虽然泥地上没有任何动物的足迹，但岩石上如萨木丘叟先前所说，深深印着动物的蹄印。萨木丘叟带着我们从一组蹄印走向另一组蹄印，虽然我的同伴们各自对这种现象提出不同的看法，我却不想进行任何解释，只提了一下我自己看到深深印在岩石中的蹄印有大羚羊、长颈鹿和狷羚的。

早在我们来到此地之前，邓肯已经回来了，他换了新片匣，精神依旧振奋。但再一次，不管他的技术多么好，多么细心，早晨的挫折再度发生。当他试图拍下"真知之果"时，六个片匣中的最后一个也卡住了。这一再发生的挫折，不断阻挠我们的拍摄，令大伙很沮丧。难道我永远无法拍摄这段行程吗？邓肯和我都不愿意承认这种可能性。于是，他和查尔斯以及我那天晚上一直工作到很晚，重新清理片匣和摄影机零件，在营火边为它们上油、润滑并擦亮，直到邓肯最后带着一丝不驯的微笑说："好！我倒要看看明天还有什么能阻挡我拍摄！"

但他错了。再一次，天一亮，我们就被蜂群攻击，直到太阳升起，蜂群才消失，和先前一样。之后，我们回到中央山丘，爬上险峻的悬崖，来到第一幅绘画处开始拍摄。但才开始没多久，摄影机又发出同样的不祥声音，然后停止了工作。一整天下来都是如此。到了晚上，除了我自己和邓肯外，每个人似乎都相信，我们真的惹上了永恒的诅咒。邓肯再一次以他那灵巧的手花了整晚修理他的摄影机和零件。查尔斯和我未再帮忙，而是把我们的"风流寡妇"录音机和麦克风拿出来，录下一些夜晚在山间呼啸的奇怪声音。但是我们又再次被震惊了：原先操作得好好的机器竟然不动了。我们试了操作手册上列出的每一项测试，所有零件都没问题，但机器就是不动。到了午夜，我们什么都没录到，终于放弃。就在我们爬上床时，吹起了一阵奇怪的风，夹带着灌木林中腐肉的气息，在深陷于黑暗中的岩石间唱着毁灭与腐烂之歌。

第二天，从天一亮蜜蜂的袭击到早餐前摄影机再度卡住，所有事全部重来一遍。从我们带回来的零零碎碎的影片片段可以证明，当时我们多么辛苦地努力克服困难。直到下午，那阻挠我们的力量决定给我们致命一击：摄影机里的一个钢圈（那是个非常牢固的零件，因此并未准备备份）失灵，使我们的拍摄工作完全停顿。我感觉那一刻，周遭山丘那冷峻的面容几乎都要变为大笑了。这整个状况令我非常紧张，我开始担心我们那令人赞叹的罗孚车，之前从未给我们带来麻烦，会不会也受这不幸的诅咒影响而拒绝发动——因为现在很显然我们必须尽快离开这个地方。

我的担忧并未因萨木丘叟而有所稍减。当他看见奇鲁雅特将摄影机送回营地存放时，惊讶地说："不过，主人，你真的认为这些机器无法使用了吗？"

"当然不是，"我愤愤地说，"怎么了？"

"你愿意让我看看吗？"他问。

"好啊！"我冷冷地答。

他向我要了一根干净的白色棉线，从自己的包包里拿出一根针穿过棉线，然后将棉线的两头放在一起打成一个结，将这双股线缠绕在指间，把针放在他的左手掌生命线上，然后认真地盯着它。

这时营地里每个人都知道发生了些不寻常的事，全停下工作围到我们两人身边来。他们一言不发地看着萨木丘叟。他站在那里盯着掌心，看了大约有十分钟之久，然后以一种我们从没听过的声音，对着只有他才看得见的某种东西说："不，不是你，别推挤，好不好？……帮个忙让路给你后面的那位……不，也不是你，是下一位……"如此不断反复，直到最后他沉沉发出一声"啊！"，好像终于发现了他要找的。然后他安静下来，好像在专心听着什么。如此又过了十五分钟，他才像刚睡醒似的揉揉眼睛、摇摇头，重新转头看向我，缓缓地说："没错，主人。正如我所料，山丘的神灵对你非常生气，倘若不是祂们知道你此行的意图十分纯正，早就气得把你杀死了。祂们生气，是因为你来这里的时候手上沾了血；衪们生气，是因为你没有表现出一个领袖的风范。你让你的手下在山丘间到处乱闯，而且未经祈祷与许可，便喝衪们为布须曼人和野兽所准备的水。你应该先和我一起，以领袖的身份向衪们致敬。我们应先请求衪们的许可，向衪们献上供物，祈祷后再喝衪们的水。这就是为什么衪们要弄坏你的摄影机。而且，主人，衪们将跟你没完。"

他轻声细语地说完，既无装腔作势也没有任何戏剧化的腔调，却令人印象深刻。我看见围在四周聆听的黑人脸上都闪现出一抹惊愕。

"我该怎么做才能补救？"我问他。

他悲哀地摇着灰白的头，说："我不知道。我真的不知道。衪们对我也很生气。你看见衪们怎样把我丢出祈祷的位置吗？衪们告诉我，如果我敢再试一次，衪们就会杀了我。"

那一刻，我只能说服自己不再去想这件事。我让全营的人赶紧动起来，准备第二天一早便出发离此地。从实际角度看，我们的情况糟透了。我们的时间已不多，且虽然邓肯在穆罕波有个不错的开始，但到现在为止还没能拍摄到足够的、当初签约打算要拍摄的影片素材，且距斯波德离开之际并没有多少进展。先前我已靠着维扬和本的坚定支持，设法渡过了一次难关，第二次还办得到吗？我又得再跋涉数千里到沙漠外的文明世界，想办法修好邓肯的摄影机。但我不确定能否找到零件，而且邓肯认为，就算我能找到，修复也要花上好几个礼拜。我能保证每个人都继续坚守岗位，直到我回来，继续进行这趟已经两度挫败的探险旅程吗？在那无动于衷的寂静山丘间，这个问题似乎找不到答案。然而那还不是最令我忧心的事。随着阴郁的午后时光一分一秒过去，我发现自己越来越担心萨木丘叟所说的神灵之事。我感觉自己不能坐视不理，那似乎比我自己的成败还重要。我需要做点什么事，于是日落时我带着枪再度走出营地，来到山丘间的裂隙处，认真思考这挥之不去的奇怪感觉是怎么一回事。

当我来到暗红色悬崖的对面时，灌木林中有个动静吸引我将目光投向那里。四十多米外站着一头和我前天所见一模一样、长了一张长脸和一对维京人号角般羊角的捻角羚。我立刻静止不动，它也站立了好一会儿，一动也不动地盯着我。由于我们的距离太近了，我屏息静气，以免惊动了它。最后它平静地转了个身，改变方向，走回它刚才出现的灌木林里去。它让我鲜明地忆起在那笔直竖起的画中的大羚羊，我突然有了个灵感，赶紧跑回营地去找萨木丘叟。

"假设，"我问他，"我写一封信给神灵，祈求祂们原谅，然后放在一个瓶子里，把它埋在那幅大羚羊壁画底下，让神灵读信，你觉得那样有用吗？"

他想了想，眼里闪出一丝自我们和水牛相遇以来未曾再出现的光芒，喊着说："主人，这是个非常好的办法！"

我立刻坐下写信，萨木丘叟站在我身边。我写得很快，因为很奇怪的是，似乎这信早就在我心里写好，但同时我又觉得，有必要将这封信写得正式和虔敬。就我记忆所及，这封信是这样写的：

致措迪洛山的神灵：

　　我们极其谦逊地乞求措迪洛山的伟大神灵，原谅我们无心所致的不敬，以及我们对此古老安宁之地的打扰。这伟大的绘画清楚证明了你们的存在及创造世界的力量。在它脚下，我们将此信埋入，以示深切的悔恨，希望你们读了这封信会原谅我们。我们也祈求，未来任何人来到此地，发现这封信并且读过它之后，都会被它感动，并且产生更大的敬意。

一九五五年十月，星期四
日落时分于营地

写好之后，我大声将它念给同伴们听，有些人觉得这有点儿太过头了，不过我还是要他们全部签了字。签好后，我们将其用信封封好，上面写着"给措迪洛山的神灵"，然后放入一个空了的青柠汁瓶子中。第二天天一亮，我和萨木丘叟最后一次爬上那率先吸引住我目光的绘画处。画中那欢欣的年轻手掌印上方，大羚羊和长颈鹿正在阴影中散发着清晰、温暖而鲜红的光彩。几乎就在那不知名的画家当初所站的位置，我们发现一道突出的岩石裂隙里有足够的沙可以将信埋下。

"你觉得自现在起一切都会安好吗？"我们站起身时，我问萨木丘叟。

"你希望我查查看吗？"他问。

"是的。"我要求他。

于是，他又拿出他的针和线，再度低着头站在那儿，紧紧盯着他手掌心的生命线。我看着他灰白的头以一种最古老的姿态，和以他及我有限的认知所无法理解的神明沟通，心里感到一阵前所未有的悸动。我们脚下，黎明的天光很快亮了起来，阳光像淡红海洋中波涛汹涌的海浪，一波又一波袭向广阔的平原。

之后萨木丘叟迅速抬起头来，声音激动地说："没事了，主人。神灵要我告诉你，之后一切将很顺利。祂们只警告我，当你抵达下一个地点时，你会发现还有一件不愉快的事在等着你，祂们请你不要灰心丧气，因为那是属于过去的不愉快，而非未来。"

我们一言不发地回到营地。蜂群这一次没有再来袭击我们。我们发动罗孚车迅速离开此地，没有任何阻碍。我们先送萨木丘叟回家，当我离开他时，我感到很悲伤，因为我自己也许不在意这次的失败，但他却还没办法摆脱失落的心情。我知道他对我很亲近，把我当朋友对待，并且发自内心地祝福我。然而告别时，他的声音里仍有一丝奇怪的不由自主的遗憾："山丘的神灵已经不同以往了，主人。祂们正在失去祂们的力量。若是十年前你们那样去到那里，早就被衪们杀了。"

那是他发自内心深处的呐喊，在我来看，也是对可视为欧洲人对非洲大陆的生物和神灵所致伤害的经验下了个最后的评语。萨木丘叟的神灵正因随我们而来的一切逐渐死去，他自己和他的族人却束手无策，无法像我们一样具有免疫力。现在他能向谁或向什么求助？虽然从我们的文明标准来看，他既不识字，穿着也很褴褛，却知道没有了他的神灵，生命将失去意义，最后将不可避免地走向灭亡。在前往马翁的数百公里艰辛旅程中，他的脸和他的悲叹一路上不断在我心头萦绕。

我们在一个晴朗、明亮、光辉灿烂的星期天下午抵达马翁。我在最后一刻才决定前往马翁而非穆罕波，是因为我想在我离开的这段时间，马翁能为伙伴们提供更舒适的食宿环境，他们也可以与更多人接触。我得再次想办法达成拍摄影片的任务，只好再次请他们释放善意，克服这一次又一次令人生厌的测试。抵达马翁时，查尔斯自愿前往地区行政官办公室查看有无信件。当他回来时，我从他脸上的表情看出有坏消息。他接到的信中有封急件，他母亲在信中要他快回家，因为他的父亲在几天前过世了。当他告诉我的时候，萨木丘叟那"收割后被遗弃者"的脸庞和他所预言的"还有一件不愉快的事"立刻清楚浮现在我的脑海中，好像它就在查尔斯背后注视着我一般。

*

第九章

井边的猎人

到目前为止，我试着只叙述在措迪洛山所发生的一连串奇怪事件，尽量不去为这些事件找理由，因为只要一有空，这些记忆就会不断在我心头浮现。现在我也不想再多做解释，只想提一件发生在我自己身上的重要事实。

从在大壁画下埋好信的那一刻起，我就有一种感觉，好像突破了生命的某种限度，那充满意外和挫折的循环，进入了一个正面的向度。这种感觉不但持续未消，而且一天比一天壮大。因此虽然我再次回到约翰内斯堡的旅程依旧非常艰辛，但我却不再感到焦虑和冲突。即使有查尔斯的不幸消息，伴随而来的也是好运。

我带着查尔斯一起上路，以便他能早日回家奔丧，而且如果没有他，我恐怕也无法及时解决影片拍摄的问题。马翁没有飞机可搭，矿业组织的飞机要好几天后才会来。于是我们在抵达的第二天就不得不出发，搭一辆柴油车穿过卡拉哈里北部从马翁到弗朗西斯敦的六百多公里路程。车到半路，就在宽阔、牛角形的马卡迪卡迪盐沼（Makarikari）抛锚了，那儿距离最近的有淡水的地方也有数公里远。驾驶员束手无策，要不是查尔斯的巧手，我不知道什么时候我们才会抵达目的地。

在约翰内斯堡，同样的好运也伴随着我。我发现一位著名的德国老行家，他对精密仪器非常在行，并且答应我在一周内为邓肯的摄影机制作适当的零件。他还告诉我，他的专业圈内最近流传着一则小道消息，说上星期有一架同型号的摄影机在约翰内斯堡出现。我打了无数电话、走了不少路、坐了许多辆计程车，去寻找那架摄影机的下落，就好像少年侦探小说中的大侦探一样；几天后，我找到了那架摄影机的拥有者。他开的价即使在今天看来都是狮子大开口，不过，他的生活过得不怎么好，而我的需要又是如此迫切，所以我连讨价还价都免了。我让查尔斯等邓肯的摄影机修好后慢慢跟上来，我自己则搭夜车到马弗京。第二天傍晚，律师老友斯宾塞·明钦（Spencer Minchin）带我坐上他的轻型私人飞机。隔天下午我们在近五百公里外的地方法庭度过，因为明钦得在那里为一位客户进行辩护；当天晚上我们继续北航，次日一清早他把我载回卡拉哈里，经过弗朗西斯敦、"布须曼人坑"（Bushman Pits）和马翁。我很高兴听到心情很好的维扬和本数天前已经根据事先制订的计划，驾着罗孚车出发到中央沙漠边缘的"大羚羊洼地"（Gemsbok Pan）和我会合。在马翁，我们加了油便起飞，进入暑热弥漫、缺乏生命和物质的天空，很快地穿越了那以艰辛闻名的路途，没有耽搁。我瞥了一眼沼泽中铜浆般的水，俯望因本世纪以来空前的洪灾而面积扩大的恩加米湖（Ngami），注意到环绕湖泊的卡拉哈里大草原已经被太阳烤得又焦又黑。大约两个小时后，飞机像一匹未被驯服的马竭力在沙原上方的热浪中冲刺，在孤立的边境行政小村"大羚羊洼地"上空绕圈子。引擎声惊动了我的伙伴，他们纷纷从树下停放罗孚车的旧营地里跑出来。他们在飞机降落地点兴奋地和我相会——他们本以为还要好几天才见得到我。他们自己也是昨晚才到，但已经忙碌得不得了。

在这个散居于甘济斯和"大羚羊洼地"之间永久水源一带，以牧牛为业的小社区内，本、维扬和我有许多老朋友。在前往"大羚羊洼地"的途中，他们已经拜访过一家又一家，并受到热烈欢迎。所有的农场上都有"驯化"的布须曼人为主人工作，他们是纯种布须曼人的后代，数目永远不定，因为如我先前所提，即使是在这些偏远牧场上出生的布须曼人，有时仍无法忍受我们那铁石心肠的统治，而必须"出走"一段时间，进入四周广袤无垠的沙漠。只有这样定期消失一段时间，他们才有可能继续忍受我们自以为是的统治方式。当夏季开始时，也就是雨季开始之际，这种出走的渴望达到最高点。

本带着他少见的微笑对我说话，因为他知道这些消息会令我很高兴："我们刚好在一个最好的时刻抵达。现在沙漠中央找不到任何一个不是土生土长而且不知道从哪里的沙中找到水的布须曼人。"

此外，由于明了我们的时间所剩无几，雨季就快开始，本已经说服一个最早来此拓荒的家族，将他们最信任的其中一名布须曼仆人借来当我们深入沙漠的向导、翻译和顾问。他有五六十岁，出生时正值第一批欧洲人闯入甘济斯地区，因此和布须曼人过去的传统相去不远，他的心灵和想象仍饱受这些传统的熏陶。本从小便认识他。

当我第一眼看见他畏缩地站在营火边时，非常震惊。他也许是我幼年所认识的小老头们的弟弟。尽管历经卡拉哈里毒辣太阳半个世纪的荼毒，他的皮肤仍是正宗的布须曼人的淡黄色。他的身高不会超过一米五，肩膀很宽、臀部窄小，从背后看十分结实。他的手和脚都相当细小，眼睛像蒙古人，脸上布满密密麻麻的细致皱纹，耳朵尖而小巧。但是在他闪动的眼睛里看不到多少欢乐，而在他安静时甚至有些受伤乃至痛苦的神色。

当我和他打招呼并问他名字时，他轻轻地回答，仿佛连拥有一个名字的权利都是奢侈："我是达布（Dabe），主人。"

我们现在身处最后一个供应站，必须将我们的罗孚车装载完毕后才可安全无虞地驶向没水又酷热难当的中央沙漠。当我们准备好时，天色已黑，不过水箱和油箱都已添满，我们的基本食物也都补足了，四辆车都沉沉陷入弹簧中。我们不得不决定第二天一早便出发，并在火边最后一次讨论了最佳路线。

由于时间迅速流逝，我们不能够再像原先我所计划的那样，悠闲地环绕中央沙漠一周。我们得立刻进入最有可能达成目标的地方。我们总结了大家的经验后决定，最好的方式就是如维扬所说"直接杀进去"，正对沙漠中心，那儿夹在一度是两大河流布伊奇万戈河（Bhuitsivango）和奥夸河（Okwa）之间的地带。现在这两大河都已完全干涸，但我还清楚记得有个夏天，雨季刚开始，在遥远的布伊奇万戈河的一处河湾，我曾看到一些布须曼人的棚屋。这些棚屋夹在高大的沙岸间，才被遗弃不久，还保持良好的状态，显然是他们在酷热下于沙漠中所建造的一个长期居所。尤有甚者，本说，他的记忆中不断出现一个画面，是一支小小的纯种的布须曼人族群，聚居在某些"啜井"（sip-wells）一带。他和他的父亲有一次轻率地穿过沙漠，差点儿没命，却意外闯进那里。虽然当时他只是个孩子，但他永远不会忘记那条他们从"大羚羊洼地"出发所走的路径，他感觉可以凭着记忆再次找到那个地方。

有关本对卡拉哈里无法估计的感觉之精确，我有很丰富的经验，加上他提到"啜井"，让我下定决心。我们都相信，我们所寻找的这个族群只可能存在于某些拥有永久水源的隐秘地带。卡拉哈里所有可见的水源早就被其他族群从布须曼人手中夺走，唯一还剩下的就只有那些隐秘地藏于中央沙漠厚厚沙层下的水源。这些"啜井"的位置是个秘密，他们只跟最信任的族人说，我在过去数年所有执行任务的过程中从来没发现过。事实上，要不是本证明有这样的地方，我还真以为这不过是神奇的传说罢了。此外，也有一位甘济

第九章　井边的猎人

斯老探险家曾详细向我形容过，有一回他在沙漠中迷路差点渴死，一名布须曼妇女如何把他拖到一个地方，用一根中空的植物茎秆插入火热的沙内将水吸出，再喂给他，救了他一命。

"我们先跟着本的直觉走。"那天晚上我在散会时做出这一决定。

此处无须再一一细述我们如何一路艰辛地深入沙漠，缓慢行过厚厚的沙层，在万里无云、晴空一片的太阳直射下，一成不变地在灌木林和矮树丛之间费力穿行，只靠着本的记忆带我们找出路径，像航行在大海上为舵手把握方向及保证安全的罗盘。但有件事值得一提，就是在一个阳光耀眼、温度高升的日子，我们遇见了一小批混血族裔，他们正以那干渴憔悴的身体尽可能快地离开沙漠，到某个边境牧牛小村寻找蔽身处。他们证实，我们的确离一群知道秘密水源的真正的布须曼人不远了。我们以食物和烟草作为馈赠，说服了其中一人留下为我们带路。但很显然从一开始他就很畏惧这个任务。因此当一道无法穿越的荆棘林阻住去路使得大家不得不下车步行勘察时，我一点儿也不讶异他趁机溜了，消失在沙漠的矮树丛中。不过，我们认为这是个好现象，因为他带我们所走的路正和本记忆中的方位一致。最后，在下午三点钟左右日照如烧烤般时，我们得到确凿的证据：走在最前面的达布正在查看一道难以穿越的矮树丛，突然喊我们上前。他指着沙上一组小小的人类脚印。这些脚印和我数年前在巨树下黏土上所见的一模一样。再一次，我似乎又听到童年时老索托仆人的声音清楚说着："你只要看过一次他的小脚印，就永远不会忘记，而且可以从其他人种的脚印中区分出来。"

我看着达布，他的眼里既无忧伤也无痛苦。

他早预料到我要问的问题。

"纯种的布须曼人，主人，"他说，"今天早上才来过这里！"他指指我们一路行来的方向。

从那儿开始，我们紧跟着脚印走，越走脚印越清晰。我心里迅速升起如洪水般涌上来的希望。近晚时分，我们从灌木林和矮树丛出来，爬到一座沙丘的沙脊上，向下看着沙漠的深处，以及那从前大河蜿蜒流过如今却干旱一片的宽阔河床。太阳已经快下山了，在我们背后将河床映照出阴影来。一阵奇怪的热风拂在我们脸上。我们爬上车顶，看向那一望无际被红沙包围的遥远世界，那里好像内海般安静地徐徐展开。它看起来空空的，什么也没有，甚至连一卷狂舞的沙尘都没有。那原是雨季来临前，沙漠中的干旱在这可怕广场上日复一日所制造出的越来越猖狂的景象，然而我们面前却有一对脚印清楚地行向下方的洼地。

"我记得的那个地方，"本缓缓说，"就在那一头的某个地方……我确定……"

话还未完，只听得达布激动地大喊："快看，那儿有个野人！"

"那儿"指的是那么远的地方，以至于我花了好些时间才看到一个小小的黑影，在闪亮的草丛间上上下下。

　　我常在想，如果当时不是风声掩盖了我们的脚步声，以及热辣的太阳照得人眼昏花，结局会是怎样？无论如何，我们得以悄悄地走下沙丘，直到几乎来到他面前，这布须曼人才发现我们已经突破了他的沙丘堡垒。早在他看见我们之前，我们就先认出一颗没戴任何遮蔽物的年轻布须曼人的头，正在草丛中努力做些什么事。当他听见我们的动静时，立刻像箭般从草丛中跳起，抓住他的矛。不过达布已经开口以布须曼人的传统方式向他打招呼："你好！我从远处就看见你了，我快饿死了。"

　　年轻人把矛往沙里一插，举起右手，五指伸直向上，朝着我们害羞地走来，以一种我从未听过的语调说："你好！我本来已经死了，但现在你来了，我又活了。"

　　我们最后终于碰面了！我欣喜若狂，以至好一会儿不知该做些什么。倒是年轻人以自己的母语致意后，喝了些我们最好的水，抽了根烟，态度自然得让我们都轻松下来。

　　他和达布差不多高，但比较瘦，骨架匀称，当然，也年轻多了。他的眼里也没有流露出任何痛苦或受伤的迹象。他的五官是标准的布须曼人模样，相当匀称精致。当我问他问题时，他宽而大的眼睛定定地看着我，眼神灵活得像在欧洲偶尔可见的西班牙吉卜赛人。他全身赤裸，只在腰间围了块小羚羊皮制的胯布；皮肤是新鲜杏实的黄色，有些地方还沾着刚刚宰杀的一头动物的鲜血。总而言之，他身上散发出一股野性美，甚至他的气味都充满了野性大地和野生动物的气息，闻起来很古老，也很呛人，就像蒙娜丽莎的微笑一般神秘。但我们当中有一人，我忘了是谁，在初见面时立刻做出一个厌恶的表情，被我严厉斥责，唯恐这机灵的年轻布须曼人正确解读到他的意思。

他告诉我们，他的名字叫恩修（Nxou）。据达布说，那是"盛食物的木碗"之意。他和他的族人住在附近，他还说，如果我们愿意等他完成手边的工作，他可以带我们到他家附近的营地，次日早上再带我们去拜访他的族人。我们看着他用一根长约六米、尖端有个锐利钩子的有弹性木棍在沙洞中戳刺。这些是跳兔的窝，因此他很快就捕到猎物，灵巧地用放在身旁的一根木棒把它打死。然后他收拾好矛、一把弓、一袋箭和一个背在肩上的皮囊——里面装了些盛着水的鸵鸟蛋壳，捡起木棒和死兔，宣布可以走了。

我们原先担心他会趁天黑逃跑，但这份担心在此刻他所表现出的对我们的信任和承诺下，自动消失了。罗孚车上没有多余的空间，但他尽管从没看过任何车辆，却自动带着家当坐上我那辆车子引擎盖上的备胎，于是大伙儿在落日余晖中浩浩荡荡地随他而去。他平静地把我们带到一个地方，那里矮树丛将宽阔的洼地围了一圈，和外边的草地与沙丘相隔。他说，在那儿我们可以找到木柴，供晚上生营火和白天遮阳用。他答应第二天一大早再来，并和我们郑重道别。

然后他离开我们进入昏暗夜色中，像涟漪在池水中荡开那样穿过大地，行动灵活得让我觉得只有野狗才有如此无穷的精力。

"就这样让他走了，可以吗？"邓肯为他的影片担心着，"你真的认为会再见到他？"

我毫不犹疑地回答："我们明天一早就会见到他。"

中央沙漠的营地没有一个堪称豪华，眼前这个也不例外，而且毫无疑问是我们所驻扎过的最不舒适的一个。四周浓密有刺的矮树丛几乎都不超过三米，根本提供不了阴凉。我们必须把尼龙制防水帆布架在罗孚车间，希望在未来的漫长日子里，能让这里成为我们抵挡卡拉哈里炽热太阳和天气的据点。这个营地甚至没有一般可见的沙漠景观，因为有一圈密实的荆棘树和偶尔露出的红沙及野草环绕。然而我们感受到前所未有的满足，因为在那儿，让人感觉很奇怪地特别接近那被我们闯入的神秘世界，好像被它环抱在双臂中，紧紧贴着它温暖而气息深沉的胸部。我们经历了那么多挫折，走过那么远又热又不舒适的旅程而毫无所获，现在终于遇见了，言语已无法形容这对我们全体来说有多么重要。本凭他幼时的记忆，神奇地把我们带到这里来，现在滔滔不绝地谈起他过去有关沙漠、沙漠中的动物和人的经验。维扬也自在地加入，谈起他曾如何游说他的政府雇用布须曼人作为向导对抗茅茅党人但未成功——他深信布须曼人是世界上最好的向导。我很遗憾查尔斯不在这儿和我们共享此刻，不过仍然决定在此时制造些我专为特别时刻准备的"惊喜"。

在杰里迈亚的协助下，我为大家准备了一顿特别的晚餐，并借着营火以斗大的字写下了这份菜单：

卡拉哈里大饭店

老板：好心的老天爷

*

罗宋汤（脱水包装）

*

培根肉片、番红花饭和葡萄干

*

桃子和奶油（皆罐装）

*

咖啡

*

主厨：杰里迈亚·穆温达　　饭店领班：约翰·劳沙加

虽然大家都很累了，但我们仍然聊到深夜，达布和我们所有忠实的非洲朋友围在四周聆听。我只发出一个警告，就是还记得有人曾因恩修的气味而做出厌恶的表情，我觉得有必要提出警告，请求他们务必记得未来几天内我们不是要教导布须曼人，而是要向他们学习，学习他们的生活方式、

273

他们的精神和他们如何在如此恶劣、连最贪婪的侵略者都无法忍受的环境下求生存。除非我们放下偏见和好恶，愿意聆听和观察，才有可能达成上述目的。同时我们也应举止慎重，以免严重伤害布须曼人以及他们天生的可贵之处。

早上我借着火光洗脸时，听到远处的狮吼像流星般逐渐消逝，这时突然响起一个新的声音。杰里迈亚也听到了，立刻停止照料营火，仔细聆听。黑暗中位于我们和天空中第一道曙光之间的某处矮树丛中传来音乐声。乐音抑扬顿挫，越来越大声，是旅行者怀乡的曲调，带着离别的忧伤，却又有旅程中自由昂扬的欢乐。很快地，恩修出现在火光中，披着一件好像罗马宽袍的皮斗篷，一边走一边低头弹奏着某种可能是世界上最古老的乐器。乐器的形状像一把长弓，弓上只有一根弦，从中间向后绑。乐器一端在他的嘴里，另一端在他的左手上，他用一根小木条在两边拨动绷紧的琴弦，用嘴控制反响，奏出美妙的音符。他的身后跟着一人，比他更结实，手上提着打猎用的弓和一袋露出箭头的箭囊。我们很快得知，这人名叫鲍绍（Bauxhau），"石斧"的意思。虽然他长得不像恩修那样精致，却是更典型的布须曼人模样，而且更英俊生动。他们是非常要好的朋友。两人以布须曼人向来表示尊重他人的方式，先蹲在营火的边缘等待见面，然后才进到营地中央来。到了火边后，除非有人先向他们开口，否则他们一句话也不说，恩修继续弹奏他的乐器，鲍绍则在一旁聆听。

"我发现大饭店还有乐队。"邓肯被我叫起来喝咖啡时说。他显然是看到火边的布须曼人而松了一口气："服务挺周到的嘛！"

"这是今天最后一项服务，"我将咖啡递给他，哈哈大笑，"接下来你就得像疯了一样不停地工作。"

一吃完早餐，我们就去拜访了恩修的族人。如果有谁先前以为那是个大聚落的话，可就大失所望了。我们已经置身于最先遇到的四顶棚屋之间却还不自知，因为它们实在太隐蔽了，而且建得十分巧妙自然，与周遭的植物和颜色完全混在一起。它们基本上都是同样的蜂巢般的设计，和我们在措迪洛山所见的一样，但构造更结实，而且屋顶仔细地用有刺枝叶和草皮覆盖。每座棚屋背后皆有一棵树做支撑，有些枝干上还吊挂着正在风干的鹿肉。棚屋下的地面有些位置被挖出一个个浅坑，以便让睡在上面的人臀部更舒适。棚屋内既无装饰也无用具，不过在妇女们所睡的地方挂着一串串鸵鸟蛋壳做成的白色珠片和象牙头饰，棚屋外围则是一排排鸵鸟蛋壳，它们被稳妥地垂直安置在沙上，周边填塞着草，壳里应该都盛满了水。

在第一个棚屋外，有一名中年妇女正坐着辛勤地捣碎"札玛"（tsamma）的种子，这是卡拉哈里出产的一种瓜，在雨季未来时又长又热的干旱季节里，为人类和动物提供最佳的食物和水分来源。用来捣碎的工具是布须曼妇女最珍贵的家当，包括用坚实木材雕成的大杵和研钵，她们走到哪儿

275

就带到哪儿，用它捣碎干果、瓜子和草来制作食物，也为没牙的孩子和老人将肉干碾碎。每当这名妇人开始捣磨时，研钵便发出奇怪的鼓声，传到令人惊讶的距离之外。后来几天每当我们在远处听到它的声音响起，就感觉我们的心跳速度好像加快了，也似乎得到一种安慰：辛劳一天后终于快到家了。

第二座棚屋前坐着恩修的父亲，他正在为弓上弦。他的妻子在他旁边，正用小小火堆上一个小小的陶锅煮东西，几乎没有什么烟。第三座棚屋里有一名男子正在修理一根用来戳进洞中捕跳兔、豪猪、獾、花粟鼠等卡拉哈里沙漠各种藏身沙下动物的长竹竿。最后一座棚屋外坐着两名最老的人。他们是恩修的祖父母，两人的皮肤都布满了生命、气候和时间的刻痕，看起来就好像暗褐色羊皮纸上写了某些神秘难解的东方文字。他们脸上的表情都很宁静，不时互相看来看去，好像必须随时随地重新确认两人经过那么多年后仍在一起的事实。他们似乎是以一种正确的方式变老，精神和年龄契合得十分自然，就像一颗果核包在壳内，直到完全成熟才爆裂开来，自然而然地顺从着生命更新的需要。

我看到老太太开始感觉热了。她不时将手伸入身旁的小洞，抓起一把凉沙，撒在没穿衣服的身上以消除暑气。我以前也经常看到大象用它们的长鼻子做同样的事。她这样做的时候，姿态娇美得一如蒙古淑女扇扇儿，而且像小姑娘那般娇羞。当她发现我们在看她时，立刻把头转向别处，却仍忍不住好奇地从眼角瞥视我们。她的丈夫倒是大剌剌盯着我们，好像看到外星来的生物似的。

当我问这是否就是整个族群时，恩修摇摇头。他说，年轻妇女和孩童都到沙漠中寻找食物了。另一半族人则聚居在约两公里外的五座类似的棚屋中。全部算起来，一共有三十人左右，但确切人数永远没法确定，因为不时会有一些亲戚来访。他们像扭曲镜面偶尔闪出的反光般突然出现，然后又以同样的方式突然消失在沙漠中。不过在我们停留的那段时间中，人数很少低于三十，而且常常还比较多。我并未向恩修继续追问细节，因为这些问题似乎让他很不自在，于是我只安静地随他步行至其他棚屋处。

这些棚屋几乎和先前的一模一样，那里的人也做着同样的事情，只有一位男人忙着用新制毒药重新将箭头浸润一遍，另一人则以无比熟练的手法将一颗大球茎植物的汁液挤在小羚羊皮上，然后用两手反复揉搓那润湿的皮以让它变软。我们还待在那儿时，年轻妇女们陆续回来了。她们都没穿衣服，只围了块皮片，一头系在肩上，一头绑在腰间，皮片边缘装饰着鸵鸟蛋壳制成的珠片，她们光滑的脖子上也围绕着一圈又一圈用同样珠片串成的项链，衬着她们杏黄的肌肤，在阳光下闪亮得如同珠宝。每名妇女都带着皮制围巾绑成的包袱，她们把包袱放在沙上解开来，从里面拿出令人惊讶的各种各样的根茎类食物，这些都是她们从沙漠中收集来的，此外还有数十个盛满水的鸵鸟蛋壳。她们都是纯种布须曼人。在她们那极为谦逊的女性姿态下，同样有像恩修和鲍绍一样的野性美，非常吸引人。事实上，其中一名少女甚至可能是那些壮观岩画之一的模特儿。她穿着的皮片，左膝下所悬吊的珠串，恰和古代岩画上所绘人物一模一样，只是她没有手中持着一朵花儿走路，不过她和画中人一样，举止十分优雅。她名叫克素珂斯罕（Xhooxham），我们很辛苦地从达布的表达中勉强得知，那意思是"最肥美的唇"，因为在这贫瘠的土地上，肥肉是所有珍馐中最稀有、最珍贵者。

这群妇女只有一名育有孩子，还是个婴儿，被她用一块皮背在背上。恩修说，那是她的第一个孩子。当她在一处树荫下坐定喂他吃奶时，那圆胖的小身体满带睡意地紧紧靠着母亲丰满的胸部；妇人注视着她的孩子，脸上流露出无限温柔的神情，头上仿佛也出现了一圈圣母般的光环。除了这还在吃奶的孩子，我就再也没看到其他婴儿了。我常听说布须曼人是小家庭，事实上，用我们国内畜养动物的术语来说，他们是"羞于繁殖者"，但即使如此，儿童数目如此之少也太极端了。我问恩修，他说还有四名儿童，但这就是全部了。正好那时一名妇人牵着一个小男孩从一顶棚屋后走出来。小男孩还不太会走路，全身赤裸，只在胖胖的小肚子上挂了串珠片，闪亮得像珍珠。如果我们还对周遭这群人身份的真实性有所怀疑的话，看了这个小男孩公开展示的小鸡鸡——"科怀-兹克威"，那布须曼人的真正标记，就什么话也没得说了。

"看看那个小家伙，邓肯，"我告诉他，"你会明白为什么布须曼人称他们自己为'科怀-兹克威'。"

邓肯对此显得无法置信。

"他不会一直保持那样吧?"他问。

"从生到死。"我对他说。

虽然邓肯试图证明这个说法不成立，但那名小男孩可是自始至终维持着男性身体构造图解书上的姿势，出现在我们拍摄的所有影片纪录中，即使是在夜半狂欢舞蹈时也不例外。

我们正在讨论这名小男孩，有位妇女突然对同伴们高声喊了些什么，于是所有人都停下手中的工作，开始又跳又唱，拍着手，显得非常高兴。后来我才知道他们唱诵的是对一位猎人的赞美，声音清楚而有旋律，像是在我的脑神经上拨动着小提琴的琴弦。这时，另一名年轻人朝着我们走来，他比恩修稍高一些，长得同样很具吸引力，脖子上挂着一头小条纹羚，像围了条皮毛围巾。他的名字叫作特克瑟克斯契（Txexchi），意思是"强壮有力的牛羚"。他和恩修、鲍绍是好朋友，经常在一起，我们戏称他们为"三剑客"。

时间很快就过了。中午我们并未停下来进食，而是从一个棚屋到另一个棚屋认识新来的人，也让原来的人对我们更加了解。在每一个棚屋处，我们皆留下一份香烟当作小礼物，并答应为他们猎取更多食物。我相信，无论他们是否对我们的出现感到忧心，以这种平静、轻松的方式在我们的营地和他们的棚屋之间来去，大部分忧虑应该消解了。我不至于天真到认为所有隔阂已经完全消除，不过晚些时候，我提起严重缺乏的水的问题，恩修和鲍绍立刻表示愿意让我们见识他们如何解决这个问题。我感到我们已经初步赢得他们的信任了。

他们和克素珂斯罕，那位"最肥美的唇"，带领我们走了数公里路，来到位于沙丘之间的旧河道最深处。我们发现那里有些较浅的洼洞，是雨水较丰沛的季节用来盛水之处。但从来不匮乏的水源却藏在更隐蔽的地方，深深埋在沙下，不会被太阳晒干，也不会被风吹干。在最深一处洼洞附近，鲍绍跪下来，将沙挖至手臂的深度，出现了一些潮湿的沙，但并没有水。接着，他取出一条将近一点五米长的管子——那是一种中心很柔软的灌木杆，在一端轻轻缠绕约十厘米长的干草作为过滤器，然后将它插入洞中，把沙推回去，用脚踩实。做完这些工作，他取了一些克素珂斯罕的空鸵鸟蛋壳，一一杵在管子旁的沙上，又拿出一根小棍子，一端架在蛋壳开口处，另一端放入他的嘴角。然后他把嘴伸向管子，就着管子用力吸吮了大约两分钟之久，还是没有任何动静。他宽阔的肩膀因太过用力而耸动着，汗水开始像自来水般从他的背部流下来。但最后奇迹终于出现，而且如此突然，让杰里迈亚张口结舌，我也忍不住想大声欢呼。一股纯净明亮的水从鲍绍的嘴角出现，顺着小木棍直接流进鸵鸟蛋壳里，没有一滴浪费！

就这样，水流越来越快，直到一个又一个蛋壳全盛满了水。鲍绍整个人和他的力气完全合一，只专注于从沙中将水吸出，让它流至鸵鸟蛋壳中。他为什么不会累倒，我不知道。我自己试了试，尽管我的肩膀够宽、肺活量够大，但我无法从沙中吸出哪怕一滴水。我们把这个地方命名为"啜井"，因为在这里我们目睹了一桩布须曼人的古老传说在二十世纪重现的神奇事件。如果不是有这些从沙中吸出的水，我们就不可能一直待在中央沙漠里，而必须时时不厌其烦地来回奔波于中央沙漠和我们遥远的饮水供应站之间。当然，如果没有"啜井"，恩修和他的族人也不可能在雨季未来临前继续存活在那干旱的地方。

我们走在从"啜井"回家的路上，西边的沙丘映着深红色的天空，轮廓分外鲜明。我不单觉得心满意足，而且感到十分温暖和豁然开朗，好像受到神灵的启发。然后我们又遇到另一个奇异的景象：矮树丛里和平原上开始响起此起彼伏的夜莺叫声、乌鸦哀啼和胡狼的悲鸣。大家可能以为，在这样的时刻，所有良善的布须曼人应该都已回到家，坐在他们的棚屋门口，围着火，以避开荒野中的狮子或花豹。但是出乎我们意料的是，在矮树丛的边缘，离我们营地约两公里处，我们遇上了一队小小的勇士，是三个孩子，他们全身都没在荆棘和草丛里，只露出耳朵以上的部分。为首的一名小男孩手里拿着一根棍子，还有一把混合着根茎植物、毛毛虫和肉质多浆的小蛆的食物。

一名叫"瞪羚足迹"的小女孩走在他后面，手里握着一把自然晒干的野生莓果与罕见的花生。她显然一副小妈妈的模样，因为她虽然亦步亦趋地跟在前面的男孩身后，却不时回头亲昵地鼓舞走在最后的最幼小的男孩，叮嘱他务必跟紧她。这最小的男孩手上抱着一只大乌龟，举得和他的肩膀一样高。他一边气喘吁吁地用力举着乌龟，一边忙着迈步以跟上前面的哥哥姐姐。

恩修一看见他们，脸上立刻露出温暖慈爱的欢欣神情。他跪在他们身旁，看了看他们所带的东西，发出惊讶的赞叹声，孩子们显然也很爱他，尽管很累了，却还站在那里笑个不停。恩修举起乌龟时大惊小怪了一番，然后，据达布说，他告诉那位小男孩，如果把乌龟送给祖母，她一定会讲一个很长很长的睡前故事给他听。

在他们的陪伴下，我们到家了。我们的营火将安静矗立在黑暗中的树上的枝叶都映红了，天色已暗，这有意思的一天也将结束。整个晚上我们都坐在火边，交换彼此对这些布须曼人的印象，我毫不惊讶地发现，大家的感受都差不多。没有人怀疑我们遇到的不是还停留在石器时代的纯种布须曼人族群。即使是我，最不轻易相信我们历史记载中对布须曼人传统的描绘及有关其生活的怪诞漫画，也想不到真实情况会是这样。我从没想到他们会如此美丽、庄严而举止有礼。过去每当我闯入非洲遥远地区的孤立族群时，总感受到有些明显的迹象显示他们在遇到少有的外来者——特别是一位红通通的外人时，不免表现出明显的兴奋之情，情绪也大受影响。但在这里没有，走到哪儿都是非常正式的互相问候和欢迎。当然，恩修已经事先告知他的族人我们的来访，这和他们的反应平静一定有所关联，不过我仍无法相信就只是这样。我怀疑那和他们更深的基本意识有关，也就是根据古代的精神生养下一代的意识。这个怀疑越来越明显，以至于逐渐根深蒂固。

这个自给自足的群体的小小例子，一天天将过去的谎言和对他们的扭曲迎面戳破。一天天过去，我也越来越相信就这方面而言，我们的历史所记载的观点大部分太过合理化，掩盖了我们的良心，也掩饰了我们自己过度的贪婪。那些被历史学家和艺术家拿来当作典型的布须曼人，其实应该就是最接近他们的那些人，而那些人早被扭曲得失去了他们原本的方式——因不安全感和无法对抗我们以武力为后盾的自私所生的无助感，使他们变得完全失去立场。没有别的理由可以解释，这种极端和冷漠的刻板印象何以成为我们社会对布须曼人的普遍印象。例如，许多人类学和科学论文中一再提及一则故事，说布须曼人是一种没有知觉的动物，他们把肚子塞饱后，就会像巨蟒那样跑去睡觉，然后，当肚子再度开始饿时，他们只会把身上围着的皮越拉越紧，直到最后快饿死了才会清醒过来，再度出去猎取食物。

就这个"啜井"小族群或是其他我们在中央沙漠中所见

的一些小族群来说，这样的描述当然不正确。他们若猎得了比平常更多的猎物，当然会将这种时刻视为节庆而大吃大喝，也许还会睡个一整天。但整体来说，他们维持着一种天生的纪律感和分寸感，奇怪地刚好能使他们在恶劣的沙漠环境中生存。他们从来不会一次性把食物全部吃完，只要有可能，他们会把一些储存起来，以备不时之需。后来，我们从他们的故事中更清楚地知道，他们以蚂蚁和蜜蜂为榜样，因此也很聪明地知道未雨绸缪。大部分的肉被他们立刻切成长条，很有技巧地在阴处风干，成为像因纽特人或美洲印第安人的干肉饼之类的食物。他们给猎得的动物剥皮或将肉切成条块的方式，真是令人叹为观止——除了胆汁和胃中的粪便，没有一丁点儿的浪费。内脏被清理干净后保存起来，甚至连胃袋中消化到一半的青草也像洗衣服那样拿出来拧干，把拧出的汁液用一块皮收集起来，由猎人们喝掉，以节省宝贵的水资源。需要时，他们甚至会将水贮存在鸵鸟蛋壳中，藏在距离他们在"啜井"附近的永久居所十分远的地方。有一天，我们和恩修及鲍绍到距离"啜井"约一百一十公里处打猎，我很困惑地发现他们在大太阳底下突然离开我们正在跟踪的动物足迹，而循着某种在我看来和周遭其他沙漠植物没什么不同的灌木丛走。到了一处，他们在沙上扒拉了一会儿，随即露出一个装有六颗鸵鸟蛋壳的储藏所，蛋壳里皆盛满了水。他们喝掉其中两个，然后又小心地用沙将剩下的掩埋好。这种深谋远虑的洞见和节约能源的意识，也表现在生火一事上。他们以古老的钻木取火方式生火，即两手握住一根圆硬木，在脚边一块软木板的洞中快速旋转——他们从来没有缺过柴火。我自己最大的乐趣之一，是在沙漠中生起很大的一堆营火，夜里坐在火边，衬着高大的火苗，像是在一座哥特式建筑里，和我的同伴们一起聊天。我猜，他们若看到我们这样的浪费，一定非常震惊；他们自己的火总是很不起眼，很干净利落，绝不浪费一点木柴。

他们吃饱了，也不会整天在棚屋附近无所事事地躺着，而总是会做一些别的工作。像恩修、鲍绍和特克瑟克斯契等年轻人经常外出打猎。其中，恩修不只是三人中的行动派，也是这个小社群内的杰出人士——显然会成为他们的领袖。他全然投入身为一名猎人的角色。我们不久即发现为什么他的名字叫作"盛食物的木碗"，因为那正是他身为猎人在所有族人中扮演的角色，而他同时又是为族人提供精神食粮的音乐家。

同样地，每一天，年轻妇女和孩子们也会带着掘沙用的棍子，到沙漠里寻找食物。每次和他们一起外出，我总是被他们在大地上采集食物时所展现出来的聪明、智慧、辛勤和速度震撼。草地上一片几乎看不见的小叶子或是红沙上仅仅露出头的尖刺，对我来说根本难以分辨，他们却会跪下来，灵巧地用小木棍把它们挖掘出来；我不懂植物学，所以称这些植物为野生胡萝卜、马铃薯、韭葱、芜菁、甘薯和朝鲜蓟。他们有一种顶美味的食物，是一种花生，经过火烤后，足以让所有的鸡尾酒会点心相形失色。当然，他们也喜欢各种野生札玛瓜类，特别喜爱大羚羊黄瓜。这最后一种食物的味道和口感与欧洲产的黄瓜很接近，不过它有一层带刺的表皮，杰里迈亚常常削掉它的皮，给我们做沙拉或其他菜吃。所有这一切都是在一年当中最艰苦的时节里获得的。我渴望看到夏季丰收之际，那将是何等富饶、快乐的景象！

年轻猎人们外出打猎时，老人们就在社区里做维修工作：修修弓、箭和长"钓竿"，以及准备打猎所用的毒药。他们的毒药是一种致命的混合物。混合物里有一种神秘的成分，要到夏天在某种沙漠灌木的根部末端才会找到，然后加上磨成粉的眼镜蛇毒，以及一种特殊芦荟叶放入口中嚼碎后产生的凝胶，最后在一个木制杯子里和其他粉末一起混合制成毒药。他们也鞣制一些猎人们带回的羚羊皮。当我回想起我们自己牧场上所使用的繁复方法时，不得不深深佩服他们处理手法的娴熟与其中蕴含的技巧。他们是天生的植物学家和化学家，对于沙漠植物的特性有着令人无法置信的了解。有一种球茎植物可以为他们提供鞣制毛皮而不会造成损害的去毛酸剂，另一种则可以在极短的时间内让毛皮软化。这项活动对整个社群而言特别重要，因为这些皮为他们换来了制造箭、矛与刀的"铁"——不时地，他们之中有个人就会带着一包毛皮突然消失，去找某个和非洲人或欧洲人聚居的偏远村镇有固定来往的人，和他们以物易物交换所需。

他们也制作用于弓、圈套和其他日常生活所需工具之上的牢固的布须曼绳子。这些绳子是用卡拉哈里野生剑麻的长纤维编织而成，有各种长度和粗细。我们看着其中一人只用一只瞪羚角和自己的手指、脚趾头作为工具，利用大腿做工作桌，就制成了一长段绳索。我们以它的强韧度打赌，请恩修和制造者各持一端尝试拉断它，但始终拉不断。

优雅而敏捷的确是这个小族群令人印象深刻的特质。每当有需要时，他们便全心全意投入工作。他们的箭、矛、毛皮、绳索和圈套不仅实用，而且制作得十分精美，呈现出一种同时作为其精神形象的态度。年纪较大的妇女有空时，便将破损的鸵鸟蛋壳做成珠片，再把珠片串成项链或编成闪亮的宽边头饰，供祭典时佩戴。她们可以坐在那里，不厌其烦地用瞪羚骨尖端在一块蛋壳碎片上灵巧地切割，从这脆弱的原料上切出一个个小小的圆形白色亮片。据达布说，一块颇大的蛋壳碎片，她们很少能切出三个以上的亮片，但做一个头饰需要数百片，可以想见这工作多么烦琐、漫长而累人。然而她们孜孜不倦地工作，脸上的神情和我在叙利亚的阿勒颇（Aleppo）或大马士革商场所见银匠工作时的神情一样专注。每个妇人和女孩除了平日所穿戴的皮片、围巾和使用的提袋上饰有珠片外，都拥有几条项链和至少一件亮闪闪的头饰。有时，年轻妇女也用一些深红的根茎类植物和黄褐色木头制作出更大的珠子，搭配着这些象牙白的亮片，戴在结实双乳间的杏黄肌肤上，让我觉得好像看到了印度神祇颈上所戴的红宝石项链。有些男士，特别是鲍绍，更是很有耐心地在他们充当盛水容器的鸵鸟蛋壳上雕出抽象花纹，然后用某种蔬菜汁染成黑色，或是用火熏黑。

但是，天呀，布须曼人不再绘画了！我从小梦想着一见布须曼艺术家绘画的希望破灭了。当我问起他们有关绘画的事情时，他们脸色一暗，并摇摇头。我有一些美丽的布须曼绘画复制品，是无私的斯托在我的家乡自由邦（Free State）复制的。当我拿出这些复制品给他们看时，年纪最大的那对老夫妇开始哭起来，把头埋在臂弯里，好像他们的心都碎了。年轻人却立刻围上来，发出赞叹的声音，好像某个流传已久的谣言现在突然间得到了证实。我自己最喜欢的一幅是一群大羚羊在暑热中自在地徜徉，我称它为"石器时代的闲谈"，因为那些大羚羊的姿态之优美与悠闲，生动得仿佛是十八世纪法国"太阳王"[1]时代某个贵族家庭乡间别墅客厅中所挂的绘画，全然嗅不到任何即将来临的革命与灾难气息。

"看看那头老公羊，"恩修对鲍绍说，逗得后者像个小女孩似的咯咯笑，"看到它眼里的神采没有？已经有那么多老

[1] 太阳王（Sun King）：法国国王路易十四的绰号，在位时间为1643—1715。他1661年亲政后建立绝对君权，推行重商主义政策，企图称霸欧洲而连年进行战争；但与此同时，他又保护莫里哀、拉辛等艺术家，营建凡尔赛宫等宫室，形成法国文艺的黄金时期。——译者

母羊在它身旁，可是它还想着有没有什么机会去勾引那边的小母羊！但你看到那边那些年轻的公羊了吗？它们也在想同样的事！所以它得先和它们打一架才能遂愿。你想它可能赢吗？再看看那头母羊——它正舔着自己孩子的脸，那一定是它的头一胎，才会那么珍惜、真情流露。"每一次他们要我拿出这些复制品给他们看时，便会出现这类讨论。

他们也很喜欢游戏。达布告诉我，他们有一种男性在沙上方格内所玩的棋戏，但我从来没看过。有一次，我们协助他们打猎，他们玩了另外一种游戏，我们称之为"布须曼羽毛球"。所谓"羽毛球"，其实是将一根鸨翅尖端的羽毛用一条长皮带绑着，然后固定在一种少见而很重的玛拉雅玛（marayamma）果核上。由一个人将"羽毛球"从中间折叠然后高挂在他的右手所持的一根具有弹性的长木棍上。他把球弹至空中，其他人则手持同样的"球具"，忙着跑到球从空中像降落伞般下坠的位置上去接它。整个游戏的目的就是看谁最先以棍子侧面切口接到空中的球，让球暂停一会儿，再把它朝某个大家意想不到的方向向上弹出去。这个游戏需要极快的速度和极娴熟的技巧，让男人们在草地、矮树丛和荆棘间跑来跑去，妇女们则在树荫下观赏。小男孩也依旧一边无所顾忌地展示着他们的"科怀-兹克威"，一边模仿大人们的动作。有时我也加入，总是受到全体的一致欢迎，可能是因为我的技巧太差了，让他们觉得看起来更有趣。起先我只觉得这是一项很好的运动和娱乐，后来我才知道，

289　　　　　　　　第九章　井边的猎人

原来它也可以是一种很好的战术。由于我不怕被耻笑技巧太拙劣，反而大大增加了他们对我的信任。

有时他们也玩一种模拟战争的游戏。剧本的来源是某个早被遗忘大半的历史事实，唯一还清楚的细节是战争以一种昔日荷马时代的方式展开：布须曼某部族漂亮小伙子中的一位弓箭手因为垂涎另一部族中一位难缠中年人的美貌妻子，勾引她离家私奔，结果引起两部族之间发动战争，不过结果很不一样——没过多久，那位女子重新回到丈夫身边，而那贪恋美色的布须曼人被杀了。但是交战双方都对这场战争感到恐惧和厌恶，好像上帝的声音突然出现在广大的卡拉哈里花园内的刺槐之间，令树叶颤抖，谴责双方所犯下的罪行。他们坐下来谈判，最后决定永不再发动战争。因此他们将沙漠分为两区，发誓从此井水不犯河水。他们和达布皆一再向我强调，自那时起，他们再也未跨越两区的界线一步。

"但是你们怎么知道哪儿是那一区？"想到那绵亘数千公里、一望无际的沙丘和灌木林，我不禁发问。

他们以布须曼人特有的发自腹部的笑声笑我无知，那种笑声很有趣，是在文明世界听不到的。等笑够了，他们才问我，难道你不知道没有一棵树、一片沙或是一片灌木林是一样的？——他们认得边界的每一棵树、每一根草。

当这些人表演他们的战争游戏时，会分成两组，面对面跪在沙上，相距约十五米，彼此嘲笑、挑衅，互相叫阵，叫声越来越大，动作也越来越猛烈，直到最后他们冲刺、闪躲、扭动并翻滚倒地，好像真的冒着枪林弹雨在前进。虽然他们的膝盖没有一刻离开沙土，但他们的头和身体的姿势，以及脸上的表情和假装受伤、奄奄一息的喊叫声，让我几乎身临其境。我立刻想起皮特·斯科特（Peter Scott）告诉过我的一个有关因纽特人的故事。当他向他们描述完刚发生过的大战后，他们惊骇地大叫："难道你们欧洲人真的会杀你们从来不认识的人？"我们的布须曼主人显然也觉得他们不可能去杀从来不认识的人，所以他们继续虔诚地遵守着不跨越边界的规则。

妇女当然也有她们自己的游戏。她们玩一种绕圈圈的游戏，又优雅又动人，我从未见过。她们用圆圆的札玛瓜当球，每人相距约五米地绕着圈儿走，在不能转头的情况下把球丢给背后的女孩。后面的女孩不仅得设法接球，一旦接到球，还得模仿她们正在唱的歌曲中那段歌词所提到的动物的动作。她们的歌声又清脆又好听，速度和节奏越来越快，所模仿的动物动作也越来越生动。我因此可以根据她们模仿的片段，猜出她们模仿的是什么动物。游戏进入最高潮时，她们跑得又快又轻松，尤其是克素珂斯罕，她就像是希腊神话中的阿塔兰忒[1]一般。达布为我们翻译了她们的歌词，以下是我能想到的最接近歌词大意的表述：

---

[1] 阿塔兰忒（Atalanta），即希腊神话中善于疾走的美丽少女，她答应与能追上她的人结婚，但以死亡作为对失败者的惩罚；希波墨涅斯（Hippomenes）在竞走时掷下三颗具有魔力的金苹果在路上，导致她减缓速度而被追上。——译者

我外出来到大草原上，

想寻找一些瓜。

在路上，你猜

我看到什么？

我看到一头蓝色的牛羚。

但蓝色的牛羚

见到我便一溜烟地

跑掉了。

我继续走呀走，穿过

大草原，你猜

我看到什么？

我看到一头狷羚，便朝着它大喊：

"噢！狷羚，来我这儿。"

但它也一溜烟地

跑掉了。

然后我看到一头大羚羊，

我朝它喊："噢！大羚羊，

我很饿，来我这儿。"

但它也一溜烟地

跑掉了。

她们可以就这样一路唱下去，唱遍沙漠上所有的羚羊和四蹄动物，直到天黑或是这一天的工作需要她们时才停下。

有时，妇女们也会围坐在棚屋旁，身上的珠子和颈间的项链在夕阳辉映下，宛若黄金打造的一般。他们握着一把又长又直的干草一起合唱，一边用草打着节拍，一边用指尖像弹吉他般弹着草秆。旋律里充满了各种言语无法形容的情感，伴随着夕阳逐渐没入非洲大地之下。她们称这首歌为《草之颂》，但因很难翻译，无论是达布或歌者都无法确切说明它。我只能回忆那种感觉，勉强把它翻译如下：

> 握在我手中的这把草被割下之前
> 它在风中哀号祈求下雨
> 一整天我的心都在太阳下哀求
> 希望我的猎人快快回来

她们会反复唱着这首歌，歌声也因此越来越充满感情及意义，好像大家在同心协力持续不断地要求着，以使生命及其力量达成最强烈的祈求。这首歌让我们所有人都很着迷，所以我一点也不意外当年轻猎人听到那渐强的歌声和渴望时再也无法自制。他们会丢下手边的工作，从灌木林里跑出来，脚像击鼓般有节奏地踏在沙地上，手向两旁伸展，胸膛因情感充溢而起伏着，再用胸腔好像被活活撕裂的声音呼喊回应着说："哦！看，像一头鹰似的，我回来了！"

这些布须曼人还有很多乐器，恩修便经常演奏乐器。他使用的乐器像把弓，是最受欢迎的一种。在他手中，那似乎变成了一把神奇之弓，狩猎着声音荒原上的意义，但不是以燧石和铁制的箭为镖，而代之以飞扬在寂静中的美妙音符。所有布须曼男性都会弹奏这种乐器，但没有人比得上恩修。我一再看到他每次打猎回来虽疲惫不堪，却立刻丢下猎物、矛及箭，拿起乐器。妇女们会一坐好几个小时聆听他的弹奏，脸上表情宁静。甚至走在一群棚屋和另一群棚屋之间，他也会不断弹奏着他最喜爱的乐器。几乎没有一天早上，我不是和着他弹奏出的乐曲在刮脸。然后有一天，在一个到远处打猎的临时营地里，我在非常早的奇妙时刻又听到美妙的旋律。那时天还未亮，我刚醒来，惊奇地发现星星从沙漠边缘一颗一颗升上来，景色清晰而壮观。我看过无数次日升月落，但即使是在海上，也从来没看到过星星升起。就在那时，恩修突然开始弹奏他那如泉水般滔滔不绝的旅行曲调。那曲调和声音，以及远方星子跃动的星光，还有无尽黑暗的波动起伏，在银河的岩石上碎裂成泡沫向外喷溅，一切都融合得如此完美，令我感动得如同第一次听贝多芬的《第九交响曲》时，那饱满的人声合唱无惧地上升至最后，决心要从那小我的悲剧命运中找到普世界真理的一刻。

不过，让我十分诧异的是，布须曼人没有鼓。他们的基本节奏是用双手握成杯状，击掌作声，或是在舞蹈时以脚不断用力踩踏地面。但他们却有着更高级的乐器，是一种四弦里尔琴，就像我们在措迪洛山山脚下所见的那把破琴一样。这种琴只有妇女才会弹奏，通常是一名小女孩用一根小木棍拨着弦，一名年纪较大的妇女则在小女孩拨弦时用大拇指灵巧地抚触琴弦以控制音高。

我们发现这种对音乐的热爱并不仅限于我们所亲近的这个封闭族群，而是所有沙漠中布须曼人的特色，这显示了布须曼人身为音乐家的传统以及他们对音乐的热爱程度。有一次，在远离"啜井"的一个地方——那天是个大热天，我们在狩猎中途休息——传来求救的呼声。我们全部机警地坐直身子，没多久，一小群布须曼人举步维艰地穿过矮树丛向我们走来。他们看见了我们中午烹茶升起的烟，立刻朝这方向过来了。他们已经好几天没喝水，又虚弱又饥饿，眼里闪着一丝光芒，是我从前在日本战俘营时在那些快饿死的狱友脸上经常见到的样子。他们在阴凉处坐下，一名妇女开始用一根骨头刮着沙漠中所找到的一种植物的球茎，将刮下的皮拿在手里，用力拧出一些浓稠的白色汁液，滴进一名嘴唇已开裂的孩子口中。我尝了尝，它的味道像胆汁。他们还要走上一天的路程才能抵达永久水源处。虽然本和达布都说他们有办法走到，但我仍然不太相信。他们喝了我们的水后，取出一把里尔琴开始弹奏起来。

"这音乐是在说些什么，达布？"我问。

"它是在说'谢谢你'，主人。"达布一边以罕见的微笑回答，一边朝着天空和四周炎热的沙漠挥手。

最后我们认为，音乐对他们来说，就像水、食物和火一样重要，因为我们从没发现任何一支穷困或绝望到没有任何乐器的布须曼族群。而且他们所有的旋律、歌词、节奏等，全在他们的舞蹈中表现得淋漓尽致。他们以严谨的原则和充沛的精力过日子，但舞蹈也在他们的生活中具有深厚的意义，可以溯源到布须曼人往日的历史与传奇。

我们拍摄了所有这些活动，这也使得我轻易地感到满足，以为自己已经被布须曼人接受，得到他们的信任。但有一个重大挫折让我明了我们应该更谨慎地和布须曼人接触：每当我想问恩修和他的族人有关他们的信仰时，我就会撞到一堵拒绝回答的墙。他们不只假装听不懂我在说什么，而且坚决不讨论我的问题，并且很快便感到不安，让我断了念头。虽然恩修曾当着我的面告诉那位小男孩，他把乌龟送给祖母可以换来一则故事，但当我要求他或其他人告诉我他们的故事时，他们总说不知道我所谓的"故事"是什么。等我解释了我的意思，他们就说他们不知道任何故事。有天晚上我惊动了一位正在给三个孩子讲故事的老太太。但她一看到我，立刻就闭了嘴。虽然我请她继续，让我也听听，但她假装耳朵太聋了，没听见我在说什么。

"这是真的！她真的听不见。"其他人也这么声称，纷纷拥上来本能地支持她。

"听到没？"老太太充满皱纹的脸上露出松了一口气的神情，"你看，他们说的没错，我太聋了，听不见。"

当然，她这么一说，所有人，包括她和我全大声笑了起来。我被他们这陷入困窘时所表现出的单纯心智深深打动。我的儿时经验和长年与原住民相处的经验也教会我，这种恐惧的表现显示了他们真正的珍贵所在。无论食物也好，水的秘密也好，这些日常生活所需都是可以分享的，但精神内涵不同。我也记得斯托曾报道过一名布须曼人，当有人逼问他一则故事的细节时，他说："这些事情是不可以告诉别人的，除非那人已经接受过舞蹈的神秘洗礼。"

于是我立刻停止再问任何问题，也警告我的同伴遵守禁令。我想把它留到我们一起跳过舞之后。不过，当我提议一起跳舞时，又遇到同样毫不妥协的保留，只好也放弃这个想法。我怀疑，他们还得在我们和他们自己身上发现一种更深层的信任关系，然后这些问题才能得以解决，而我相信，那需要大量的时间和耐心才能达成。不幸的是，我的时间所剩无几。我从来没有像那时那样后悔我们在北方所浪费的几个星期时间。但我所能做的，只有一再让自己尽可能地深深体会布须曼人的生活，其余便听天由命了。我想，能最有效达成这个目的的方式便是和他们一起去打猎，协助他们猎取所需的肉食。于是当我们似乎已被这个小社群更进一步接受时，我们开始和猎人们一起出去狩猎。

这个做法果然立刻带来意想不到的收获。我们的历史上关于布须曼人如何狩猎的记载立刻被更正和超越。一天天过去，我们目睹恩修和他的族人如何轻易又精确地凭借沙漠上所留印记，读出四蹄动物、鸟类和昆虫的行迹，以及天气和时间。我自己只能赞叹这古老的科学，欣赏他们的杰出表现。他们可以很快说出那是一头条纹羚、狮子、花豹、鸟儿或昆虫在多久前留下的痕迹。在他们看来，没有两个蹄印完全一样，因为在他们眼里，所有脚印一律迥然有别，就像苏格兰场（英国伦敦警察厅的代称）的精明警探眼中的指纹一般。他们可以从五十个脚印中间挑出一个，精确推算出刚留下足迹的某头大羚羊体积多大、是公的还是母的、体格如何、心情如何等。他们了解这个世界的方式，不仅是从其外在的形体，也从观察这些沙上所留下的细微痕迹。当他们遇见一位新认识的人，他们的心灵不只自动记录下这个人的长相，同时也记录了他在沙上的足迹。在我们前往"啜井"的第一天早上，我招呼恩修看附近一个我觉得很陌生的脚印。他大笑着调侃我，问我是否真的那么愚蠢，连自己厨子的足迹都不认得了——事实上，那的确是杰里迈亚的脚印。另有一次，在离营地数公里远的地方，恩修和我与其他人走散了。我们两个人追踪着一头受伤的条纹羚，突然发现另一对足迹与我们正追踪的这对蹄印混在了一起。他满足地深深咕哝了一声，宣称那是鲍绍的足迹，几分钟前才留下的。他说鲍绍跑得非常快，我们很快就会看见他和那头动物。果然，我们爬上前面的沙丘，就看见鲍绍已经把那头动物的皮剥下来了。

还有一次，维扬射伤了一头瞪羚。他立刻和鲍绍及我一起出发去追踪那头瞪羚。起初连我们都可以轻易在沙上辨认出那头瞪羚的踪迹，因为旁边的草上不时出现血迹。但很快地，这头受伤的瞪羚加入同伴的行列，一起逃离了我们。蹄印开始变得混杂，我们必须在数百个蹄印中辨认出那唯一的一个。草也被践踏得都是尘土，再也看不到任何血迹，但鲍绍毫不退缩，他从数以百计在我们看来大同小异的蹄印中挑出一个，紧紧跟随它。三公里后，他转向大队蹄印的一侧，我们再次看到那孤独的蹄印，没多久便见一摊摊血引着我们来到那头瞪羚所躺的刺槐树下，维扬很快再补上一枪，结束了它的痛苦。

任何一次特别的狩猎行动开始前，布须曼人都会举行一场庄严的仪式：所有猎人聚集在一处热烈讨论，哪些蹄印才是最值得追踪的猎物留下的。布须曼人像受人尊敬的老者般蹲坐下来，讨论猎物的大小、心情、性别和方向，研究风向、太阳、时间和气候。当他们选出其中一个蹄印时，便在蹄印上方轻轻地以手腕互相击打，并自牙齿间挤出风一样的声音，以显示最后的决定。如果发现一个刚刚踩过而很有希望的蹄印，他们也会做同样的动作。由于这个动作具有明显的意涵，我们每次看到都不免心跳加快。做出决定后，他们便快步出发，直到足迹显示猎物已在附近。有时他们会悄悄前进，先用膝盖贴地爬行，然后整个身体在地上匍匐前进，直到动物的距离已在他们的弓箭射程内。如果被发现的话，他们经常也不躲藏，而是慢慢接近，手放在背后，学鸵鸟在大草原上自在啄食的动作。当一群人外出狩猎时，他们似乎更喜欢分成两人一组，一起在矮树丛内趴跪爬行，像彼此的影子那样。他们不说一句话，只以眼神沟通并交换彼此的决心，然后同时射出手中的箭，弓弦发出的回响像竖琴被人狂野地重重拨了一下。箭射出后，他们便轻松地站起身来。他们从不期待猎物一中箭便倒下去，因为得等毒药发生作用。但首要任务是检查是否射中了。因为特别的理由，布须曼人的箭分成三个部分来制作。第一部分是带有毒药的箭头，那是个中空而短小的箭头，可以套进另一个稍微大些的箭头，然后再和主要的箭杆、箭身结合在一起。箭尾有个开叉，以便架在弓弦上时，不会滑落或失手。这样一来，受伤的动物就不至于倚靠在树上摩擦伤口而把箭弄掉，箭杆若非在射中的一刹那即脱离箭头，就是在猎物开始对着树干或荆棘树丛摩擦身体时掉下来。如果猎人们发现箭头还完好如初，他们当然就不会继续追踪这头已经受到惊吓而有所警觉的猎物。但他们若只发现箭杆，真正的狩猎便会正式展开。到底要追多久才能以矛刺杀那头已被毒药影响得半瘫痪的动物，取决于用的是什么毒药，也取决于这头动物的大小和受伤的性质与部位。有时只需追一两个小时，但最大的猎物如大羚羊，有时需要追一整天。事实上，恩修告诉我，有一次他追踪一头大羚羊，从射中它到用矛将它刺死，整整花了两天半的时间。

　　我从不知道杀生可以这样的无邪。这是为活命而杀生。

每当猎人的使命完成时，他们的脸上总显露出一种如释重负及感激的表情，同时也有一种越快完成杀生行动越好的欲念。当恩修赶上猎物时，不可避免地，他会将矛直接刺入猎物的心脏，并用力转动矛头，以便协助这头猎物尽快死去。我看过许多次他们在执行这项任务时的表情，那是狩猎过程的紧张和在大太阳底下追逐猎物一整天的疲累，加上专注于这一任务的复杂神情，毫无心满意足的贪婪或只为杀生而杀生的感觉。在整个过程中，他们似乎始终能保持令人无法置信的饱满精神与力量。最好的证据是一次难忘的紧张的狩猎之旅，那是所有我们参与的狩猎中场面最大的一次；也是在那次之后，我们和他们整个族群的关系有了巨大转变。那一天，我们猎杀了一头巨大的公羚羊。

*

第十章

雨之歌

到目前为止，我们已为自己和我们的布须曼主人猎来了充足的食物。我们协助他们猎得了小岩羚、麂羚、狷羚、瞪羚，一只鸵鸟、一头疣猪和一些珠鸡。就体型上来看，现在这些布须曼人没有那么纤细瘦弱，比我们刚见面时强壮多了。但是他们没有一次不是带着无限惆怅地结束狩猎，因为他们最想要的猎物是一头大羚羊。

之前我曾提过，大羚羊在布须曼人的生活和想象中具有无与伦比的地位。事实上，我打算在另一本书中好好讲讲大羚羊对他们的意义。在这里，我只想说，我们矮小的主人们显然认为，我们的狩猎行动只有在猎得一头大羚羊后才算圆满告终。大羚羊为数是不少，不断可以见到它们的足迹。有时我们会瞥见它那美丽的身影像一抹紫色火焰闪电般跃过阳光耀眼的沙漠，或是迅速地胜利登上红色沙丘的顶端。有时，它们会站在一条天然林荫大道的末端一会儿，静止不动，姿势庄严而高贵。但是对那些小猎人来说，大羚羊自古以来即占据了他们的想象，主要是因为这种动物太聪明、太有组织、观察力太敏锐，以至我们很难接近它们。当情势很明显，我们得为我们的布须曼主人猎取一头大羚羊，以安抚他们的精神甚于肉体的需要时，我们不得不专注于这件事上。

一天早上，日出后不久，我们发现一群大羚羊的蹄印，大约有五十头。当我看到恩修发现它们，并在它们上方以手腕互相击打时，我感觉我们真正的狩猎时间到了。整个早上我们锲而不舍地追踪这些蹄印，然而一直到日上三竿也没追上它们。恩修、鲍绍和特克瑟克斯契毫不放弃，继续在暗红的沙上循着蹄印一言不发地快步行走。我也加入了他们，但总需要不时在我的罗孚车里休息一会儿。大约下午三点，他们总算追上这群大羚羊，并向它们射出了毒箭。那时我正好落在后面，想将一条眼睛大得我前所未见的三米长非洲大毒蛇摄入镜头。等我追上前去时，大羚羊已经全部向东飞奔而去，快得让人没有时间看清是否有任何一头中了毒箭。不过从那时起，布须曼猎人们就开始追在大羚羊后面飞奔。

我看过好几次他们飞奔的模样，但从来没有像现在这样觉得他们精力如此无穷又步伐奇大。我相信他们跑起来就像古希腊人为了将马拉松战役胜利的消息传回雅典那样。他们全神贯注地追逐着这群大羚羊，浑然不觉疲累或有其他烦扰。本已经以他最好的技术驾车穿过矮树丛、灌木林，越过土狼、大食蚁兽的洞穴；罗孚车不时弹跳至空中，像参加障碍赛马的选手般飞越过每道阻碍，但我们也只不过能勉强跟上领头的恩修。我一度看到一条颜色鲜黄、足以致人于死地的卡拉哈里眼镜蛇，像卷成一团的橘黄色绳子正要展开。它伸直了呈伞状的颈部，从矮树丛后遽然升起，向恩修发动攻击。我吓得半死，但恩修毫不畏缩或闪躲，他像一名跨栏选手般跳向空中，越过那吐出蛇信、闪着蛇涎、像闪电般摆动的愤怒蛇头，然后头也不回地继续追着大羚羊的蹄印奔跑。

从我们开始最后一段追逐的地方，到我们再度瞥见整个羚羊群的地方，据本的里程表显示，这些布须曼人一刻未歇地跑了近二十公里。最后一公里更是全程冲刺。他们跑得如此之快，以至不时完全超出我们的视线范围。我们努力爬上一座陡峭的沙丘，穿过一片浓密的有刺荆棘，脚下是最软最厚的血红细沙。大食蚁兽和跳兔的洞布满这座沙丘，像经过一场战役的山脊上出现的炮弹坑。尽管本技巧绝佳地驾驶罗孚车在前开路，我们还是不可避免地慢了下来。我第一次开始担心这场追猎会失败。从大羚羊在空中扬起的尘雾和它们在沙上所留下的痕迹来看，这群大羚羊已经警觉到我们的追逐，正全力奔驰逃离。然而它们并没有跑多远，蹄印还很清晰，在不断下陷的流沙中闪闪发亮。这一点以及我们的布须曼猎人突然冲上前去的事实，消除了我的疑虑。

然后，我们的车突然从沙丘顶端的荆棘丛中钻了出来，我看见本与维扬手里握着枪，从戛然而止的车中翻身跳出。我把车开得接近些，也从达布手上取来我的枪，跳出车外，跑过去加入他们。夕阳垂得十分低了，发出的光芒像一道闪烁的宽阔水流，流过一条从西向东延伸的无比巨大的干涸河道。河道里没有树木，只有颜色枯黄的高大蔓草。就在我们的正下方，小猎人们正全速冲刺，仿佛刚刚起跑似的，汗水从杏黄色的肩膀上流下来，落入高大挺立的草丛。最令人兴奋的是，对岸的半路上，正是那群在夕阳下闪耀着银色或紫色光芒的大羚羊。它们因为惊骇而一动也不动地聚集在一起，大大的眼睛望向我们的方向。虽然它们距离我们有五百米以上，但以我们这么熟悉它们的人而言，从它们头的角度以及那密密麻麻聚在一起的队形仍可看出它们的惊愕，因为经过了这么长时间的奔窜，居然还摆脱不掉尾随的人。

"它们马上就会跑掉了，"本提出警告，"距离这么远，我们得马上开枪，否则就无法帮布须曼人提供肉食了。"

就在他说话的当儿，一头巨大的公羚羊突然打破凝滞的圈子，跃至空中。它的动作轻灵，看起来更像一头身体柔软的瞪羚，而非体积庞大、重达一吨的大羚羊。它的蹄落在地上时踢起一阵红色沙尘，撒在黄色的草上，随即以赛马的速度带头朝沙丘顶端而去。其余的大羚羊也无比迅速地动了起来，一个接一个跳上黄草覆盖的沙丘，像一匹迤逦的锦缎拖过远端的沙丘。

维扬和本这两位挑剔的猎人，深恐伤及母羚羊和小羚羊，几乎是同时对着那头飞跃在空中的大羚羊开枪射击。但是距离太远、目标速度太快，虽然他们一试再试，那头大羚羊还是毫发无伤地消失在沙丘后。

我差一点也加入他们的阵容，对着那头跃至空中的大羚羊开枪射击，不过内心有个声音提醒着我，我们的布须曼猎人的目标不在那群大羚羊中。虽然那头庄严美丽的公羚羊领着整群大羚羊打破僵滞的情景，以及本和维扬对它开枪的声响，令我不由自主地热血沸腾起来，但我还是克制住自己，继续观察我们小猎人的动静。果然，我看到另一头公的大羚羊，落后于那群大羚羊约两百米远，正从干涸河床的最远端出现。枪声一响，它也向前冲出，不过动作慢多了。以它这样拥有庞大身躯的一头动物来说，这种现象只有一种可能，就是它受伤了。而恩修和鲍绍虽然极为快速地追逐了它那么长一段时间，仍然可以从留在沙上的蹄印精确判断出它的状况，把它列为目标。尽管如此，这头公羚羊还是强壮得受伤后又继续向前跑了一小时左右。那时天已快黑，我立刻开枪，射中了它的臀部。它剧烈晃动了一下，无视身上的伤口，继续以天生的傲然姿态昂首不屈地走着，然后突然向后跌倒，瘫在草丛里。即使在那时，它的头仍然抬得高高的，定定地看着手里握着矛、正一步一步接近它的小猎人们。

　　我手里持着枪，尽快向他们赶去，同时注意到两位布须曼人在它身旁看起来多么渺小。他们将手中的矛对准它的心脏刺入，我赶到时，恩修正以矛在它的心脏中转圈，好助它早点了结痛苦。不过在非洲的动物王国里，所有生命无不遵守一条铁律，即：时候未到，生命无法了结。因此尽管这头大羚羊非常痛苦，生命已经无法存续，但它仍未断气。于是我比手势要我们的小猎人站开，在它脑袋上再补了一枪。

它一死，恩修和鲍绍便开始剥皮。这是猎捕过程中最令人惊奇的部分，两人一分钟都没休息，似乎也不觉得累地立刻动起手来，进行艰巨的剥皮和分割工作。

长日将尽，我看着他们一刻也不停地工作着，发现他们脸上的表情前所未见。突然，恩修发出一声大笑，站起身来，双臂沾满血迹，对着鲍绍说了一些话，后者也咯咯笑得像个兴奋的小女孩。达布听到他们的谈话，忍不住将他坚持戴在头上的破旧欧洲小圆帽丢向空中，以同样兴奋的心情赞同地大喊："啊！你们真不愧是布须曼人的后代！"

我问他这是怎么回事。

"主人，"他几乎无法自已地说，"现在我们可以跳舞了！"

我转向恩修，问："为什么现在可以了？"

"因为，"他以一种我从未见过的毫无保留的态度说，"自最早的布须曼祖先以来，没有一个猎人会在猎杀了一头大羚羊之后，却不以一场舞蹈来感谢它。"

我们猎得大羚羊的地方距离"啜井"约八十公里。路径错综复杂又弯来弯去，我根本分辨不出我们身在何处，或是营地在哪个方向。但恩修和他的伙伴对此却没有任何疑问。那是另一项他们令我感到神奇的能力——总是知道自己身在何处。有好几次在更令人困惑的地方，我们目睹他们毫不费力地便指出家在哪里。事实上，有一次离家二百四十公里以上，我问他们家在哪里，他们立刻转身指出方向。我当时带了罗盘记下我们的路线，拿出来一瞧，恩修伸出的手臂简直就像罗盘指针那般准确。所以现在要回家时，我只要问恩修，然后照着他的指示做就行了。

但这神奇的一天并未到此结束。回家的路上也发生了一些不可思议的事。我们慢慢地驾着车返回，因为路途很崎岖，罗孚车上又满载羚羊肉。太阳已经下山，眼前的天空红得令本忍不住以阿非利堪语惊叹地说："老天爷，这岂不是结束一天狩猎工作的最佳夕阳吗？它看起来多么像老天这位大猎人也猎了一头大羚羊啊！"

本很少像这样表达出内心的诗意，令我很惊讶，正打算回应时，只听得他继续说道："你知道吗？有一次我看见一个小布须曼人被关在我们的监牢里，罪名是他杀了一只大鸨。据警方表示，鸨是皇家的财产，因此受到保护。这名小布须曼人因为无法忍受监禁和失去行动自由而快死了。问他为什么生起病来，他只说，他很想念卡拉哈里的夕阳！生理上，医生找不出他有任何毛病，但他就是这样死了。"

我们安静了好一会儿。为了打破忧伤，我说："我在想，'啜井'那儿的人要是知道我们猎到一头大羚羊，不知道会说些什么呢！"

"抱歉，主人，"达布突然大胆地冒出话来，"他们已经知道了。"

"这是怎么回事？"我问。

"他们收到电报了。"他这么回答。"电报"这个词从他带着布须曼腔调的嘴巴里吐出来，着实让我吓了一大跳。

"电报？"我惊讶地问。

"没错，电报，主人。我看过我自己的主人好几次到'大羚羊洼地'的地区行政官办公室打电报给买主，告诉他们什么时候他会赶着牛群去交货。我们布须曼人也有一种电报，在这儿，"他拍拍胸膛，"可以互通消息。"

我再问，就什么也问不出来了。但即使我们还未到家，我对他这番话的疑问早已消失，因为从老远老远的地方，夜色中还看不到我们的营火处，我们停下来调整沉重的货物时，一阵清脆的妇女歌声越过夜空传了过来。

"你听到了吗，我的主人？"达布吹着口哨，高兴地问，"听到了吗？她们在唱那首《大羚羊之歌》。"

不管是用"电报"也好，还是什么神秘方法，留在"啜井"一带的人的确知道了我们这天的收获，而且正准备给这些猎人们一个最热烈的欢迎仪式。那时我们不但在行为上认同我们的主人，连想法上都很接近他们，因此尽管彼此间的成长背景和文化差异很大，我们也像他们一样兴奋不已。

第二天早上，我满怀欣喜地醒来，觉得很有成就感。杰里迈亚、约翰和奇鲁雅特开始切割那头大羚羊胸肉上的脂肪，好为我们加菜时，似乎也满足地哼着小调儿。其余的欧洲同伴醒来时也带着同样的心情，我从没看过一个营地像那天早上那么快乐。大家都正在为即将开始的舞蹈做准备，邓肯称它是"本季第一次舞会"。

除此之外，现在也是卡拉哈里一年四季中拥有特殊意义的一段日子。我感觉，似乎冥冥中有某种神秘力量正将前一晚的收获带入一个新局面。

在此之前，我因专注于记录人，并未告诉读者随着旅途的展开，卡拉哈里沙漠四季的变化。事实上，在"啜井"的这段时间，天气越来越热，越来越令人难以忍受。太阳早已经不是朋友，而干渴大地上的阴影日渐缩减，也越来越灰暗，直到后来在正午时分，连最英勇的刺棘树叶看起来都像槁木死灰般奄奄一息，和精疲力竭的我们不相上下。我经常在正午时分看见恩修和他的同伴在我们身旁的淡淡阴影中倒下，立刻睡着。那阴影其实只不过是光线稍暗淡的一个模糊轮廓罢了。与其说他们是因长距离奔跑而疲累，倒不如说是因天气太热而虚脱。这可能是他们所有生活场景中最令人感动的一幕，因为他们对这贫瘠的沙漠大地投以毫无保留的信任，而这对我们来说无法忍受的沙漠，事实上也用它原始的方式慈蔼地回应着他们。他们舒适地贴着地面，在大地温暖的怀抱里睡得香甜。但等他们一醒来，便立刻站起身，仔细观察天空是否有任何云朵或下雨的迹象，好像在他们香沉的梦中，他们也听见大地之母喊着："亲爱的老天爷，难道干旱还不结束吗？"

同样地，每天我们出远门打猎时，也注意到沙漠的地表越来越多坑洞，那是条纹羚和其他动物为找到根茎类植物以获得老天吝于恩赐的水分而用四蹄挖出来的。没有任何一名欧洲人可以体会非洲荒原上这种需求和渴望多么深植于它的子民的血液和心灵中。但在"啜井"一带，这可不是什么好玩的事。恩修和他的族人并不担心水的供应，因为这些水都深埋在沙下，太阳照不到。他们担心的是地表的草和逐水草而居的动物。这些动物是他们赖以生存的重要食物来源，他们心里很明白，不下雨会造成什么样的灾难。我相信，有不少布须曼族群便是因卡拉哈里的干旱和饥荒而消失无踪，而且无人闻问，只有晴空上一群群秃鹰显示着他们消失的地方，以及土狼和胡狼的悲鸣为他们唱出挽歌。日复一日，随着太阳升起又落下，天空没有一丝云；夜复一夜，不安的星空下也看不到任何一丝闪电划过的迹象，这深沉的恐惧的阴影在我们心中越拉越长。

有一夜，围坐在火边，所有人都沉浸在一种蠢动不安的情绪中。本告诉我们一件事，这恐怕是布须曼人如何深受这自然规律影响的最佳写照。他说，自干旱季节开始直到雨季来临，布须曼妇女都不会受孕。这是他从自己接触到的人的经验以及前人留下的传说得知。这就是为什么布须曼人都是小家庭的原因。他问："难道你们都没注意到吗？这里没有一个怀孕的妇人。"在非洲，还有哪里会让我们看到那么多年轻有活力的已婚妇人，却没有一个身怀六甲？这种对干旱的恐惧所造成的影响还不止于此。如果有妇人在下雨时怀了孕，但这雨势却没能延续，那么生下来的孩子便会威胁全体族人的生存，因此甫一出生就会被其他妇人带走。达布也证实说，甚至是在"它还没开始在她胸前哇哇大哭"时，小生命便结束了。本说，像她们这么爱孩子的族群，居然会做出这样的事，足以想见其内心的痛苦与无奈有多深刻，也证明这是多么迫不得已。同时，他认为，这些例子也可以让一些坐在安乐椅上，不知民间疾苦，只会谴责布须曼人的人闭上他们的嘴巴。最后，我们带着对这群维持着石器时代生活的稀有族群黯淡命运又有了新认识的心情上床睡觉。

　　但是在这个特别的早晨，空气中传来第一丝会下雨的气息。大气中弥漫着突如其来的潮湿和深重的闷热，一片朦胧。早餐后不久，一片大不过《旧约》中人类手掌的云朵尾随一阵风飘了过来。很快地出现了越来越多的云朵，整个早上我们便兴奋地看着一片又一片云朵像在莎士比亚名剧《暴风雨》中被施了魔法般的岛上竖起塔和宫殿般堆积起来。我们是否有此荣幸不但能将大羚羊的肉献祭给他们的神明，而且还有雨水作为洒祭大地的酒来庆祝猎人们的收获呢？随着时间一分一秒地流逝，答案似乎越来越肯定。然而，即便如此，我仍多次目睹原本似乎非常有希望的降雨，却在最后一刻从干渴的非洲大地上被遽然攫走，因此也不敢太过肯定，直到雷声在黑暗的天际隆隆响起。等到第一批舞者来到我们的营地时，已雷电交加，且雷声缓慢地越滚越近，仿佛空中正在进行一场激烈战斗。突然，我们的小小营地无助地完全暴露在电光闪烁下，但却让空地上的舞者更加欢欣。

他们看起来多么可爱呀！妇女们分别在皮肤上涂抹了一些油脂，以使身体闪闪发亮。她们穿戴的珠宝也经过细心擦拭和打磨，在不屈不挠和从西方升起的巨云搏斗的太阳底下闪烁。走向我们的妇女已经跟着音乐起舞，又哼又唱地随着节奏与旋律摆动着。她们一抵达，便迅速在空地边缘集合，开始高声唱着，用手、脚打着节拍。不时会有一名年纪较大的妇人跑到空地上，双手像鸟的双翼般伸出，装模作样地学着男人的步伐，以歌声嘲弄着姗姗来迟、仍未从矮树丛后面出现的男人们。

不过男士们还是继续不露面，遵守着整个舞蹈形式的角色安排。他们似乎刻意刺激妇女越来越疯狂的高唱和渴望，直到最后他们才出现，那是因为他们已经无法再克制，而不得不露面。然后他们发出一声仿佛极端痛苦的嚎叫，双臂伸出，脚不断在地上踩踏，从矮树丛里跳出，嘴里高喊着："看！我们来了，像鸟一样飞来了！"

此时，妇女歌声中的胜利之声响彻云霄，为其添注了更多热情。男人们被这声音深深吸引，几乎无法自已。所有人的脸上都戴上了古代的面具，开始唱着、跳着。我看过许多原始舞蹈，通常千篇一律，倾向于呈现出一种大胆、激烈而相当单一的形式。但是眼前的舞蹈和音乐非常丰富，充满变化，柔和而坚定地表达出非世俗的渴望。它有一种奇怪的肌理和节奏，如生命深处涌动的水流，悠扬婉转，似乎在旋转、起落之间，将某些看不见的东西裹入它那深厚的河床，一起流向大海。

就这样，他们跳着舞，逐渐进入他们所爱的大羚羊的生命，以及和大羚羊共享的神秘经验。他们扮演着大羚羊和它的伴侣及幼崽，表现出大羚羊求偶的动作，直到最后，也像大羚羊警觉的性格般，各自带着他们的女人消失在矮树丛中。他们扮演着大羚羊逐渐老去、被族群中年轻的公羚羊挑战乃至取代的过程。很自然地，年纪大的人便成为被挑战者，年轻的人则是挑战者。舞者的动作、他们脸上的表情，以及从喉咙深处、自古皆然发出的喊声，深深震撼了我们。在年轻人脸上，我们看见渴望战斗的表情；妇女眼中则充满了困惑，不知应继续忠于原来的主人还是顺从身体对新伴侣的渴求。最后，我们还看到了"老公羚羊"接受挫败的痛苦表情。我们也看见生命力决定了战斗的结果，"老公羚羊"被逐出羊群，"年轻的公羚羊"带着无比的柔情将手环绕在一名妇人的肩上，妇人突然静止不动，表示接受了她的命运，于是两人头也不回地走进夜色中。

由于暴风雨逐渐逼近，天色很快转黑，而"大羚羊之舞"也很自然地导向所有布须曼人舞蹈中最重要的"火舞"（The Fire Dance）。这时妇女们毫不停歇地重新聚在一起，在空地中央唱着。很快地，她们在那里堆起一个火堆，以

　　　　第十章 雨之歌

古老的方式点燃，然后恩修的一名叔叔带领男人们围成圈绕着火堆跳舞。在他们呈现的舞蹈中，第一个布须曼男人的灵魂在黑暗中出发，那时既无精神也无物质，他去寻找可以生火的材料。他们在沙上寻找火的踪迹，好像它是某种奇特的动物似的，但是并未找到。一小时又一小时过去了，他们绕着同一个圈子不断找寻，却毫无所获。他们祈求太阳、月亮和星辰赐予他们火。然后我们看见他们领着在那史前时代为寻找火而太靠近灼人火焰以致失明的同伴。由于这是一场神圣的舞蹈，我们注意到寻找者如何在这个过程中逐渐获得治愈的能力。突然，他中断舞蹈，站在一名哭泣的妇人面前，颤抖着双手从她体内揪出让她不安宁的恶灵，并发出代表恶灵的动物的吼叫声。之后，他再次回到继续跳着舞寻找火的神奇圈子。

这些舞者何以有力气越来越快、一小时接一小时不断地跳着舞，似乎难以解释也令人无法置信。他们跳得如此用力而且如此持久，以至那圈沙上出现了一条细长凹槽，然后变成深及小腿的壕沟。最后他们似乎进入另一个我所无法了解的世界，那是只在表面上属于我们所处沙漠的一个时空。事实上，等这些男人因专注于寻找火而逐渐越来越靠近妇女围坐的火边时，突然一分为二，赤足从火焰中间踏过。但寻找火的历程并未就此结束。现在，由于寻求的渴望已经太强烈，以至两名年纪较大的妇人得不断忙着阻止若干着迷于火的男子冲出圈子，像飞蛾扑火那般一头撞进火堆。

的确有一名男子冲出圈子，在还没有人来得及阻止他之前，抓了一把红炭就想往嘴里送。

在这期间，随着音乐起落像潮水般涌在我们四周，雷声也越来越大。闪电开始不断在我们头顶飞舞，把舞者照耀得像"尼伯龙根的指环"（Nibelungen gold）那样金光闪闪。感觉好像整个大自然都被震动，一起加入了这场人类最初也始终未完成的探寻之旅。胡狼、土狼、猫头鹰和嗓音低沉的公鸵鸟似乎全被惊扰，以前所未有的力气高声咆哮和尖叫着。"啜井"再过去处，狮子发出深沉而极端奇异的吼声，回应着它们、我们以及暴风雨。到最后，所有男子的脚一起踩踏在大地上，快速又有规律，已分不清那是许多人的脚，还是一个个自动活塞。

终于，不时有舞者倒在自己所踩踏出的足迹上，两名老妇立刻把他抬到一边，让他躺在黑暗中，任他发出精疲力竭的呻吟声。然后，几乎就在午夜时分来临的那一刹那，这支舞的英雄主角，也就是恩修那瘦长英挺的叔叔，突然以原本就设计好的方式发现了火。他满怀敬意地跪在火边，歌声在最后一丝筋疲力尽的啜泣声后消逝，舞者纷纷跪在地上，英雄则双手捧起红炭，站起身将它撒到四处，让全世界一起分享。他站在那儿，双腿抖动着，汗水流个不停，从他那丝绸般光滑的皮肤上滑落下来，他因愤恨永恒黑暗几乎造成的灾难以及获得救赎的高潮而茫然。他摇摇摆摆地对着四周的夜摆了个姿势，向它祈祷。我不知道祷词说的是什么，只知道达布说，这些祷词太古老，连他也听不懂。不过我倒是知道我自己感觉很接近某种神性的存在，我的眼睛似乎也因此突然陷入短暂的失明。"啜井"再过去的黑夜深处，那英勇舞者身后的高高沙丘上，闪电对着颤抖的大地划出一道道孔武有力的切口，距离如此近，以至迸出的火花声和雷声同时在我耳边回响。就在此时，雨落下来了。

雨下了一整夜。我这辈子大概从没听过这么美妙的雨声。雨落在我头顶上的防水帆布上和四周触手可及的沙上。过去几周来的寻找，把我带到和大地如此贴近的境地，如此亲近它所有的元素和它的自然子民。在那个别具意义的夜晚，下半夜我半睡半醒，感觉自己发现了宇宙万有的第一因，可以清楚听到大地正在接受雨水的润泽，就像一个女人把爱人拥入怀里那样热烈。我躺在那里，感觉好像置身众神之前。四周的雷声忽近忽远，有时震耳欲聋，有时庄严肃穆，好像摩西站在西奈半岛沙漠中的山顶上时所听到的声音那样。天亮时，雨仍倾盆下着，大树的枝叶、青草等已经迅速展现出生气蓬勃的新绿。

恩修第一次没在破晓时来找我。他和鲍绍中午才出现，两人高兴得又跑又笑，还假装冷冷的雨洒在他们温暖、裸露的肌肤上多么恼人。我们把他们带进我们的帐篷，一起喝着热咖啡，事情就这么发生了。突然，我对他们两人产生了前一夜我对大地和雨水的相同感觉。这是我和他们相遇以来，我们第一次对某种意义有了共同的感受。

我趁着这股冲动问："恩修，世界上第一个布须曼人是谁？"

他那姣好的面容上出现了昔日的保留神情，不过只一闪而逝，随后他眼神清澈地说："如果有人告诉我他的名字是'翁翁'（Oeng-oeng），我不知道如何说不是。"

"所以第一个布须曼人叫作'翁翁'？"我很快地继续追问。

"是的，没错，没错！"他回答，眼睛里闪着光芒，好像他比我还高兴我们之间的障碍最后终于消除了，"他的名字是'翁翁'。"

"没错，"鲍绍笑着说，"他是'翁翁'。"

然后他们和盘托出。那一天接下来的时刻我们就坐在那里，聆听他们的故事。查尔斯数天前即趁着维扬和本出发前往补给站加油和增加其他补给时，随他们一起回来，欢欣地与我们相聚，这时悄悄把所有他们告诉我们的话录了下来。后来几天，每当我们狩猎或拍摄影片有余暇时，就会继续听他们讲故事，从创世之初开始，到恩修那莎士比亚般的宣告——"有一个梦正梦着我们"，到最后他们的祖先被残酷地逐出族群，被迫流浪到沙漠中，神明露出痛苦、纠结的表情。他们对终于能和我们分享这最珍贵的族群记忆而高兴，经常对着我们滔滔不绝地说着。我虽然很想问问题，把事情厘清一些，但深恐如此一来，会不小心打断他们的叙述，造成无可弥补的损失——我们那具辐射污染能力的理性已经深深伤害了非洲的原始精神，所以现在我只是入神听着。

他们生动而流畅地叙述着，语调充满变化，不停地比画手势。很神奇的是，我经常可以在达布和本翻译之前，即明白他们在说些什么。有一个炎热的午后，恩修告诉我他最喜欢的一个故事，一个有关一头大羚羊和最早的始祖，以及他那些贪婪的子孙、一只斑鸠和一汪永不干涸的蜂蜜之泉的故事，其中充满了死而复生的奇迹。如今，大羚羊的趾头又长又灵活，是为了让它们在沙上奔跑时可以像手掌般张开，跑起来更自如。而当它举起雄壮的脚时，脚趾便电光石火般巧妙收起，弹回原处。当恩修说到那神明般的大羚羊毫无所觉地一步步迈向它的死亡命运时，生动地模仿起大羚羊走在沙上时所发出的声音，以至热得直打瞌睡的本突然惊醒并跳起来，抓住枪大喊："快！你听到没有？大羚羊一定就在矮树丛后面。"

布须曼人的故事和神话我要另外再写一本书。不过这里我想提及其中一个信仰，因为在我们驻扎于"啜井"的这段时间，它扮演了很实际的角色。我们当然都知道有关小爱神丘比特和他的弓箭的故事。对我来说，那是一个古老的神话象征，和我们现在的生活没什么关联；但对布须曼人而言，却具有鲜活而现实的意义。在一个猎人的社群中，弓的意象自然是很深入的，而且仍带有神奇力量。弓是精神的工具，就好像武器是追逐的工具。布须曼人显然相信，弓不但能让他们射杀猎物，而且能将他们的期许投射至远方，将他们的影响力发挥出去。我们的历史只记载了弓的破坏性形象，也就是布须曼人所相信的，借着弓的神奇力量，他可从一个安全的地方射中介于他和他的期望之间的一切。历史上称此为"布须曼人的左轮手枪"，但并未提到它还有另一项温和的作用：在"啜井"，我们发现布须曼人也制作一种特别的弓，是"爱之弓"，一如丘比特在众神和古代英雄之间制造爱情事端的那把爱的工具。一个陷入爱情的布须曼人会以银白的大羚羊骨刻出一副极精巧的小弓箭。这种大羚羊体型巨大，有着高贵的姿态，高傲的头上有一对长而弯的可爱的角。弓通常制作得精美无比，七八厘米长，配上一种用长在水边的结实草秆所做的箭。迷你的箭囊是用沙漠中最大飞鸟的翎管制成。布须曼人将箭头涂上特制汁液，然后出发去跟踪他属意的女子。当他跟上目标时，便向她的臀部射出一箭。如果她被射中后，拔出箭来并折断，便表示她拒绝了他的求偶之举；若是她将箭保存完好，便证明他成功了。

　　当我听说这件事后，很想把这种场面拍摄下来，但一开始却遭遇到似乎不可克服的难题。布须曼人十分害怕这个想法，不过一两天后他们似乎有意尝试了。不幸的是，最漂亮的一位布须曼姑娘就在我们抵达前结婚了。然而邓肯还是不死心，希望以恩修和那位姑娘搭配来拍摄。要向他们解释我们的意图并不难，因为他们自己也有类似的模拟游戏。我们当然先游说姑娘及她的丈夫，他们想了几天，然后那名男子害羞地首肯将妻子出借拍戏。然后我们请恩修扮演丈夫的角色，但他第一次给我们脸色看。达布一再耐心地向他解释，这只不过是演戏，但恩修显然无法区分两者，说什么也不肯。到最后，每个人都生气了，责备他"愚蠢"和"不知感恩"，但我被他显露出来的内心冲突所打动。

"好了，达布，"我说，"问问他为什么不肯吧。告诉他我很想知道。"

恩修松了口气，转身背对其他人，用几乎哀求的语气说："看！那个人是我的朋友。我从小就认识他。虽然他说他不在意，但我知道他看到自己的女人假装是我的时，其实会很难受。"

他心意坚决地站在那儿，赤裸着身子，皮肤上沾染着沙尘与许多动物的血迹。从他身上散发出一股强烈的气味，大部分文明世界的鼻子都会受不了，但是对我来说，在那一刻，他仿佛全身披覆着雄赳赳、气昂昂的尊贵和优雅。

我转向邓肯："瞧！他甚至连假装和他朋友的太太谈恋爱都不肯！向他脱帽致敬吧，我们所有人！"

于是我们找了另外一个人当男主角。虽然影片后来非常受欢迎，但在我看来，那情节似乎仍有些勉强和做作。我不全然肯定当初为他们制造了这样一个小小的非真实事件是正确的。

那些日子，雨一直不停下着，我也听到了新的音乐。有个黄昏，当我走向布须曼人的棚屋时，听到拨弄琴弦的声音，一名妇女和着琴音唱着：

> 在太阳下，
>
> 大地是干的。
>
> 在火边，
>
> 我孤独地哭着。
>
> 一整天，
>
> 大地哭着，
>
> 祈求降雨。
>
> 一整夜我的心也哭着，
>
> 祈求我的猎人回来，
>
> 带我走。

突然从某个看不见的角落，一名男子听到了歌声，男性的本能让他知道答案是什么。于是他以我从未在其他原始民族吟唱中听到过的温柔歌声，回应着：

> 哦，听听风，
>
> 那边的这位妇人！
>
> 时间就快到了，
>
> 雨快降下来了。
>
> 听听你的心，
>
> 你的猎人已经来了。

我们称这首曲子为《雨之歌》，它在我心上永远和那降雨之际刹那间生机迸发的沙漠印象联系在一起。甚至连有刺植物都迅速生长，它们那铁杆般的枝干也长出了蓓蕾。我不知道所有这些直直挺立在周遭青草间的花的名字。我们以"五月"来形容这些衬着蔚蓝天空、开满白花的枝干；我们称"啜井"附近那些美妙的白色百合为孤挺花，称矮树丛中有着尖刺的紫红色花朵为卡拉哈里鸢尾，称害羞地躲藏在阴影里的报春花为樱草花。还有野生的洋紫荆，花瓣边缘卷曲如雕刻的一般，末端折叠起来像波提切利[1]所画的贝壳；含羞草和数十种其他的向日葵，娇艳欲滴。开始筑巢的鸟儿鸣声震耳，远处公鸵鸟鼓胀着黑白相间的羽毛，开始互相绕圈，跳起曼妙的求偶舞，不停发出低鸣，释放出内在乍然迸放的渴望之火。有一天我甚至遇见两只激情澎湃的巨鸨，正忙着互相颔首、屈膝、跳跃，根本无视我的存在，虽然我只距它们不到五米。我还很稀罕地在地上一个洞里，看见一头紫色的土狼幼崽；我也在一个地方看见一头金光闪闪的瘦小胡狼；在另一个地方则看见一头才被遗弃不久的瞪羚宝宝，正咩咩叫着、发着抖，它的妈妈已经成了狮子的晚餐。

　　这一切都美极了，但是，就像秋天和死亡，春天和新的爱情也有它们自己的不安。每一天，我都能感受到一股新的

---

[1]　波提切利：Sandro Botticelli，1445—1510，意大利文艺复兴时期画家，运用背离传统的新绘画方法，创造出富于线条感且擅长表现情感的独特风格。——译者

逐渐增长的不安，从"瞪羚足迹"那里传来，从恩修那里传来，从布须曼年纪最大的人那里传来，也从达布和本那里传来。我发现本越来越沉默，他每夜看着星空，不断提及闪电显示降雨越来越接近他位于遥远南方的土地，而他还没开始犁地呢。我很清楚，没有必要的话，继续把他留在这里是很不公平的。有一晚，我迫不得已解释："只要我答应拍摄的影片完成拍摄，我绝不会在这里多逗留一分钟，本。"

"当然，我知道。"他的回答出自真心，但我可以感觉到他话里自然流露出的不安。

维扬虽然没有露出任何一丝不安的迹象或任何一句他很清楚会给我增加压力的话语，但他也逐渐开始和本讨论起畜牧的各种复杂问题。他很想念他那些大块头牛群以及在他牧场上最远处北方边境省（Northern Frontier Province）的丘陵景色。杰里迈亚也不时在火边拿出他那曝光不足、几乎无法分辨的快照，对着他那"非常非常聪明的儿子"凝视良久。我不得不承认，春天绝不是一切完成的自然时刻，而是生命重新开始的时刻。

只有邓肯一个人快乐无比地从早忙到晚，拍照片，摄制影片，摆弄着他的摄影设备。对布须曼人来说，他永远是趣味的来源，因为他总是只顾着照相机、摄影机而忘了一切，结果直直走过去撞到树，或是向后跌到一堆有刺的矮树丛里，出来时帽子也不见了。不过在他们的欢乐背后，我知道他们也日益急着要展开他们那神秘的"出走"，前往沙漠中只有他们自己知道的不知名地方。无论是来找我医治小毛病的母亲还是孩子，眼中都流露出这种渴盼。但是我们的来临也让他们的许多恐惧得以消除，有些人看着我们时好像在说："永远和我们在一起吧。有了你们的神奇魔力和你们的枪，艰苦的沙漠大地也成了天堂。"

我自己很愿意再待久一点，这里还有那么多值得学习的东西和我想做的事。例如，有一天恩修提起的布须曼人宗亲大会。我们当时正在谈跳舞的事，而他说，最好的舞蹈总是在雨季过后的仲夏，于沙漠最深处某个大洼地上举行。那时人们一起来游玩、舞蹈、吃东西，"尽情享乐"。我记下他所指出的方向，满心渴望继续留下参加那场盛会。但我知道不能再这样做了，否则就会失去信用。生命中各种情境都有其内在和外在的独特形式，破坏了任何一种都会导致毁灭。我担忧也许我已太贪心了，奢求过度。最后这种恐惧制止了我。

随着爱之弓仪式的拍摄进入尾声，我安慰自己，如果我遵守规则，一天的时间也许能为我换来往后较长且更丰富的旅程。我请本和维扬最后一次前往离我们最近的一个补给站，并要求他们不但带回足够的水和汽油，以便我们横渡大沙漠前往远在东边边境的火车站，同时还要带回一些告别礼物给我们的布须曼主人。

关于礼物，可让我们伤了很久的脑筋。我们很惭愧地得知，我们能提供给布须曼人的十分有限。几乎每件东西似乎都只会让他们的生活更加辛苦，因为会增加他们的垃圾和日常携带物品的分量。他们本身没有太多财产，每人只有一条胯布、一条皮毯和一个皮肩袋而已。没有任何一样东西是他们不能在短短一分钟内收拾好，用毯子包起来背在肩上，然后走上一千六百公里的。他们没有财产的概念。当我第一次提议将一头我们猎到的条纹羚平均分割开来时，他们却露出困惑的神色，说："好啊，你们想怎么做便怎么做。不过为什么要这么麻烦呢？如果一个人有东西吃，那么全部的人都有东西吃；如果一个人饿着，那全部的人也都饿着。"当我给他们其中一人一支香烟时，他吸三口后，就会递给下一个人，如此循环往复，每个人每次吸三口。和这样的人在一起，我才知道真正的赠予只有一种，就是在我们的心中和想象里给他们一个位置，让我们摆脱外界的蛊惑，能时时刻刻看见这些真心对待他人却得到残酷回报的自然之子。只有那样他们才会成为我们生命中的一部分，而不是像许多他们之前的人那样消失无踪。我甚至不敢送这些妇女玻璃珠当小礼物，深恐她们因此对自己的鸵鸟蛋壳制成的亮片以及木制珠子不满。然而我又深深觉得，必须送他们一些小礼物，在彼此心里留下印象，以纪念这场不寻常的邂逅：这是一场在沙漠深处和一群猎人的相会，一切遵循天意的安排。因此我们决定，送给每位妇女一串珠子和一条鲜艳的围巾，并且依她们没有个人财产观念的习俗，老少不分，一律平等。男士们则是每人一把猎刀和一块烟饼。

最后一个晚上，我们在空地边缘架起我们那张桌子，将礼物堆放在桌上，煮好咖啡，调上仅存的炼乳和糖，然后邀请所有布须曼人加入我们。当火红的夕阳又一次下山之际，我们送他们每人一份礼物。他们惊讶地接过礼物，好像做梦般不敢置信，同时也带着一抹忧伤，因为知道这是告别的时候了。他们安静地离开，只有恩修试图唱着我们已经非常熟悉的旅人之歌。

看着他们离去，本说："他们很快也会离开了。"他向着遥远的南方挥挥手，那儿，一朵神明头像般的雷云正在黯淡的天空发出闪电。

"但是这些老人，他们怎么办呢？"我问，指着我们来时第一天早上所见到的那对老夫妇，他们现在正跟在其他人身后慢慢走着。

"他们会尽力而为，走到不能再走为止，"本回答，"但总有一天会走不动。那时，他们会聚在一起，彼此痛苦地流着泪，把所有能留下的食物和水留给他们，为他们建一座厚厚的刺棘棚，保护他们不受野兽攻击。然后，其余人流着泪，遵循着生命的法则，继续上路。或早或晚，也许在他们的水或食物还没用尽前，就会有一头豹子或者更可能是土狼闯进来，把他们吃掉。他们告诉我，那些从艰苦沙漠环境中幸存下来而活到很老的人的命运，一向都是如此。但他们无怨无悔。"

想起那两张满是皱纹的老脸上平静的表情，我几乎不忍卒听。

"他们自己知道吗，本?"我问。

"是的，他们全知道。他们以前也必须对其他比他们更老的人这样做。"他答道，突然转身走回火边，好像在黑暗中看到某个他不愿面对的阴影正缓缓出现。

我独自坐了一会儿，想着他刚刚告诉我的话。我们之所以能活在这个世上，是因为过去有人先活过了。那么，无论这个结局究竟是饥渴而死，还是被土狼吞食，又有什么区别？只要我们像这些满脸皱纹的谦卑老布须曼人一样，并未将我们的某个部分置于生命的整体性之上，就会有勇气面对死亡，并赋予它意义。

第二天一早我们拔营，所有布须曼人都挤在我们最后的火堆边看着我们。妇女们披上了鲜艳的新围巾。他们的目光追随着我们，似乎无法理解我们的行动，甚至在我的感觉里还有控诉的意味。我知道我们都很难过。我听到维扬低声对本说："你知道吗？一名北方的老猎人有回告诉我，无论你在哪个地方的灌木林里扎过营，你就留下了自己的一部分在那里。我对这里的感觉正是如此，而且更甚于其他地方。"

我再度第一个出发，因为希望尽快结束离别的场面。就在我跨进罗孚车前，"瞪羚足迹"突然从矮树丛中冲出来，脖子上围着的鲜艳围巾，像一面火红的旗帜随着她飘扬。她跑上前来将一个盛满水的鸵鸟蛋放入我手中，一如我常常看到她对其他准备展开一场长途追猎的猎人所做的那样。"盛食物的木碗"（恩修）、"石斧"（鲍绍）、"强壮有力的牛羚"（特克瑟克斯契）以及"最肥美的唇"（克素珂斯罕）全安静地坐在火边，一动不动地看着我们。我关上车门那一刹那，他们全部站起身来，挥着手，像我们第一次遇见恩修那个晚上他所做的那样。我开车经过这群安静的小布须曼人身边时，他们全部站直了身子，双手高举在头上挥舞；而我也向他们挥手回应，感觉我那重新找回的童年正在心里逐渐消失。我开车经过"啜井"，来到"啜井"后面的沙丘，在顶端停了下来，跨出车门向外回望，其余三部罗孚车正在穿越干涸的河道。在他们身后，我们的旧营地里已没有升起的烟，也没有任何人影或有人居住过的迹象。那里的沙漠看起来一成不变的空旷。然而在闪亮的尖叶之后、无尽的红沙所带来的奇迹以及雨水滋润后长出的花朵和荆棘构的浩瀚世界中，我内心的孩童开始和外表这个大人合二为一。沙漠不可能再是虚空的了，因为在那儿，我那颗属于布须曼人的心灵现在有了活生生的亲人和家园得以依归。我跨回罗孚车，驶过沙丘顶端，开始展开艰辛而漫长的回到文明之旅，回到卡拉哈里无止尽的晴空之外的二十世纪。

荒漠之心